INSELWIND

Rieke Husmann, Jahrgang 1976, aufgewachsen in Emden/Ost-friesland, lebt heute mit ihrer Familie in Oldenburg. Nach dem Pädagogikstudium war sie in verschiedenen Einrichtungen tätig und arbeitet heute als Referentin in der Erwachsenenbildung.

RIEKE HUSMANN

INSELWIND

Kriminalroman

emons:

Bibliografische Information der Deutschen Nationalbibliothek
Die Deutsche Nationalbibliothek verzeichnet diese Publikation
in der Deutschen Nationalbibliografie; detaillierte bibliografische
Daten sind im Internet über http://dnb.d-nb.de abrufbar.

© Emons Verlag GmbH
Alle Rechte vorbehalten
Umschlagmotiv: Montage aus istockphoto.com/Olha Rohulya,
istockphoto.com/akrp, istockphoto.com/soleg
Gestaltung Innenteil: DÜDE Satz und Grafik, Odenthal
Druck und Bindung: CPI – Clausen & Bosse, Leck
Printed in Germany 2021
ISBN 978-3-7408-1129-7
Originalausgabe

Unser Newsletter informiert Sie
regelmäßig über Neues von emons:
Kostenlos bestellen unter
www.emons-verlag.de

1

Hella küsste Jella auf die Stirn. »Mama muss jetzt zur Arbeit.« Ihre Tochter lachte freundlich und hielt ihr die Hand entgegen. Hella half ihr auf die Beine, sie quiekte vor Vergnügen und lief los. Seit drei Wochen wackelte Jella inzwischen durch ihre kleine Bauernkate. Von der Küche ins Wohnzimmer und zurück über den Flur ins Schlafzimmer. Mit ihren knapp elf Monaten hatte sie früh zu laufen begonnen, aber der Kinderarzt hatte ihnen versichert, dass es kein Problem darstellte, da Jella schon Monate vorher gekrabbelt war.

Leon hob das Mädchen hoch, das bei einer Drehung den Halt verloren hatte und auf seinem weichen Windelpo gelandet war. »Willst du Mama noch winken?« Zusammen gingen sie zur Haustür.

Für Anfang Mai hatten sie traumhaftes Wetter. An manchen Tagen war das Thermometer weit über zwanzig Grad gestiegen, und gleichzeitig hatte der zuvor starke Wind eine Pause eingelegt.

Hella küsste Leon und strich Jella über die Haare. »Dann macht's mal gut, ihr beiden.« Sie wandte sich ab und stieg in ihr Auto. Jella fuchtelte inzwischen wild mit der Hand, Hella startete den Motor, winkte beiden noch einmal zu und setzte zurück.

Für die Fahrt nach Wittmund brauchte Hella gute zwanzig Minuten. Seit einem Monat hatte sie nach Ende der Elternzeit wieder die Leitung des Polizeikommissariats übernommen. Bereits im Sommer des vergangenen Jahres war Enno Franzen, ihr bisheriger Stellvertreter, nach Aurich gewechselt. Sein Nachfolger, Torsten Peters, ein Hauptkommissar in Hellas Alter, kam aus Hannover und hatte sich mit Eifer in die Arbeit gestürzt. Hella hatte sich dreimal mit ihm getroffen, um mit ihm die grobe Linie abzusprechen. Während des letzten Monats hatten sie Hand in Hand gearbeitet, und Hella war sich inzwischen sicher, dass Torsten Peters die richtige Wahl gewesen war.

Sie verringerte das Tempo, als sie die Stadtgrenze von Esens erreichte. Die Kleinstadt hatte keine Umgehungsstraße und war für Hella das Nadelöhr, das sie an manchen Tagen viel Zeit kostete. Heute kam sie allerdings ohne Probleme durch die Stadt.

»Guten Morgen!«, rief Hella ins Büro von Alina Becker, deren Tür offen stand.

Alina war vor einem halben Jahr zu ihnen gestoßen, nachdem sie ihr und Lars Mattes bei einem wichtigen Fall zur Seite gestanden hatte. Die Versetzung von Aurich nach Wittmund hatte lange Zeit auf Messers Schneide gestanden, war aber schließlich nach Hellas Intervention genehmigt worden.

»Hast du eine Minute?«, fragte Alina.

Hella trat in das kleine Büro und zog sich den Besucherstuhl an Alinas Schreibtisch.

»Gestern ist noch eine Vermisstenmeldung reingekommen. Ich hatte ja am Wochenende Bereitschaft, deshalb haben mich die Kollegen informiert. Ich habe dann mit den Eltern des jungen Mannes telefoniert.«

»Wie alt ist der Vermisste?«

»Das ist genau das Problem. Er ist vierundzwanzig und lebt nur zeitweilig bei seinen Eltern. Sie behaupten aber mit Nachdruck, dass etwas passiert sein muss. Sie können ihn seit drei Tagen nicht mehr erreichen. Beim Handy springt die Mailbox an, und in seinem Zimmer auf Juist ist er laut seiner Vermieterin auch seit Freitag nicht mehr gewesen.«

»Schwierig. Hast du den Juister Kollegen erreicht?«

Auf den kleineren Ostfriesischen Inseln arbeitete außerhalb der Hauptsaison nur ein Beamter, während der Saison kamen für wenige Monate zwei Kollegen hinzu.

»Kollegin … und ja, ich habe vor ein paar Minuten mit ihr gesprochen. Sie kennt Bent Harmsen persönlich, hat ihn in den letzten Tagen aber auch nicht gesehen.«

»Für Juist sind eigentlich die Kollegen in Norden zuständig.«

»Das weiß ich natürlich, aber die Eltern sind nun mal zu uns gekommen, und Bent Harmsen ist mit dem ersten Wohnsitz auch in Wittmund gemeldet.«

»Drei Tage?«

Alina nickte. »Er spricht wohl regelmäßig mit seiner Mutter, auch weil der Vater gerade eine schwere Krebserkrankung hinter sich hat und er sich um ihn sorgt.«

»Was macht er auf Juist?«

»Surfen oder vielmehr anderen das Surfen beibringen. Er ist an einer Surfschule beteiligt, zusammen mit zwei weiteren jungen Männern und einer Frau. Ebenfalls in dem Alter.«

»Hatte er Schüler oder Kurse, zu denen er hätte erscheinen müssen?«, fragte Hella weiter.

»Die Eltern konnten mir dazu nichts sagen, auf Juist habe ich bisher nur seine Vermieterin, eine alte Dame, erreicht, die ihn auch seit Tagen nicht mehr gesehen hat.«

Hella stand auf. »Dann versuch es weiter. In der Surfschule muss ja irgendwann mal jemand rangehen. So viel Betrieb kann da zu dieser Jahreszeit doch nicht sein.«

Alina nickte. »Ich sag dir Bescheid.«

Hella sah Akten und Protokolle durch, als Lars Mattes am Rahmen der geöffneten Tür klopfte. »Ein neuer Fall, habe ich gehört. Juist?«

»Moin, Lars. So weit sind wir noch nicht. Alina ist dran.«

»Na denn!«

Lars und Alina waren seit dem letzten großen Fall ein Paar, bei dem sie über mehrere Tage auf der Insel Spiekeroog hatten ermitteln müssen. Inzwischen wohnten sie in Wittmund in einer gemeinsamen Wohnung.

»Langeweile?«, fragte Hella.

»Na ja, seit letztem Herbst ist es ja relativ ruhig. Etwas Dampf im Kessel wäre schon nicht schlecht.«

Hella schmunzelte. Durch die Geburt von Jella und die lange Zeit zu Hause hatten sich ihre Prioritäten verschoben. Vor der Geburt hatte sie sich immer wieder darüber Gedanken gemacht, wie sie die Monate ohne Arbeit aushalten würde. Aber während der ganzen Zeit war ihr die Frage nicht ein einziges Mal gekommen. Die wenigen Termine, die sie trotz Elternzeit wahrgenommen hatte, waren ihr eher lästig vorgekommen. Beim Arbeitsbeginn vor vier Wochen war sie zwar gern wieder nach Wittmund gefahren, aber ihre Gedanken waren oft um ihre Tochter und Leon gekreist. Trotzdem konnte sie Lars verstehen, der sich mit den anstehenden Routinefällen unterfordert fühlte.

»Wir werden sehen.« Sie sah ihn fragend an. »Klappt das mit euch beiden in einem Kommissariat?«

Lars schloss die Tür und kam näher. »Warum? Hat sich jemand über uns beschwert?«

»Nein, zumindest nicht bei mir. Es war eine ganz allgemeine Frage.«

Lars zog sich einen Stuhl heran und setzte sich vor Hellas Schreibtisch. »Alles gut, würde ich sagen. Allerdings hat Torsten Peters uns auch nur einmal an einem kleinen Fall zusammenarbeiten lassen.«

»Das ist mir aufgefallen, als ich die Ermittlungsakten durchgesehen habe. Einen Grund hatte das aber nicht?«

Lars Mattes zuckte mit den Schultern. »Da musst du Torsten fragen.«

»Werde ich machen. Ich wollte dir nur als Erstes die Möglichkeit geben, dich zu äußern.«

Lars seufzte leise. »Mag sein, dass Alina das nicht ganz so locker sieht wie ich. Sie hat vor ein paar Tagen so was im Nebensatz erwähnt.«

Hella nickte. »Vielleicht möchte sie erst mal ihren Platz hier bei uns finden. Als Paar wird man schnell in einen Topf geworfen. Gerade im Dienst.«

»Mag sein. Wie gesagt, ich habe damit keine Probleme.« Lars

stand auf. »Dann gehe ich mal wieder an meinen langweiligen Papierkram.« Er nickte Hella zu. »Bis später.«

Hella ging den Flur entlang zur Teeküche. Schon von Weitem sah sie, dass jemand neuen Kaffee aufgesetzt hatte, der gerade durchlief. Sie griff nach einer Tasse und wartete. Als sie hinter sich Schritte hörte, wandte sie sich um. Alina kam im Flur auf sie zu. »Ah, hier bist du.«

»Auch einen Kaffee? Er ist sofort fertig.«

»Ja, danke! Ich habe jetzt jemanden in der Surfschule erreicht. Bent Harmsen hatte tatsächlich einen Kurs, den er abgesagt hat. Allerdings per WhatsApp. Als sie ihn zurückgerufen haben, hat er nicht reagiert. Das war vor drei Tagen.«

»Niemand hat ihn seitdem gesehen?«

»So ist es! Und er hat nächste Woche jeden Vormittag einen Kurs. Muss was Wichtiges sein, wenn ich das richtig verstanden habe. Mit Managern oder sonst wie wichtigen Leuten.«

»Okay, das sieht jetzt schon ernster aus. Orte mal sein Handy. Wenn das nicht klappt, machst du einen Termin mit den Eltern. Möglichst noch heute.«

Hella holte eine weitere Tasse aus dem Schrank und schenkte sich und Alina ein.

»Machen wir beide das?«, fragte Alina, nachdem sie einen Schluck Kaffee getrunken hatte.

Die Frage klang wie beiläufig, aber Hella spürte, dass mehr dahintersteckte.

»Ja, wir beide.«

Hella lenkte den Wagen durch Wittmund in Richtung Norden.

»Ich habe eine Automatik eingerichtet, damit wir sofort informiert werden, wenn das Handy von Bent Harmsen wieder eingeschaltet wird«, sagte Alina. »Der Vater hat Spätschicht, aber ich dachte, fürs Erste reicht auch die Mutter.«

Hella nickte und bog von der Hauptstraße in eine Siedlung ein, die in den Siebzigerjahren des letzten Jahrhunderts errichtet worden war. Nach einem weiteren Schwenk nach rechts erreichten sie die Straße und suchten nach der Hausnummer.

Das rote Backsteinhaus mit dem gepflegten Vorgarten ähnelte den anderen Häusern in der Straße. Eineinhalbstöckige weiße Kunststofffenster, Schornstein. Hella parkte vor dem Haus, sie stiegen aus und betraten den Vorgarten durch eine schmiedeeiserne Pforte, die irgendwie nicht zum restlichen Haus passte. Bevor sie die Tür erreichten, wurde sie von innen geöffnet.

Eine Frau Anfang sechzig, kurzes dunkles Haar, grauer Rock und helle Bluse, sah sie mit ängstlicher Miene an. »Kommen Sie doch bitte rein.«

Elke Harmsen führte sie ins Wohnzimmer und bot ihnen etwas zu trinken an. Hella lehnte dankend ab, sie setzten sich aufs Sofa, während Frau Harmsen stehen blieb.

Alina zeigte auf einen der Stühle. »Wollen Sie nicht zu uns kommen?«

Zögernd zog Elke Harmsen einen Stuhl vor und setzte sich. »Haben Sie schon etwas herausgefunden?« Ihre Stimme vibrierte leicht, und die Augen huschten nervös zwischen Hella und Alina hin und her.

»Bisher haben wir erst ein paar Anrufe geführt«, sagte Hella. »Uns ist bestätigt worden, dass Ihr Sohn seit drei Tagen nicht mehr gesehen wurde.«

Elke Harmsen schlug die Hand vor den Mund.

»Das bedeutet erst mal überhaupt nichts«, fuhr Hella fort. »Die allermeisten vermissten Erwachsenen tauchen nach ein paar Tagen wieder auf.«

Elke Harmsen schüttelte heftig den Kopf. »Bent würde sich melden. Das tut er immer. Da muss was passiert sein.« Sie schluckte schwer. »Was ganz Schlimmes.«

Alina beugte sich vor und legte ihre Hand auf die von Elke Harmsen. »Wir werden uns darum kümmern. Das verspreche ich Ihnen.«

Hella räusperte sich leise. »Seit wann arbeitet Ihr Sohn als Surflehrer?«

Elke Harmsen griff nach einem Papiertaschentuch, das auf dem Tisch lag, und trocknete sich die feuchten Augen. »Er ist schon als Kind vom Surfen und Segeln begeistert gewesen. Nach dem Abitur hat er auf Juist ein Freiwilliges Soziales Jahr gemacht ... im Kindergarten. Und in seiner Freizeit war er beim Surfen. Eigentlich wollte er ja studieren. Lehramt für Sport und Englisch. Aber daraus ist bisher nichts geworden.«

»Hat Ihr Sohn eine Freundin?«, fragte Alina.

Elke Harmsen nickte nachdenklich. »Ich glaube schon. Aber direkt gesagt hat er es mir nicht.«

»Auf Juist?«

»Das weiß ich nicht genau, aber ich vermute es.« Sie seufzte leise. »Seit letztem Sommer hat Bent sich verändert. Er hat mir nicht mehr so viel erzählt wie zuvor. Ich habe mir darüber keine Gedanken gemacht, weil das doch ganz normal ist. Wir haben ja schon das große Glück, dass unser Sohn für viele Monate im Jahr bei uns wohnt und nicht irgendwo weit weg.«

»Sie haben aber keinen Namen für uns?«

Elke Harmsen senkte den Kopf und schien über Alinas Frage nachzudenken. »Jule. Den Namen hat er mal erwähnt. Aber ich kann wirklich nicht sagen, ob das Bents Freundin ist.« Sie schüttelte mit verzagter Miene den Kopf. »Es tut mir so leid, ich weiß es wirklich nicht.«

»Das ist kein Problem, Frau Harmsen«, beruhigte Hella Bents Mutter. »Ihr Sohn ist an der Surfschule auf Juist finanziell beteiligt?«

»Ja, natürlich. Sie gehört ihm mit. Wir haben Bent dafür vor zwei Jahren zwanzigtausend Euro geliehen. Und er hat noch einen Kredit bei der Bank aufgenommen.« Sie lächelte gedankenverloren. »Dafür haben wir gern gebürgt.«

»Hat Bent erzählt, wie es geschäftlich so lief?«, fragte Alina.

»Gut, ich glaube, da ist alles in Ordnung.« Elke Harmsen sah verwirrt zwischen Alina und Hella hin und her. »Aber was hat das alles damit zu tun, dass Bent verschwunden ist? Können Sie ihn nicht einfach suchen? Sie sind doch von der Polizei.«

»Ganz so einfach ist das leider nicht, Frau Harmsen«, sagte Hella. »Ihr Sohn ist erwachsen, und da werden andere Maßstäbe angesetzt als bei Kindern oder älteren Menschen, die zum Beispiel im Pflegeheim leben.«

Elke Harmsen atmete schwer. »Was heißt das denn jetzt? Suchen Sie überhaupt nicht nach Bent?«

»Selbstverständlich machen wir das«, sagte Alina. »Auch auf Juist, aber wir brauchen zunächst möglichst viele Informationen.«

Elke Harmsen nickte, schien aber nicht ganz überzeugt zu sein.

Hella räusperte sich leise. Sie hatte Alina zuvor einen Wink gegeben, dass sie sich zurückhalten sollte. »Hat Ihr Sohn auf dem Festland Freunde, mit denen er sich regelmäßig trifft?«

»Sehr viele sogar.« Elke Harmsen hielt inne. »Zumindest war das so, bis er jedes Jahr acht bis neun Monate auf Juist war. Aber er trifft sich immer noch mal mit seiner alten Clique. Alle Namen kenne ich nicht, aber Jakob Jensen, sein alter Schulfreund, kann Ihnen sicher mehr sagen.« Sie nannte eine Adresse in Wittmund. »Jakob hat eine Ausbildung zum Bankkaufmann gemacht und arbeitet noch immer bei der Bank.«

»Danke, Frau Harmsen. Wir werden uns mit Herrn Jensen in Verbindung setzen.« Hella stellte weitere Fragen, bemerkte aber, dass Bents Mutter über das Leben ihres erwachsenen Sohnes weniger wusste, als sie zugeben wollte. Nach einer weiteren Viertelstunde beendete Hella die Befragung und sagte Elke Harmsen zu, dass sie sich regelmäßig bei ihr oder ihrem Mann melden würden.

2

Alina ließ sich auf den Beifahrersitz fallen. »Ja, ich weiß, man verspricht einem Angehörigen nichts. Ich hätte ihr nicht sagen dürfen, dass wir auf Juist ermitteln. Und auch nicht, dass wir uns um alles kümmern würden.«

Hella nickte. »Das ist mir zu Beginn meiner Laufbahn auch hin und wieder passiert. Schwamm drüber.« Sie sah auf die Uhr. »Ich muss heute etwas früher nach Hause, Leon hat einen Termin.«

»Setz mich doch einfach im Kommissariat ab. Ich könnte dann diesen Jakob Jensen befragen.« Sie stutzte. »Natürlich nur, wenn du es für richtig hältst.«

»Ja, bevor wir viel Zeit verlieren, sollten wir das machen. Lars kann dich begleiten.«

Alina setzte zu einer Antwort an, nickte dann aber nur kurz. Hella startete den Motor. »Und melde uns für morgen in Juist an.«

»Schläft die Kleine?«, fragte Leon, als Hella aus dem Schlafzimmer zurückkkam.

»Ja, sie war vollkommen fertig. Was habt ihr heute gemacht?«

Leon lachte. »Eine sehr lange Fahrradtour am Deich entlang. Und in den Pausen hat Jella kräftig Laufen geübt.«

Hella setzte sich neben Leon aufs Sofa und lehnte den Kopf an seine Schulter. »Das mit Juist ist doch okay?«

Leon seufzte. »Solange du nicht jede Woche irgendwo anders ermittelst und uns tagelang allein lässt.«

»Das ist der erste Fall seit zwölf Monaten, bei dem wir auf einer Insel ermitteln müssen. Dass es gerade jetzt passiert, wo ich wieder da bin, ist reiner Zufall.«

Leon schmunzelte. »Das will ich aber auch hoffen.« Er wurde

ernst. »Natürlich fährst du morgen nach Juist. Mehr als zwei, drei Tage kann das ohnehin nicht dauern. Bis dahin habt ihr doch schon zu zweit die ganze Insel abgesucht.«

»Ich glaube kaum, dass der junge Mann noch auf der Insel ist. Trotzdem müssen wir seine Freunde und Geschäftspartner dort befragen. Dann sehen wir weiter. Ich schätze, dass wir übermorgen wieder zurück sind, spätestens am Donnerstag.«

Leon beugte sich vor und küsste Hella zärtlich auf den Mund.

»Trotzdem verdammt lang. Und zum ersten Mal seit fast einem Jahr, dass wir über Nacht getrennt sind.«

Hella lachte. »Ich rufe euch an. Wir können auch eine kleine Videoschaltung machen. Mal sehen, ob unsere Tochter ihre Mutter auf dem Bildschirm wiedererkennt.«

»Und du passt auf dich auf?«

Auf die Frage hatte Hella gewartet, seit sie ihm von Juist erzählt hatte. Schon während der Schwangerschaft musste Hella immer wieder beteuern, dass sie sich aus gefährlichen Situationen heraushalten würde.

»Die Schwangerschaft ist vorbei, Leon«, sagte Hella. »Natürlich werde ich mich nicht bewusst in gefährliche Situationen bringen, aber ich bin nun mal Polizistin. Wenn unerwartet etwas passiert und ich eingreifen muss, dann kann ich mich nicht verstecken. Stell dir vor, Alina wäre in Gefahr und ich …«

»Schon gut«, unterbrach Leon sie sanft. »Ich bin einfach nervös, wenn du außerhalb des Büros im Einsatz bist. Immerhin gab es in deiner Zeit als Polizistin schon einige brenzlige Situationen.«

»Glaub mir, seit Jella da ist, bin ich verdammt vorsichtig. Nicht nur bei der Arbeit.«

Leon nickte. »Ja, das bin ich auch.« Er breitete seine Arme aus. »Kommst du zu mir?«

Der Parkplatz in der Nähe des Fährhafens Norddeich war nur mäßig besetzt. Hella war von ihrem Haus aus eine Dreiviertelstunde parallel zur Nordseeküste und in Sichtweite des hohen

Deichs gefahren. Juist war autofrei, selbst Elektrokarren, wie auf den anderen Ostfriesischen Inseln, waren hier mit wenigen Ausnahmen verboten. Transportmittel waren Pferd und Wagen, selbst die Insel-Müllabfuhr wurde von zwei kräftigen Zugpferden gezogen.

Auf dem Weg zum Fährhaus stieß Alina zu ihr. Sie hatte ihren Wagen auf einem weiter entfernten Parkplatz abgestellt. »Auf der Schnellfähre habe ich keinen Platz mehr bekommen. Ich habe versucht, dich zu erreichen, um aufs Flugzeug umzusteigen, hatte aber keinen Empfang.«

Seit einiger Zeit verkehrten neben der normalen Fähre mehrere kleinere Boote zwischen Norddeich und Juist, auf denen aber nur wenige Gäste Platz fanden. Die leichten Boote waren durch den geringen Tiefgang tideunabhängiger und schafften die Strecke in der Hälfte der Fahrtzeit.

»Kein Problem«, sagte Hella. »Langsam und ruhig ist mir lieber. Wir können die Zeit ja auch nutzen.« Sie verschwieg, dass sie ungern in die kleinen Propellermaschinen stieg. Auf ihrem Weg nach Norddeich war sie am Flugplatz vorbeigefahren und hatte ein startendes Flugzeug beobachtet.

»Super!«, sagte Alina und zeigte auf das Fährhaus. »Ich hole uns die Karten. Treffen wir uns gleich am Kai?«

Auf dem Hauptdeck suchten sich Hella und Alina einen ruhigen Platz am Fenster. Alina besorgte zwei Tassen Kaffee und setzte sich zu Hella.

»Wie lief es gestern?«, fragte Hella.

Alina zog die Augenbrauen zusammen. »Du meinst, mit Lars?«

»Eigentlich nicht, aber erzähl ruhig.«

Alina errötete leicht. »Das ist eigentlich eine Sache zwischen Lars und mir. Irgendwie klappt es nicht so mit der Zusammenarbeit, wenn nur wir beide an einer Sache arbeiten.«

Hella sah sie fragend an.

»Wahrscheinlich liegt es an mir«, fuhr Alina fort. »Ich habe wohl Angst, dass sich Meinungsverschiedenheiten in der Arbeit auf unsere Beziehung auswirken.«

»Ist das denn so?«, fragte Hella.

»Wir haben ja noch nicht so viel zusammengearbeitet, seit ich in Wittmund bin. Vielleicht mache ich mir auch zu viele Sorgen.« Alina zuckte mit den Schultern. »Ich will auch von den Kollegen nicht als Anhängsel von Lars angesehen werden. Verdammt, ich rede Mist, oder?«

»Nein, Beziehungen unter Kollegen sind nie leicht. Ich habe so einige gesehen, die daran gescheitert sind. Wenn du im Moment nicht mit Lars zusammenarbeiten willst, ist das in Ordnung. Ob deine Befürchtungen jetzt zutreffen oder nicht, ist erst mal nicht so relevant. Du hast Angst, dass die gemeinsame Arbeit eure Beziehung beeinflusst. Besprich es offen mit Lars, er wird es verstehen. Und dann lass dir Zeit, auch das wird Lars verstehen. Du bist schließlich nach Wittmund gekommen, hast dich versetzen lassen und bist in eine neue Stadt gezogen. Du hast diesen ziemlich gewagten Schritt getan, jetzt ist Lars dran, Rücksicht zu nehmen.«

Alina atmete erleichtert auf. »Danke, das tut gut. Kannst du vielleicht mal mit …« Sie brach ab und sah Hella fragend an.

»Wenn es unbedingt sein muss und du es möchtest, rede ich mit Lars. Besser wäre es aber, wenn ihr beiden das selbst regeln würdet.«

Alina nickte. »Ja, wahrscheinlich hast du recht.«

Hella trank den letzten Schluck Kaffee. »Gar nicht so schlecht für ein Fährgebräu.« Sie schob die Tasse zur Seite. »Und jetzt erzähl, was Jakob Jensen gestern gesagt hat.«

Alina klappte ihr Notizbuch auf und legte das Handy auf den Tisch. »Ich habe die Befragung aufgenommen. Dann kannst du einzelne Passagen noch mal anhören.«

Jakob Jensen war in der Grundschule mit Bent Harmsen in eine Klasse gegangen. Später hatten sie zusammen das Gymnasium besucht und waren enge Freunde geblieben. Jensen hatte von Bents Mutter gehört, dass sein Freund sich seit über drei

Tagen nicht mehr gemeldet hatte, wusste aber auch nicht, wo er sich aufhalten könnte. Auf Juist hatte er ihn in den letzten Jahren drei- oder viermal besucht und war jeweils mehrere Tage dortgeblieben. Sein letzter Besuch auf Juist lag aber über ein halbes Jahr zurück. Jensen hatte Alina und Lars mehrere Namen von Bents Freunden gegeben, wusste aber, dass er in der letzten Zeit kaum noch Kontakt zu ihnen gehabt hatte.

»Wir haben Jakob Jensen gefragt, ob Bent eine Freundin hat oder hatte. Vielleicht hörst du dir das mal an.«

Hella nickte, griff nach ihren Bluetooth-Kopfhörern und verband sie mit Alinas Handy. Die junge Kommissarin startete die Aufnahme.

»Freundin? Bent war bei Frauen eher zurückhaltend, wenn ich das mal so sagen darf. Während der Schulzeit hat er alle Versuche diesbezüglich abgewehrt.« Ein leises Lachen war zu hören. »Katrin hat es kurz nach dem Abitur dann endlich geschafft, ihn zu überreden. Na ja, geredet hat sie in dem Augenblick wohl nicht so viel mit Bent, die Sache wohl einfach eher in die Hand genommen.« Jensen lachte.

»Die beiden waren länger zusammen?«, fragte Alina Jakob Jensen.

»Wie man's sieht. Das waren wohl einige Monate, aber während der Zeit musste Bent ja unbedingt ein soziales Jahr machen, und dann auch noch auf Juist. Klar, er war dann am Wochenende immer hier und hatte ja auch hin und wieder Urlaub, aber so richtig gut war das für die beiden wohl nicht.«

»Es gab Streit?«, fragte Alina.

»Ich war ja nicht dabei und habe die Geschichten später dann aus zwei Perspektiven gehört.« Es gab eine kurze Pause. »Also ich war und bin mit Katrin befreundet und mit Bent ja sowieso. Da war es natürlich klar, dass ich schnell zum Kummerkasten für beide wurde. Keine schöne Situation.«

»Können Sie uns mehr darüber erzählen?«, fragte Lars.

»Ich weiß nicht, ob das Bent so recht wäre. Das sind ja schon sehr intime Dinge.«

»So, wie es im Moment aussieht, könnte Ihrem Freund etwas Ernsthaftes zugestoßen sein«, sagte Alina mit ruhiger, aber eindringlicher Stimme. »Alles, was Sie uns erzählen, behandeln wir absolut vertraulich.«

Eine Weile sprach niemand, bis sich jemand räusperte und Jakob Jensens Stimme zu hören war. »Nun gut, Katrin war seit Ewigkeiten in Bent verschossen, aber er hat nicht auf ihre, wie soll ich das sagen … zaghaften Annäherungsversuche und Hinweise reagiert. Bent war zu der Zeit ziemlich schüchtern, und ja, von uns Männern wird ja nun mal erwartet, dass wir den ersten Schritt machen. Ich habe Katrin irgendwann geraten, selbst aktiv zu werden. Okay, das hat sie dann auch gemacht und ihn nach allen Regeln der Kunst verführt. Hat ja schließlich auch funktioniert. Bent war regelrecht aus dem Häuschen, er war ja noch Jungfrau, und Katrin hat ihm da wohl ganz neue Perspektiven aufgezeigt.« Wieder entstand eine kurze Pause. »Sie verstehen sicher, was ich meine. Ich vermute jetzt, dass sich das Ganze doch mehr auf der sexuellen Ebene abgespielt hat, und das nutzt sich ja leider irgendwann ab. So ist es gekommen. Bent hat Schluss gemacht, Katrin war am Boden zerstört, und ich war natürlich der Böse. Und das nur, weil ich Katrin den einen Tipp gegeben hatte. Aus solchen Sachen sollte man sich lieber raushalten. Das weiß ich jetzt, aber damals wollte ich nur helfen. Katrin hat dann eine Ewigkeit nicht mehr mit mir gesprochen.«

»Inzwischen wieder?«, fragte Alina.

»Ja, im letzten Jahr haben wir uns zufällig in der Stadt getroffen und dann einen Kaffee zusammen getrunken. Es lief ganz gut nach der langen Zeit, aber irgendwann ist sie dann auf Bent zu sprechen gekommen und hat mich ausgefragt. Was, wie, wo? Komische Sache, fand ich und habe mich dann auch etwas zurückgehalten.«

»Haben Sie Katrins Adresse für uns?«

»Nicht wirklich, sprich, ich weiß nur, wo ihre Eltern wohnen. Mein letzter Stand damals war, dass Katrin in Münster zu studieren anfing. Keine Ahnung, ob sie an dem Tag, als ich sie getroffen habe, bei ihren Eltern zu Besuch war.«

Hella stoppte die Aufnahme. »Name und Adresse von dieser Katrin habt ihr bekommen?«

Alina nickte. »Katrin Ohle. Die Eltern wohnen in Wittmund. Ich habe zwar gestern angerufen, aber niemanden erreicht. Lars wollte sich da heute drum kümmern.«

»Gut. Kennt Jakob Jensen eine Jule?«

Alina griff nach dem Handy und öffnete die Wiedergabefunktion. »Ist am besten, wenn du dir das kurz anhörst.«

»Jule? Ja, Bent hat mir von einer Frau mit dem Namen erzählt. Und bevor Sie fragen, den Nachnamen weiß ich nicht. Das war alles etwas kryptisch, was Bent da von sich gegeben hat. Bevor ich überhaupt den Namen rausbekommen hatte, waren schon Stunden vergangen. Bent hat da sehr geheimnisvoll getan.« Jakob Jensen lachte. »Als wenn ich ihm die Braut wegnehmen wollte. Aber so ist Bent nun mal.«

»Können Sie uns noch mehr über Jule erzählen?«, fragte Alina.

»Ich habe sie nie getroffen, wenn Sie das meinen. Aber als der Knoten erst mal geplatzt war, ist Bent schon mit dem einen oder anderen rausgerückt. Muss eine tolle Frau sein, so, wie er von ihr geschwärmt hat. Er war über beide Ohren in sie verliebt, würde ich mal sagen. Aber so richtig … komplett. Wie verzaubert war er jedes Mal, wenn er auch nur den Namen ausgesprochen hat.«

Es entstand eine kleine Pause. Jemand raschelte mit Papier, im Hintergrund war ein anfahrendes Auto zu hören. »Aber das interessiert Sie sicher nicht so. Den Nachnamen weiß ich wirklich nicht. Ich würde es Ihnen ja sagen, habe aber echt keine Ahnung.«

»Hat Ihr Freund davon gesprochen, wo Jule lebt?«

»Na ja, sie haben sich auf jeden Fall auf der Insel getroffen. Es hörte sich aber nicht so an, als wenn sie da jetzt wohnen würde. Also so richtig, meine ich. Eher so, als wenn sie hin und wieder auf Juist war. Wie gesagt, alles sehr geheimnisvoll.«

»Wissen Sie, wie häufig Bent diese Frau getroffen hat?«, fragte Lars.

»Also nach einem One-Night-Stand klang das alles nicht. Eher nach mehr. Zumindest von Bents Seite.«

»Aber nicht von Jules Seite?«, fragte Alina.

»Das ist nur so eine Vermutung von mir, keine Ahnung, ob das stimmt. Irgendwie kam es mir so vor, als gäbe es da Probleme. Ob diese Jule jetzt nicht so wollte wie Bent oder da was anderes war, weiß ich nicht. So megaglücklich schien Bent mit der Situation nicht zu sein. Klar, wenn er von ihr sprach, da gingen alle Pferde mit ihm durch, aber die Zwischentöne … Sie wissen sicher, was ich meine. Er kam mir da traurig vor, so, als wenn er selbst nicht daran glauben würde, dass das alles klappen könnte mit dieser Frau.«

»Ist sie älter als Bent?«, fragte Alina.

»Das könnte natürlich sein. Und jetzt macht sich Bent Gedanken, ob das gut gehen kann. Ja, vielleicht. Aber gesagt hat er in der Hinsicht nichts.«

»Okay, kommen wir noch mal zu …«

Hella stoppte die Aufnahme und nahm die Kopfhörer aus dem Ohr. »Klingt ja alles etwas mysteriös.«

Alina nickte. »Sehe ich auch so. Lars aber nicht. Er meinte, Bent Harmsen habe diese Frau einfach erfunden, um sich interessant zu machen. Deshalb wollte ich auch, dass du dir das im Original anhörst.«

Hella schaute auf die Uhr. Sie waren inzwischen eine Dreiviertelstunde unterwegs und würden noch einmal die gleiche Zeit brauchen, bis sie in den Hafen von Juist einlaufen würden.

»Wirkte Jakob Jensen glaubwürdig auf dich?«, fragte Hella.

»Absolut! Er hat sich zu keiner Zeit in Widersprüche verwickelt und auf mich einen ehrlichen Eindruck gemacht.«

Hella stand auf. »Ich brauche etwas Bewegung. Bleibst du hier bei den Taschen?«

3

Hella betrat das Oberdeck, auf dem sich nur wenige Fahrgäste aufhielten. Sie stellte sich vorn an die Reling, zog die Jacke zu und ließ sich den Fahrtwind durch die Haare wehen. In der Ferne zeichnete sich die Silhouette von Juist ab. Das Hauptdorf mit dem alles überragenden Strandhotel »Kurhaus«, weiter rechts der Wasserturm, der nach einer bekannten Kornbrennerei liebevoll »Doornkaat Buddel« genannt wurde, und direkt an der Einfahrt des Hafens das markante Seezeichen und die Aussichtsplattform in Dreiecksform.

Als Kind hatte Hella mit ihren Eltern Urlaub auf Juist gemacht, später war sie einmal für ein Wochenende im Herbst auf der Insel gewesen und ein weiteres Mal mit ihrem Ex-Mann für eine Woche. Sie hatte nur noch eine vage Vorstellung von der Insel mit der ungewöhnlich länglichen Form. Gut erinnerte sie sich an den mehr als zehn Kilometer langen Sandstrand, der sie als Kind so begeistert hatte.

Der Abschied am Morgen von Jella und Leon war Hella schwerer gefallen, als sie gedacht hatte. Als sie schließlich im Auto den kleinen Feldweg zur Hauptstraße gefahren war, hatte sie gespürt, wie eine Träne über ihre Wange gelaufen war. Hastig hatte sie sich mit der Hand durchs Gesicht gewischt und sich aufs Autofahren konzentriert.

Hella atmete tief die salzige Luft ein und zwang sich, an etwas anderes zu denken. Der Fall klang inzwischen doch verworrener, als sie zunächst angenommen hatte. So, wie Jakob Jensen seinen Freund beschrieben hatte, schien er nicht die Person zu sein, die sich über Tage hinweg versteckt hielt. Es sei denn, sein Verschwinden hatte etwas mit der mysteriösen Jule zu tun. Hatte sie die Beziehung beendet, was in der Folge bei Bent zu einer tiefen Krise geführt hatte? Es war noch zu früh, um Spekulationen anzustellen. Sie würden sich wie bei ähnlichen

Fällen dieser Größenordnung mühsam mit vielen Befragungen durch das Dickicht der Informationen wühlen müssen. Die Chance, dass Bent Harmsen in den nächsten Tagen unverhofft auftauchen würde, war groß. In diesem Fall würde sich Hella für den betriebenen Aufwand vor ihren Vorgesetzten in Aurich rechtfertigen müssen. Sie hatte das Risiko bewusst in Kauf genommen, da sie vermutete, dass hinter dem Verschwinden von Bent Harmsen mehr als ein vergessener Anruf bei seiner Mutter steckte.

Kurz nachdem die Fähre angelegt hatte, verließen sie das Schiff. Auf dem Kai erwartete sie eine uniformierte Beamtin, kurze blonde Haare und nach Hellas Schätzung Anfang vierzig. Sie kam auf sie zugelaufen und reichte Hella die Hand. »Imke Wessels«, sagte die Polizistin. »Herzlich willkommen auf Juist, Frau Brandt.«

Hella war überrascht, dass die Inselpolizistin sie erkannt hatte. Vermutlich hatte sie sich über sie auf der Homepage des Kommissariats informiert.

Alina trat vor. »Wir haben gestern miteinander telefoniert. Alina Becker.«

Imke Wessels lächelte. »Auch Ihnen ein herzliches Willkommen.« Sie wandte sich um und zeigte auf einen Bollerwagen. »Ich habe für Ihre Sachen einen Wagen mitgebracht. Unser Elektro-Quad ist leider nur für zwei Personen ausgerichtet. Es ist aber nicht weit bis zur Polizeistation.«

»Kein Problem«, sagte Hella. »Die gut dreihundert Meter schaffen wir schon zu Fuß.« Auch Hella hatte sich am Abend zuvor im Internet informiert und sich den Standort der Polizeistation anzeigen lassen.

Imke Wessels nickte. »Sie waren schon mal bei uns?«

»Nur als Kind mit meinen Eltern und später einmal für eine Woche«, antwortete Hella und legte ihre Reisetasche in den Bollerwagen.

Sie gingen über die Hafenstraße, die direkt ins Dorf führte.

»Ich habe Ihnen die notwendigen Informationen zu Bent Harmsen schon herausgesucht«, sagte Imke Wessels.

»Danke«, sagte Hella. »Wie gut kennen Sie den jungen Mann?«

Die Inselpolizistin schaute sich um, schien aber niemanden zu entdecken, der ihr Gespräch mithören konnte. »Ich kenne viele Menschen hier auf der Insel, eigentlich fast alle, die hier fest wohnen. Bent ist ja seit Jahren einen Großteil des Jahres auf der Insel. Ich kann mir absolut nicht vorstellen, was passiert sein könnte.«

»Wie gut kennen Sie ihn?«, fragte Hella ein zweites Mal.

Imke Wessels warf ihr einen kurzen Blick zu, wandte sich aber gleich wieder nach vorn. »Hier und da haben wir uns unterhalten. Es gab im letzten Frühsommer ein paar Probleme am Strand. Jugendliche Rabauken. Da hat Bent mich informiert, und wir haben anschließend noch länger gequatscht. Später mal hat er mich zu einem Bier in der neuen Strandbar eingeladen. Wir waren uns da zufällig begegnet.«

»Was ist Ihr Eindruck?«, stellte Hella die nächste Frage.

Imke Wessels blieb stehen. »Ich will mich da nicht zu weit aus dem Fenster lehnen, aber ich verstehe schon, dass Sie mich danach fragen.« Die Inselpolizistin atmete einmal tief durch. »Also gut. Versuche ich es mal mit dem bisschen, was ich so weiß.« Sie wies mit der Hand die Straße hoch in Richtung Dorf. »Wollen wir währenddessen weitergehen?«

Alina bot sich an, den Bollerwagen zu ziehen, die Inselpolizistin nahm dankend an.

»Bent Harmsen ist ein ausgesprochen höflicher und zuvorkommender junger Mann. Hilfsbereit und überhaupt nicht überheblich, wie man das von so manch einem der jungen Leute kennt.«

»Den Eindruck hatte ich nach unseren ersten Befragungen auch gewonnen«, sagte Hella.

»Kurz und gut«, fuhr Imke Wessels fort, »Bent Harmsen war, soweit ich das beurteilen kann, überall ein gern gesehener

Zeitgenosse. Im Moment ist er ja nur als vermisst gemeldet, aber da die Kripo hier bei uns ermittelt, denke ich mal, dass Sie mehr dahinter vermuten. Ich kann mir nicht vorstellen, dass Bent mit irgendjemandem aneinandergeraten oder anderweitig in Schwierigkeiten gekommen ist.«

»Kennen Sie auch seine Partner in der Surfschule?«, fragte Alina.

Sie hatten inzwischen die ersten Häuser erreicht und bogen nach rechts in die Carl-Stegmann-Straße ein.

»Wir sind gleich da«, sagte die Inselpolizistin. »Vielleicht sprechen wir dann in meinem Büro weiter.«

Wie auch auf Spiekeroog war die Polizeistation in einem ehemaligen Wohnhaus untergebracht. Imke Wessels schloss die Tür auf und trat zur Seite. »Kommen Sie rein in mein Reich.«

Von dem kurzen Flur gingen drei Türen ab. Die Inselpolizistin lief voraus und führte sie in ein kleines Büro mit zwei Schreibtischen. »Hier können Sie sich breitmachen. Normalerweise sitzen hier meine Kollegen, die aber erst in ein paar Wochen zur Sommersaison eintreffen. Wir gehen jetzt am besten in mein Büro. Da habe ich eine Sitzecke. Kaffee oder Tee?«

»Kaffee«, sagten Hella und Alina fast gleichzeitig.

Imke Wessels schmunzelte. »Dann setze ich doch mal einen starken Kaffee für uns drei Powerfrauen auf.«

Wenig später saßen sie zu dritt um den Tisch, jede eine große Tasse Kaffee mit Milchschaum vor sich.

»So, wo waren wir stehen geblieben?«, fragte Imke Wessels.

»Die Surfschule«, sagte Alina.

»Stimmt! Also, die Station der Surfschule liegt westlich vom Hauptstrand. Das sind vier Leute. Bent Harmsen natürlich, dann Niklas Beier und Florian Jung und als Vierte im Team Lara Matthiesen. Sie sind alle unter dreißig, die beiden jungen Männer kommen vom Festland, Lara ist sozusagen ein Inselkind.«

»Sie haben alle zusammen die Schule gegründet?«, fragte Alina.

»Nein, Lara und Niklas haben sich als Jugendliche auf Juist kennengelernt. Niklas war mit seinen Eltern hier und ist, als er alt genug war, allein hergekommen.«

»Die beiden sind ein Paar?«

»Genau. Und sie haben schon vor etlichen Jahren mit der Surfschule angefangen. Alles ganz klein, mit wenig Ausrüstung und viel jugendlicher Energie. Ich war damals noch nicht ganzjährig hier, habe aber fast in jeder Saison hier in der Polizeistation gearbeitet. Die Buchungen wurden mehr, sie haben eine kleine Station errichtet, die allerdings in den Wintermonaten wieder zurückgebaut werden musste. Schließlich kam Florian Jung dazu und später Bent Harmsen. Auch wenn es im letzten Jahr wohl nicht ganz so gut gelaufen ist, stehen sie alles in allem wohl gut da. Das hat mir Bent zumindest so erzählt.«

»Gab es Konflikte in der Gruppe?«, fragte Hella.

»Ich habe nichts darüber gehört, aber vermutlich würde das ja auch kaum öffentlich ausgetragen werden.«

»Und wird die Surfschule auf der Insel angenommen?«, fragte Alina.

»Ich denke, alles, was dazu führt, dass die Gäste zufrieden sind, wird auch schnell akzeptiert. In diesem Fall war es wohl gut, dass zumindest Lara von der Insel kommt. Es gibt keine Konflikte, von denen ich wüsste. Und schon gar keine, die etwas mit Bents Verschwinden zu tun haben könnten.«

»Wie kommen wir zum Standort der Surfschule?«, fragte Hella.

»Sie nehmen einfach unser Quad, und ich zeichne Ihnen auf dem Plan ein, wo Sie hinmüssen. Es ist einfach zu finden.«

Alina steuerte das Quad, Hella wies ihr den Weg. Das in Silberblau gehaltene Fahrzeug war mit Martinshorn und Sirene ausgestattet, wirkte aber auf den ersten Blick wie ein zu groß geratenes Spielzeugauto.

»Lustiges Ding«, sagte Alina und sah sich um. »Hoffentlich ruft niemand die Polizei und zeigt einen Diebstahl an.«

Sie fuhren ein Stück ins Dorf und hielten sich links Richtung Westen und über die Billstraße, die parallel zum Strand verlief. Nach knapp eineinhalb Kilometern bogen sie auf den Strandweg ab und parkten das Quad bei einer Toilettenanlage. Ab hier führte ein langer Bohlenweg bis zum Strand.

»Den Rest laufen wir?«, fragte Alina.

»Vielleicht besser, wenn wir nicht mit dem Quad dort vorfahren.«

Sie stiegen aus und erreichten wenige Minuten später den Strandübergang.

Hella zeigte auf eine Holzhütte. »Dahinten muss es sein.«

Neben der Hütte lagen Surfbretter im Sand, weiter zum Wasser hin standen mehrere Personen und schienen Trockenübungen zu machen. Die Nordsee war am Auflaufen und würde in zwei Stunden ihren Höchststand erreichen.

Hella und Alina liefen auf die Hütte zu. Kurz bevor sie sie erreicht hatten, wurde die Tür geöffnet, und eine junge Frau kam ihnen entgegen.

»Sind Sie wegen Bent hier?«, fragte sie, ohne sich vorzustellen.

Hella zog ihren Ausweis aus der Tasche und hielt ihn hoch.

»Hella Brandt, Kriminalpolizei Wittmund. Können wir reingehen?«

»Lara Matthiesen«, sagte die Frau und trat zur Seite.

Die Hütte war geräumiger, als sie von außen wirkte. An zwei Wänden waren Regale angebracht, mitten im Raum stand ein Tisch mit mehreren Stühlen. Lara Matthiesen zeigte auf die Sitzgruppe. »Bitte!«

Hella schätzte die junge Frau auf fünfundzwanzig. Sie hatte lange blonde Haare, ein feminines Gesicht und war groß und schlank.

»Ich kann nicht wirklich was zu Bents Verschwinden sagen«, sagte Lara Matthiesen. »Mir ist vollkommen rätselhaft, wo er abgeblieben ist. Normalerweise ist Bent absolut zuverlässig.«

»Wann haben Sie das letzte Mal mit ihm gesprochen?«, fragte

Alina, die auf dem Weg zum Strand mit Hella abgesprochen hatte, dass sie die ersten Fragen stellen sollte.

Lara Matthiesen sah zu einem großen Kalender, der an der Wand hing. »Heute haben wir Dienstag. Das muss Samstag früh gewesen sein.« Sie hielt inne. »Oder doch nicht. Vielleicht war es aber auch am Freitagmittag. Da war Bent auf jeden Fall noch da.«

»Wann hat er seinen Kurs abgesagt?«, fragte Hella weiter.

Lara Matthiesen zog ihr Handy aus der Tasche und tippte darauf herum. »Hier. Das war am Freitag um sechzehn Uhr dreiunddreißig. Er hätte am nächsten Tag Florian unterstützen sollen, da mehr Teilnehmer gekommen waren als ursprünglich angemeldet. Niklas ist dann eingesprungen. Auch diese Woche hatte er Kurse. Wir haben das jetzt neu aufgeteilt und bekommen das gerade mal so hin. Ich verstehe Bent nicht. Er ist sonst absolut zuverlässig und jetzt …« Sie brach mitten im Satz ab.

»Freitagvormittag war Bent Harmsen also noch hier. Wie hat er sich da verhalten? Gab es etwas Besonderes? War er aufgeregt, genervt, oder war alles ganz normal?«

Lara Matthiesen zuckte mit den Schultern. »Freitags tobt hier der Bär. Die Kurse enden oft an diesem Tag, und es muss alles fürs Wochenende vorbereitet werden. Ich weiß es schlicht nicht. Bent war eigentlich immer gut drauf, es wäre mir wohl aufgefallen, wenn es Freitag anders gewesen wäre.«

»Waren Niklas und Florian am Freitag auch hier?«, fragte Alina.

»Niklas hatte am Vormittag frei. Florian war hier, also am Strand. Im Moment sind die beiden gerade beschäftigt mit einer Gruppe.« Sie sah auf die Uhr an der Wand. »In spätestens einer halben Stunde sollten sie aber durch sein.«

»Wie ist Ihr Verhältnis zu Bent Harmsen?«, fragte Alina weiter.

»Gut. Wir arbeiten schon eine ganze Weile zusammen, und es passt alles.«

»Und Niklas und Florian?«

»Auch gut. Warum auch nicht? Wir lieben alle vier diesen Sport, und was kann es Schöneres geben, als das Hobby zum Beruf zu machen.«

»Ja, das stimmt«, sagte Alina und traf dabei einen freundlichen Ton. »Was hatte Bent denn in der letzten Woche für Aufgaben hier?«

»Eigentlich … jetzt im Mai sind wir natürlich nicht voll ausgebucht. Also er hatte sozusagen frei, war aber fast jeden Tag hier. Hat mit aufgeräumt, ein wenig die Buchführung in Ordnung gebracht und auch mal bei einem Kurs geholfen. Und er ist selbst auf dem Wasser gewesen. Bent ist ein fantastischer Kitesurfer. Sie wissen, wie das funktioniert?«

»Der Surfer lässt sich durch einen Drachen ziehen«, sagte Alina. »Oder so ähnlich.«

»Einen ziemlich großen Lenkdrachen. Der Sport erfordert unglaublich viel Geschick. Bent ist absolut erste Sahne.«

»Sie kennen Bents Freundin Jule?«, wechselte Alina abrupt das Thema.

Lara Matthiesen zögerte lange und wirkte überrumpelt. Sie zog die Augenbrauen zusammen und schüttelte schließlich den Kopf. »Jule? Und das soll Bents Freundin sein? Ich kenne keine Jule. Wie heißt sie denn weiter? Ist das vielleicht ein Spitzname?«

Alina ging nicht auf ihre Frage ein. »Hat Bent denn eine Beziehung? Mit einer Frau oder einem Mann?«

Lara Matthiesen lachte. Es klang gespielt und unnatürlich. »Bent und schwul? Natürlich nicht.«

»Also steht er auf Frauen?«

Lara Matthiesen schob die Haare aus dem Gesicht, die ihr bei dem Lachanfall nach vorn gefallen waren. »Dürfen Sie das eigentlich alles fragen? Immerhin sind das doch sehr intime Dinge.«

Alina reagierte ruhig und gelassen. »Ja, das sind in einem solchen Fall Standardfragen. Sie müssen aber selbstverständlich nicht antworten.«

»Kein Thema. Ich bin nicht prüde oder so. Aber ob Bent eine Freundin hat, weiß ich schlicht nicht. Mit mir hat er nie darüber gesprochen. Vielleicht ja mit den Jungs.« Sie stand auf. »Ich gehe mal schnell zu ihnen und frage, wie lange sie noch brauchen.«

»Nein, lassen Sie ruhig. Wir haben Zeit«, sagte Alina und zeigte auf den Stuhl. »Ich habe noch ein paar Fragen.«

Lara Matthiesen setzte sich wieder an den Tisch. »Und?«

»Mit wem hatte Bent in dem letzten Dreivierteljahr auf der Insel zu tun?«, fragte Alina.

Lara Matthiesen setzte zu einer Antwort an, als ein Handy klingelte. Hella stand auf. »Entschuldigung, ein wichtiges Gespräch. Ich gehe dafür nach draußen.«

Sie nickte Alina zu, hatte im nächsten Augenblick die Tür geöffnet und trat auf den Strand.

4

Hella nahm das Gespräch an. »Danke, Lars. Ich musste mich irgendwie elegant aus der Befragung ziehen.«

Hella hatte Lars eine WhatsApp-Nachricht geschickt und darum gebeten, dass er sie direkt anrief. »Habe ich mir schon gedacht. Dann bis später.«

Hella sah sich nach der Gruppe um und entdeckte sie beim Zusammenräumen. Sie ging auf sie zu und wartete, bis sich alle auf den Weg zur Holzhütte machten. Die Fotos von Niklas Beier und Florian Jung hatte sie am Abend zuvor im Internet gefunden. Jetzt ging sie auf Florian Jung zu, grüßte ihn und wies sich aus.

»Wir sind gerade auf dem Weg zurück.«

»Kein Problem, wir können uns auch währenddessen unterhalten.«

»Geht es um Bent?«

»Ja, uns liegt eine Vermisstenanzeige vor, und wir nehmen sie sehr ernst.«

Florian Jung blieb stehen. »Sie meinen damit aber doch nicht, dass Bent etwas zugestoßen ist?«

»Das können wir nicht ausschließen.«

Florian Jung legte sein Surfbrett in den Sand. »Und ich dachte, Bent braucht einfach mal eine Auszeit.«

»Wie kommen Sie darauf?«

Florian Jung fuhr sich mit der Hand durch sein dichtes rotes Haar. »Seit Ende der letzten Saison ist Bent etwas angespannt.« Er sah zur Hütte und legte den Kopf in den Nacken. »Das letzte Jahr lief nicht so gut.« Er stieß mit dem Fuß in einen kleinen Sandhaufen. »Monatelang zu wenige Kunden. Das aufzuholen ist unglaublich schwierig. Ich fürchte, Bent stresst das noch mehr als uns andere.«

»Gab es Streit in Ihrer Gruppe?«

Florian Jung schüttelte kurz den Kopf. »Nicht wirklich. Stress vielleicht, weil irgendwie müssen wir uns ja finanzieren. Ich finde das alles nicht wirklich dramatisch. Irgendwas kommt immer, Bent sieht das aber wohl nicht so locker. Außerdem hat er mir mal erzählt, dass sein Vater schwer krank ist. Aber das war noch im letzten Herbst. Ich glaube, es geht ihm wieder besser.«

»Kennen Sie seine Freundin Jule?«

»Jule? Nicht wirklich. Bent hat mir mal was von ihr erzählt. Wir hatten ein Bier zu viel und ... na ja, wie das so ist.«

»Wissen Sie, wo wir sie finden können?«

»Nee, Bent hat sich da sehr bedeckt gehalten. Selbst an dem Abend.«

»Hat er keinerlei Andeutungen gemacht?«

»Nein, aber mit Juist muss das schon was zu tun haben. Zumindest hatte ich den Eindruck.«

»Sie sind seiner Freundin nie begegnet?«, fragte Hella.

»Gute Frage. Die Insel ist ja nicht so groß, und man läuft sich unweigerlich irgendwann über den Weg. Ja, könnte sein, dass da mal was war. Ich habe Bent einmal Hand in Hand mit einer Frau gesehen. Sie gingen in Richtung Strand. Das war am Abend, vielleicht eine halbe Stunde vor Sonnenuntergang. Deshalb dachte ich, er hätte eine Frau aufgeri... also kennengelernt und würde sich ein paar nette Stunden am Strand mit ihr machen.«

»Wann war das?«

»Im letzten Jahr. August. Da gab es doch diese wahnsinnig heißen Wochen, wo es selbst in der Nacht noch über zwanzig Grad warm war. Zu der Zeit muss das gewesen sein. Warum ist das alles so wichtig? Das war doch sicher nur eine kurze Geschichte. Das hat doch nichts damit zu tun, dass Bent ...«, er schien nach den richtigen Worten zu suchen, »... also, dass Bent verschwunden ist. Oder untergetaucht.«

»Im Moment können wir noch nicht wissen, welche Informationen wichtig sind.«

Florian Jung nahm sein Surfbrett in die Hand. Die anderen Teilnehmer der Runde kamen ihnen inzwischen wieder entgegen, um die noch am Strand liegenden Segel zu holen. Florian nickte der Gruppe zu, als sie an ihm vorbeiging. Niklas Beier schien in der Hütte geblieben zu sein.

»Wie sah die Frau aus?«, fragte Hella weiter, als sie sich wieder in Bewegung gesetzt hatten.

»Das ist lange her. Etwas kleiner als Bent. Schwarze Haare, ich glaube nicht, dass die gefärbt waren. Schlank war sie, aber das Gesicht habe ich nicht wirklich gesehen. Sie könnte aber ...« Er brach ab.

»Ja, was könnte sie?«, hakte Hella nach.

»Ich hatte so den Eindruck, als wäre sie ein paar Jahre älter als Bent gewesen.«

»Wie kamen Sie zu dem Eindruck?«

»Das war spontan. Ich weiß nicht, vielleicht war es der Gang dieser Frau, oder ich habe kurz ihr Gesicht im Profil gesehen. Vielleicht war es auch was anderes. Damals habe ich mir da keine Gedanken drüber gemacht. Es ist ja inzwischen nichts Ungewöhnliches mehr, wenn die Frau älter ist als der Mann. Beschwören kann ich das allerdings nicht. Das ist ja schon mehr als ein halbes Jahr her. Vielleicht bekomme ich da auch etwas durcheinander.«

Sie hatten die Hütte erreicht. Florian Jung stellte das Surfbrett ab und wandte sich wieder Hella zu. »Ich muss dann noch mal zurück.«

»Ist in Ordnung. Wenn ich noch Fragen habe, melde ich mich bei Ihnen.«

Alina wartete bereits auf Hella, zusammen gingen sie zurück in Richtung Toilettenanlage, bei der sie das Quad abgestellt hatten.

»Hat Lara Matthiesen noch etwas Interessantes zu berichten gehabt?«, fragte Hella.

»Ich musste mir ein paar Fragen ausdenken, um dir die nötige Zeit zu verschaffen. Du hast doch mit einem der beiden Jungs gesprochen?«

»Florian Jung.« Hella fasste kurz die Befragung zusammen.
Alina nickte. »Ich hatte gleich den Eindruck, dass Lara Matthiesen mehr über diese geheimnisvolle Jule weiß, als sie uns verraten hat.«

»Und ganz so friedlich, wie sie uns die Truppe beschrieben hat, scheint es in der Vergangenheit auch nicht zugegangen zu sein. Florian Jung macht aber einen ehrlichen Eindruck auf mich. Ich kann mich täuschen. Dann müsste er allerdings ein begnadeter Schauspieler sein.«

Sie erreichten das Quad, stiegen ein und wendeten auf dem engen Feldweg. Zehn Minuten später stellten sie das Fahrzeug bei der Polizeistation ab, bedankten sich noch einmal bei der Inselpolizistin und gingen zu Fuß weiter zu der Pension, in der Lars ihnen zwei Zimmer gebucht hatte. Eine halbe Stunde später machten sie sich auf den Weg zu Bents Vermieterin.

Das rote Backsteinhaus stand am westlichen Rand des Dorfes. Auf ihr Klingeln hin öffnete eine alte Dame die Tür. Sie musterte die Ausweise und verglich die Fotos.

»Entschuldigen Sie mein Misstrauen, aber man hört ja heutzutage von so vielen schlechten Menschen. Da ist es besser, man schaut zweimal hin.« Sie trat zur Seite und bat Hella und Alina ins Haus.

In der Küche bestand Meta Bruhn darauf, ihnen Tee mit Kluntje und Sahne zu servieren, und setzte sich erst zu ihnen, nachdem sie die selbst gebackenen Kekse auf den Tisch gestellt hatte.

»Der arme Bent. Wissen Sie denn, wo er jetzt ist?«, fragte Meta Bruhn.

»Nein, leider nicht«, antwortete Hella. »Wann haben Sie ihn das letzte Mal gesehen?«

Die alte Dame nickte bedächtig. »Ja, wann war das? Am Samstag? Ja, ich glaube, das war an dem Tag.« Sie sah Hella fragend an. »Jemand von der Polizei hat mich schon angerufen. Waren Sie das?«

»Ja, das war ich«, sagte Alina. »Sie meinten beim Telefongespräch, dass Sie Bent am Freitag gesehen hatten.«

»Das habe ich ja sicher auch, aber am Samstag ... Sie müssen wissen, ich schlafe da etwas länger. Und ich bin wach geworden, als ich oben Geräusche gehört habe. Eigentlich ist Bent immer leise, aber an dem Tag nicht. Vielleicht dachte er, dass ich schon auf bin.«

»Haben Sie ihn auch gesehen oder nur gehört?«, fragte Hella.

Meta Bruhn setzte die Teetasse ab, die sie gerade in die Hand genommen hatte. »Wenn ich so recht überlege ... nein, gesehen habe ich ihn nicht. Ich bin ja wieder eingeschlafen und erst gegen zehn Uhr aufgewacht. Danach war Bent nicht mehr in der Wohnung.«

»Sie haben einen Schlüssel?«, fragte Hella weiter.

Meta Bruhn nickte. »Der ist aber nur für Notfälle. Natürlich betrete ich die Wohnung nie, wenn der Junge nicht da ist. Ich glaube auch nicht, dass er das gutheißen würde.«

»Das ist ein Notfall, Frau Bruhn. Wir müssen sichergehen, dass Bent Harmsen nicht in der Wohnung ist.«

»Aber dann hätte ich es doch schon lange gehört«, widersprach die alte Dame, erstarrte kurz darauf und warf Hella einen erschrockenen Blick zu. »Sie meinen doch jetzt nicht, dass der arme Bent dort oben liegt und vielleicht ...« Sie schluckte schwer.

»Am besten ist es, wenn wir einfach mal nachschauen«, schlug Alina vor und stand auf.

Meta Bruhn atmete tief durch und erhob sich langsam aus dem Stuhl. »Dann kommen Sie mal mit.«

Am Ende der Treppe schien nachträglich eine Zwischentür eingebaut worden zu sein. Frau Bruhn hatte Hella den Schlüssel gegeben und war im Erdgeschoss stehen geblieben.

Hella zog die Latexhandschuhe über und schloss die Tür auf. Von einem kurzen Flur gingen drei Türen ab. Sie öffnete die erste. Das Badezimmer. Hella warf einen kurzen Blick in die Dusche und kehrte um. Hinter der zweiten Tür befand sich eine kleine Küche. Die Schranktüren standen offen.

emons: verlag
Cäcilienstraße 48

50667 Köln

emons: Tel. 0221-5697-0 · info@emons-verlag.de

Bitte senden Sie mir das aktuelle Verlagsprogramm zu

Ich möchte den Newsletter von emons: **per E-Mail erhalten**

Ich habe Interesse an Krimis aus folgender Region:

f Besuchen Sie uns auch auf www.facebook.com/EmonsVerlag

Name

Straße

PLZ/Ort

E-Mail

Ich bin damit einverstanden, dass meine hier angeführten Daten zu dem folgenden Zweck »Versand von Kundenprospekt« erhoben, verarbeitet und genutzt sowie unter Umständen an unseren Dienstleister zum Versand des angeforderten Kundenprospektes weitergegeben bzw. übermittelt und dort ebenfalls zu dem folgenden Zweck »Versand von Kundenprospekt« verarbeitet und genutzt werden. Hier werden die Daten unmittelbar nach dem Versand gelöscht. Im Fall des Widerrufs werden mit dem Zugang meiner Widerrufserklärung meine Daten gelöscht.

05/2021

Hella drehte sich zu Alina um. »Merkwürdig. Hat hier jemand etwas gesucht?«

Hinter der dritten Tür lag das kombinierte Wohn- und Schlafzimmer.

»Himmel, was ist hier passiert?«, entfuhr es Alina. Unzählige Bücher lagen auf dem Boden, alle Schränke waren geöffnet und der Inhalt im Zimmer verteilt worden. »Ja, damit ist meine Frage wohl beantwortet.«

Sie liefen noch einmal durch die ganze Wohnung, fanden aber keine Hinweise zu Bent Harmsen.

»Hier muss die Spurensicherung ran«, sagte Hella schließlich. »Wir lassen alles so, wie es ist. Frau Bruhn müssen wir nichts von dem Chaos erzählen.«

Sie verließen die Wohnung und versiegelten sie. Meta Bruhn schaute ihnen von unten zu. Als Hella und Alina die Treppe hinunterkamen, warf die alte Dame ihnen einen ängstlich Blick zu.

»Bent ist nicht dort oben«, sagte Hella. »Morgen werden sich Kollegen von uns noch einmal die Wohnung ansehen. Bis dahin darf niemand sie betreten.«

»Auch Bent nicht?«, fragte Meta Bruhn.

»Er natürlich schon. Aber rufen Sie uns bitte sofort an, wenn sie ihn sehen.«

Die alte Dame nickte gedankenversunken und bat Hella und Alina ein weiteres Mal in die Küche. Sie setzte frischen Tee auf und schien sich währenddessen wieder zu beruhigen. Mit einem Lächeln trat sie an den Tisch und schenkte Hella und Alina ein.

»Bent ist sicher nur verreist und hat vergessen, jemandem davon zu erzählen. Manchmal ist er etwas verträumt.« Sie setzte sich wieder. »Bent ist ein starker Junge. Ihm wird schon nichts passiert sein.«

»Hatte Bent eine Freundin?«, fragte Alina.

»Das weiß ich nicht, Frau Kommissarin.«

»Hatte er denn häufiger Besuch von Frauen in seinem Alter?«, fragte Alina weiter.

»Sie meinen, ob jemand über Nacht da gewesen ist?«

»Auch, aber nicht nur.«

»Ich horche nicht an der Tür, und meine Mieter können immer machen, was sie wollen. Das ist ja heutzutage so. Aber ich bin nun mal ziemlich viel hier im Haus. Und ich schlafe schlecht. Vielleicht hat Bent mal jemanden mitgebracht. Ich weiß wohl von seinem Freund aus Wittmund. Der war ein paarmal hier und hat auch bei Bent geschlafen. Sein Name fällt mir gerade nicht ein …«

»Jakob Jensen?«

»Ja, Jakob hieß er. Also der war hier. Ein netter junger Mann, kann ich nur sagen. Genau wie Bent. Aber von einer Frau habe ich nichts bemerkt.« Sie stutzte. »Doch, was rede ich bloß wieder. Es war eine junge Frau in Bents Alter hier. Zweimal, glaube ich. Bent hat mir dann später erzählt, dass sie eine alte Freundin sei, der es nicht so gut gehen würde. Sie ist auch mal laut geworden. Geschimpft hat sie, aber ich habe nicht verstanden, was sie gesagt hat.«

»Wie sah sie aus?«, fragte Hella.

»Ganz normal. Kurze Haare, brünett, nicht so groß, ordentlich gekleidet.«

»Den Namen hat Ihnen Bent nicht gesagt?«, fragte Alina.

»Daran erinnere ich mich nicht«, sagte die alte Dame.

»Und Bent und diese Frau haben sich gestritten?«

»Sie ist laut geworden, aber ob sie sich richtig gestritten haben, weiß ich nicht.«

5

»Wir sind keinen Schritt weiter, oder?«, sagte Alina, als sie eine halbe Stunde später vor dem Haus von Frau Bruhn standen. »Sehe ich nicht ganz so schwarz«, antwortete Hella und sah auf die Uhr. »Ich habe Hunger. Sind wir nicht auf dem Weg hierher an einer Pizzeria vorbeigekommen?« »›Piratennest‹«, sagte Alina schmunzelnd. »Ich glaube, die haben durchgehend geöffnet.«

Wenig später saßen sie in dem kleinen Restaurant, tranken das bestellte Mineralwasser und warteten auf ihr Essen. Hella hatte auf dem Weg hierher mit Staatsanwalt Dr. Holthaus gesprochen und um einen richterlichen Durchsuchungsbeschluss für Bent Harmsens Wohnung gebeten. Anschließend hatte sie mit Kriminalrat Onken, ihrem Vorgesetzten in Aurich, gesprochen. Er hatte ihr zugesagt, einen Kriminaltechniker nach Juist zu schicken, sobald der Beschluss vorliegen würde.

»Wie geht es jetzt weiter?«, fragte Alina. »Die Unordnung kann auch Bent Harmsen hinterlassen haben. Vielleicht hat er etwas gesucht und ist dabei verzweifelt. Oder er ist anderweitig durchgedreht.«

»Haben wir Anzeichen dafür gefunden, dass er schnell erregbar ist oder eine psychische Erkrankung hat?«

»Nein, bisher nicht.«

»Also sollten wir doch eher von einem Einbruch ausgehen.« Bevor sie das Haus von Meta Bruhn verlassen hatten, hatten sie die Eingangstür untersucht und keinerlei Spuren für eine gewaltsame Öffnung gefunden. »Ich tippe darauf, dass der Einbrecher einen Schlüssel hatte.«

»Den er wiederum nur von Bent Harmsen haben konnte«, ergänzte Alina Hellas Ausführungen.

»Genau. Dort hat jemand etwas gesucht und unter Umständen auch gefunden. Infrage kommt da einiges: Laptop, Papiere, Fotos, Aufzeichnungen über irgendwelche Vorkommnisse.«

Alina schmunzelte. »Spekulativ, würde Lars jetzt sagen.«

»Und er hätte recht damit«, sagte Hella. »Aber in dieser frühen Phase bleibt uns wohl nichts anderes übrig, als zu spekulieren. Wir brauchen Ergebnisse, und die ersten erhoffe ich mir morgen von der Durchsuchung. Ein oder höchstens zwei Tage, länger können wir hier nicht bleiben. Kriminalrat Onken war schon nicht erbaut, als ich ihm erklärte, worum es hier geht. Und der Staatsanwalt hat auch verschnupft reagiert.«

Alina nickte. »So was habe ich mir schon gedacht.«

Der Kellner trat an ihren Tisch und servierte die beiden Pizzas.

»Guten Appetit«, wünschte Hella.

»Sprechen wir heute noch mit diesem Olaf?«, fragte Alina auf dem Weg vom Restaurant zur Polizeistation.

Meta Bruhn hatte ihnen Namen und Adresse von Olaf Schmidt gegeben. Die alte Dame war mit Olafs Großmutter gut bekannt, die ihr von der Freundschaft zwischen den jungen Männern erzählt hatte.

»Ich denke schon. Telefonierst du mit ihm und machst einen Termin aus?« Hellas Handy machte sich bemerkbar. Sie schaute aufs Display und nahm das Gespräch an. »Hallo, Frau Wessels. Wir sind gleich bei Ihnen.«

»Es ist etwas passiert«, sagte die Inselkommissarin mit aufgeregter Stimme. »Oder zumindest vermute ich das.«

»Was?«

»Ein Hobby-Ornithologe hat einen leblosen Körper am Hammersee gefunden. Er sagt, dass der Mann definitiv tot ist. Er konnte ihn mir nicht genau beschreiben, meinte aber, dass es wohl eher ein junger Mann sei.«

Hella war inzwischen stehen geblieben. »Wo sind Sie?«

»In der Station. Soll ich auf Sie warten?«

»Ist der Ornithologe noch vor Ort?«

»Mehr oder weniger. Er habe sich etwas von der Leiche entfernt, hat er gesagt. Konnte den Anblick wohl nicht mehr ertragen.«

Hella gab Alina einen Wink, dass sie weitergehen mussten. »Rufen Sie ihn an, er soll dort auf uns warten«, sagte sie zu Imke Wessels. »Und es darf sich auf keinen Fall noch jemand der Leiche nähern. Wir sind in fünf Minuten bei Ihnen.«

Hella ließ das Handy in die Tasche gleiten und ging schneller. Alina folgte ihr. »Leiche?«

»Am Hammersee. Das ist ziemlich weit westlich auf der Insel. Ein Mann.«

»Bent Harmsen?«

»Das ist noch nicht klar.«

Imke Wessels steuerte das Quad, Hella saß neben ihr und Alina hinten auf der Transportfläche.

»Wie lange brauchen wir?«, fragte Hella.

»Wenn wir gut durchkommen, eine Viertelstunde.«

Im Moment herrschte reger Verkehr. Die Pferdegespanne zu überholen war nicht an allen Stellen möglich. Imke Wessels hatte zwar das Blaulicht angestellt, aber auf die Sirene verzichtet, um die Pferde nicht zu erschrecken. Als sie auf Höhe der Inselschule das Hauptdorf hinter sich gelassen hatten, beschleunigte Imke Wessels, musste aber kurz darauf schon wieder abbremsen, als ein weiteres Gespann vor ihnen auftauchte. In Loog, dem zweiten Ort auf Juist, kam es zu einem kleinen Stau, als sich zwei breite Pferdegespanne auf einer engen Straße entgegenkamen. Sie mussten mehrere Minuten warten, bis die Situation geklärt war und sie überholen konnten.

Hella nutzte die Zeit und informierte Kriminalrat Onken über die neue Situation.

»Ist es der junge Mann, der vermisst wird?«, fragte Onken.

»Das wird vermutlich eine Weile dauern, bis wir das geklärt haben. Wir brauchen noch ein paar Minuten, bis wir am Hammersee sind.«

»Wo bitte? Ich kann Sie kaum verstehen.«

»*Hammersee*«, wiederholte Hella lauter. »Das ist ein See im Westen von Juist. Er ist …«

»Nicht so wichtig. Ich informiere den Staatsanwalt und schicke Ihnen auf jeden Fall zwei Kriminaltechniker. Gibt es einen Arzt auf der Insel?«

»Ja«, sagte Hella, die sich über die Frage ihres Vorgesetzten ärgerte. War er überhaupt jemals auf einer der Ostfriesischen Inseln gewesen? Kannte er seinen Bezirk so wenig?

Sie ließen die letzten Häuser von Loog hinter sich und kreuzten kurz darauf einen breiteren Weg, der über die Dünen zum Strand führte. Nach wenigen Metern verließen sie den Strandweg und fuhren weiter westwärts.

Imke Wessels zeigte nach links. »Gleich sind wir auf Höhe des Sees.«

Schon von Weitem sahen sie eine Person auf dem Weg stehen, die den Arm hoch erhoben schwenkte. Die Inselpolizistin stoppte wenige Meter vor dem Mann und stieg ab. Hella und Alina folgten ihr.

»Endlich«, sagte der Mann, der sichtlich erleichtert schien, als Imke Wessels ihn begrüßte und anschließend Hella vorstellte.

»Kriminalpolizei? So schnell?«

Hella lächelte. »Wir waren bereits auf der Insel. Könnten Sie uns jetzt zeigen, wo wir den Toten finden?«

Der Mann nickte, wandte sich ab und zeigte auf einen schmalen Fußweg, der durch dichte Büsche führte. »Ungefähr zwanzig Meter, dann sind Sie am See. Dann halten Sie sich rechts, und nach weiteren zwanzig Metern – natürlich alles geschätzt – liegt der Mann ganz in der Nähe des Ufers.«

»Meine Kollegin wird Ihre Personalien aufnehmen und Sie kurz befragen. Sie sind noch länger auf Juist?«

»Vier Tage habe ich noch.« Er schluckte schwer und schien zu überlegen, ob er nach dem Fund der Leiche überhaupt weiter auf der Insel bleiben würde.

»Informieren Sie uns bitte, wenn Sie früher abreisen«, sagte

Hella und nickte Alina zu. »Können wir?«, fragte sie an Imke Wessels gewandt.

Hella zog sich Latexhandschuhe über und ging vorsichtig, auf eventuelle Spuren achtend, den Weg entlang. Nach wenigen Schritten lichtete sich der dichte Buschbestand, und sie betraten einen wenige Meter langen Sandstreifen, der parallel zum Seeufer verlief. Der mit dem Gesicht nach unten gedrehte Mann lag mit den Schuhen im Wasser.

»Bleiben Sie bitte hier stehen«, sagte Hella zu ihrer Kollegin und arbeitete sich langsam vor. Als Erstes legte sie zwei Finger an die Halsschlagader, warf einen Blick zu Imke Wessels und schüttelte den Kopf. Als Nächstes fotografierte sie die Leiche und den Boden in einem Umkreis von zwei Metern. Anschließend drehte sie den Mann um und säuberte vorsichtig das Gesicht.

Die Inselpolizistin nickte mit versteinerter Miene. »Das ist Bent Harmsen.«

Hella untersuchte die Kleidung nach sichtbaren Spuren und zog anschließend Plastiktüten über die Hände.

»Wie schnell kann ein Arzt vor Ort sein?«, fragte Hella.

Imke Wessels zog ihr Handy aus der Tasche und sprach kurz darauf mit einem der Inselärzte. »Er kommt mit dem Fahrrad. Ich schätze, dass er in zwanzig Minuten hier sein wird.«

Hella schoss die letzten Fotos und markierte den Weg mit herumliegenden Steinchen, den sie bis zur Leiche genommen hatte. Schließlich kehrte sie zu Imke Wessels zurück.

»Wie bekommen wir die Leiche ins Dorf, und wo können wir sie lagern? Heute fährt ja keine Fähre mehr, oder?«

»Nein, im Moment nur einmal am Tag. Der Rettungswagen kann bis zum Strandübergang kommen. Bis dahin werden wir ...«, sie schluckte und warf einen Blick auf Bent Harmsens Leiche, »... ihn tragen müssen.«

»Das sind bestimmt fünfhundert Meter«, sagte Hella.

»Eventuell können wir eine Krankentrage hinten auf der Quad-Ladefläche befestigen. Ich frage gleich beim Rettungsdienst an.« Sie hielt kurz inne. »Wäre es nicht am besten, wenn Bent mit dem Helikopter aufs Festland gebracht werden würde?«

Hella nickte. »Fragen Sie nach, ob der frei ist.«

Die Inselpolizistin trat den Rückweg an, während Hella zurückblieb.

Der Arzt war keine zwanzig Minuten später bei Hella, ging den abgesteckten Weg zur Leiche, untersuchte den Leichnam und maß die Körpertemperatur, bevor er zurückkam.

»Den Totenschein stelle ich in meiner Praxis aus.«

»Können Sie mir ungefähr sagen, seit wann der Mann tot ist?«

»Ich bin kein Gerichtsmediziner, aber das wissen Sie ja. Auf jeden Fall liegt er schon länger dort. Ich würde auf einen bis eineinhalb Tage tippen. Die Leichenstarre hat sich noch nicht vollständig gelöst. Also eher Richtung dreißig Stunden. Vielleicht auch etwas weniger.«

Hella sah auf die Uhr. Es war kurz vor siebzehn Uhr. Bent Harmsen wäre somit im Laufe des frühen Montagnachmittags gestorben.

»Danke. Es wäre gut, wenn Sie mir Ihre Einschätzung noch schriftlich geben könnten.« Als der Arzt zu einer Erwiderung ansetzte, hob Hella die Hand. »Ich weiß, Sie sind kein Gerichtsmediziner. Aber bevor der Leichnam in Oldenburg obduziert wird, könnten noch bis zu vierundzwanzig Stunden vergehen. Ihre Hinweise wären sicher sehr hilfreich für Ihre Kollegen in der Gerichtsmedizin. Nicht mehr und nicht weniger.«

»Sie bekommen die Daten und den Totenschein noch heute. Ich werfe es in der Polizeistation in den Briefkasten, wenn dort niemand mehr ist.«

Hella bedankte sich beim Inselarzt und ging mit ihm gemeinsam zum Quad zurück.

6

Hellas erster Anruf galt Dr. Holthaus, den sie von der vorläufigen Identifizierung von Bent Harmsen in Kenntnis setzte und darum bat, die Gerichtsmedizin in Oldenburg zu informieren. Ihr zweiter Anruf ging an Lars, der direkt nach der Begrüßung von seinen Recherchen zu Katrin Ohle berichten wollte. Hella hielt ihn davon ab und brachte ihn auf den aktuellen Stand.

»Du musst dich leider auf den Weg zu den Eltern machen. Ruf vorher an, ich vermute aber, dass sie beide zu Hause sind. Bereite sie auch darauf vor, dass sie morgen ihren Sohn in Oldenburg identifizieren müssen. Am besten wäre es, wenn du sie fährst.«

»Okay. Einer muss es ja machen. Wir gehen von einem Tötungsdelikt aus?«

»Ja, es sieht alles danach aus. Ich habe mit dem Staatsanwalt Dr. Holthaus abgesprochen, dass wir die Ermittlungen vorerst übernehmen.«

»Vorerst?«

»Er denkt darüber nach, eine größere Sonderkommission einzusetzen. Das können wir nur abwarten. Wie gesagt, erst mal liegt der Fall in unseren Händen.«

»Verstehe. Dann mache ich mich mal auf den Weg zu den Eltern. Bericht bezüglich Katrin Ohle kommt dann später.«

Inzwischen waren zwei Rettungssanitäter mit der Trage eingetroffen. Hella ging mit ihnen zusammen an den See und wies sie ein. Zurück auf dem Weg gaben sie schnell den Versuch auf, die Trage nebst Leiche auf der Ladefläche des Quads zu befestigen, und machten sich anschließend zu Fuß auf den Weg zum Hauptweg.

»Der Helikopter sollte in etwa einer Stunde auf dem Flugplatz landen«, sagte Imke Wessels. »Das sollte zu schaffen sein.«

Hella nickte. »Ich habe mit dem Staatsanwalt abgesprochen, dass die Kriminaltechniker per Flugzeug nach Juist kommen.«

»Wer bleibt hier?«, fragte Alina.

»Ich könnte die Feuerwehr anrufen und darum bitten, dass sie zwei Männer abstellen«, schlug Imke Wessels vor.

»Sehr gute Idee«, sagte Hella, während die Inselpolizistin schon nach ihrem Handy griff.

Eine Stunde später saßen Hella und Alina in ihrem provisorischen Büro zusammen. Imke Wessels war auf dem Weg zum Flugplatz, wo sie die Kollegen der Spurensicherung abholen würde. Nachdem die Kriminaltechniker am Flugplatz Bent Harmsens Kleidung nach Spuren abgesucht hatten, würde die Inselpolizistin sie direkt zum Hammersee fahren und anschließend in die Wohnung von Bent Harmsen begleiten.

»Hat Lars sich schon gemeldet?«, fragte Alina.

»Nein, vermutlich ist er noch bei den Eltern. Das kann sich manchmal lange hinziehen.«

Alina seufzte. »Das ist nicht gerade Lars' Lieblingsaufgabe.«

»Er macht das schon«, sagte Hella. Sie griff nach einem leeren Blatt Papier und schrieb »Bent Harmsen« in die Mitte. Weiter oben platzierte sie »Katrin Ohle«, daneben schrieb sie »Jule«. In der unteren Hälfte notierte sie die drei Namen von Bent Harmsens Geschäftspartnern.

»Bisher ist das Feld noch sehr übersichtlich«, kommentierte Alina die Auflistung. »Was ist mit Jakob Jensen?«

Hella fügte den Namen hinzu. »Hast du eine Vermutung, dass er nicht die Wahrheit gesagt hat?«

»Darüber habe ich mir gestern Abend den Kopf zerbrochen. Ich weiß immer noch nicht, was mich gestört hat. Vielleicht bekomme ich es heraus, wenn ich mir die Befragung noch einmal komplett anhöre. Ich bin mir nicht mehr so sicher, dass er und Bent immer noch die besten Freunde waren.«

»Wir werden Bents Freund Olaf Schmidt befragen müssen«, sagte Hella und schrieb auch diesen Namen aufs Blatt.

»Wenn wir einmal davon ausgehen, dass Bent Harmsen am frühen Montagnachmittag getötet wurde – vorausgesetzt, es liegt überhaupt eine Tötung vor –, wo war er von Freitagabend bis zu seinem Tod? Das sind fast zweiundsiebzig Stunden, in denen ihn bisher niemand gesehen hat.«

»Sein Handy ist zumindest während dieser Zeit nicht benutzt worden«, sagte Alina. »Was für jemand in seinem Alter ausgesprochen ungewöhnlich ist.«

»War Bent die ganze Zeit auf der Insel? Wurde er festgehalten? Hat er sich versteckt? In beiden Fällen: Wo hat er sich aufgehalten?«

»Ich gehe gleich morgen zum Fahrkartenschalter am Hafen. Vielleicht wissen die, ob Bent Harmsen die Insel verlassen hat. Anschließend fahre ich zum Flugplatz.«

»Nicht die Schnellfähren vergessen«, sagte Hella. »Du könntest, wenn du schon am Fähranleger bist, im Sporthafen nachfragen, ob ab Freitagmittag Boote den Hafen verlassen haben.«

Alina notierte sich die Aufgaben. »Und umgekehrt muss Harmsen, sollte er die Insel verlassen haben, ja auch spätestens am Montag zurückgekommen sein.«

»Und das alles mit ausgeschaltetem Handy?«, fragte Hella nachdenklich.

»Bent hatte es zu der Zeit nicht mehr, oder er hat es bewusst nicht angestellt. Beide Varianten gefallen mir nicht. Bei der ersten wurde es ihm abgenommen, bei der zweiten fühlte sich Bent offensichtlich verfolgt und hatte Angst, man würde ihn übers Handy finden.« Alina hob abwehrend die Hand. »Ich weiß, spekulativ. Aber fällt dir ein anderer Grund ein?«

»Im Moment nicht, aber wir sollten trotzdem offen sein für andere Szenarien.«

Hellas Handy machte sich bemerkbar. Nach einem Blick aufs Display nahm sie das Gespräch an und stellte das Gerät auf laut. »Hallo, Lars. Ich sitze gerade mit Alina zusammen. Sie hört mit. Du warst bei den Eltern?«

»Ja. Es hat ziemlich lange gedauert. Zum Glück ist später

der Pastor gekommen und hat sich um die beiden gekümmert. Sie waren am Boden zerstört, aber das habt ihr euch ja sicher schon gedacht.« Lars' Stimme klang müde. Er hatte langsam gesprochen und zwischendurch immer wieder kurze Pausen gemacht. »Ich glaube nicht, dass die beiden oder einer von ihnen morgen in der Lage sein werden, ihren Sohn zu identifizieren. Ich habe mich aber für morgen Vormittag noch einmal angekündigt. Dann sehen wir weiter.«

»In Ordnung, Lars«, sagte Hella. »Ich gebe das so an Oldenburg weiter. Du hattest noch Infos zu Katrin Ohle?«

»Ja, deshalb rufe ich vor allem an. Ich war bei ihren Eltern, Katrin hat zwar vorübergehend wieder dort gewohnt, aber vor vier Wochen ist sie zurück nach Münster ins Studium. Lehramt für Grundschule.«

»Sind denn im Moment nicht Semesterferien?«

»Genau. Und zwar noch zwei weitere Wochen. Auf dem Handy meldet sich Katrin Ohle nicht. Sie hat keinen Festnetzanschluss in ihrer Wohnung. Allerdings habe ich von den Eltern eine Handynummer ihrer Freundin bekommen und dort angerufen. Die studiert auch in Münster und wohnt ganz in der Nähe von Katrin Ohles Wohnung. Leider hatte sie in den letzten Wochen keinen Kontakt zu ihrer Freundin und hat sie auch seit Monaten nicht gesehen.«

»Heißt das, Katrin Ohle hat im letzten Semester nicht studiert?«, fragte Alina.

»So ist es. Die Freundin meinte, sie hätte sich ein Semester freigenommen. Allerdings wollte sie mir den Grund nicht verraten. Das sei privat und sie wüsste nicht, ob es Katrin recht wäre, wenn sie darüber sprechen würde.«

»Klingt fast danach, als habe sie psychische Probleme«, sagte Hella. »Haben die Eltern dir darüber etwas verraten?«

»Zu dem Zeitpunkt wusste ich noch nichts über das Freisemester. Ich vermute aber, sie wissen nicht einmal, dass ihre Tochter eine Pause eingelegt hat. Auf jeden Fall war sie häufiger bei ihren Eltern als in den Jahren davor. Sie hat übrigens nicht gleich nach dem Abitur mit dem Studium angefangen. Das erste Jahr ist sie in Wittmund geblieben, hat im Kindergarten und in einer Grundschule ein Freiwilliges Soziales Jahr gemacht. Die nächsten zwölf Monate war sie als Au-pair in den USA. Erst anschließend hat sie mit dem Studium angefangen.«

»Wie ist dein Plan?«, fragte Alina.

»Ich habe in Münster um Amtshilfe gebeten und hoffe, dass dort morgen jemand bei ihrer Wohnung vorbeischaut. Außerdem fahre ich morgen noch einmal zu den Eltern und werde sie etwas intensiver befragen.«

»Okay, machen wir das so«, sagte Hella.

»Wie lange bleibt ihr auf der Insel?«

»Morgen auf jeden Fall noch. Weiter kann ich noch nicht planen.«

»Ich melde mich gleich morgen, nachdem ich bei den Eltern von Katrin Ohle war.«

Jemand klopfte an die Tür. Bevor Hella etwas sagen konnte, öffnete Imke Wessels die Tür. »Darf ich stören?«

»Kommen Sie rein. Das ist unser gemeinsamer Fall«, sagte Hella lächelnd.

Die Inselpolizistin holte sich den freien Stuhl vom dritten Schreibtisch und setzte sich zu Hella und Alina. »Der Helikopter sollte bereits auf dem Festland gelandet sein.«

»Sehr gut. Dann wird der Leichnam noch heute nach Oldenburg gebracht.«

Imke Wessels nickte. »Die Kriminaltechniker habe ich dann gleich vom Flugplatz aus mitgenommen. Sie sind jetzt am Arbeiten und rufen mich an, wenn ich sie abholen soll. Das Zimmer von Bent nehmen sie dann morgen unter die Lupe. Pension habe ich auch für die beiden. So weit ist also alles organisiert.«

»Vielen Dank, Frau Kollegin.« Hella sah auf die Uhr. »Ich würde vorschlagen, wir suchen uns ein Restaurant, wo wir noch eine Kleinigkeit essen können. Darf ich Sie einladen? Dann könnten Sie uns noch ein paar Hintergrundinformationen geben.«

»Ich komme gern mit.« Sie zuckte mit den Schultern. »In meiner Wohnung wartet nur meine Katze auf mich.«

Imke Wessels schlug vor, in die »Strandhalle« zu gehen, der Weg sei zwar etwas weiter, aber dort gebe es auch Kleinigkeiten zu essen, und der Blick auf die Nordsee sei fantastisch.

Auf dem Weg durch den Ort fragte Alina Imke Wessels nach dem Hammersee. »Merkwürdiger Name.«

»Dachte ich bei meinem ersten Einsatz auf Juist auch. Allerdings wurde ich schnell aufgeklärt, dass der Name nichts mit einem Hammer als Werkzeug zu tun hat. Er ist von dem ostfriesischen Wort ›Hamrig‹ abgeleitet – eine Weidefläche, die gemeinschaftlich genutzt wird.«

»Weidefläche?«

»Ja, aber das ist wohl lange her. In einer dieser großen Sturmfluten, ich glaube, das war im 17. Jahrhundert, ist die Insel dort, wo jetzt der See ist, geteilt worden. Später ist dann erst die eine Seite und erst im letzten Jahrhundert die andere aufgeschüttet worden. Übrig blieb dann der See, der nach und nach seinen Salzgehalt verloren hat.«

»Interessant«, sagte Alina.

Inzwischen standen sie vor der »Strandhalle«, Imke Wessels hielt ihren Kolleginnen die Tür auf und folgte ihnen ins Lokal. Das Restaurant war nur mit wenigen Gästen besetzt, sie suchten sich einen Platz am Fenster und bestellten Getränke und etwas zu essen.

Imke Wessels sah sich um und beugte sich dann leicht zu Hella vor. »Sie gehen davon aus, dass Bent ermordet wurde?«

»Bent Harmsen wird wahrscheinlich morgen in Oldenburg obduziert. Danach können wir mehr sagen. Allerdings sah mir die Wunde am Kopf sehr nach einem Schlag aus.«

»Also Mord«, sagte Imke Wessels leise.

Hella nickte. »Oder Totschlag. Keine angenehme Sache für Juist, das ist uns klar. Hat sich die Nachricht schon auf der Insel verbreitet?«

»Das vermute ich stark. Ich habe zwar den Rettungssanitätern und den Kollegen von der Feuerwehr eingeschärft, ihren Mund zu halten, aber sie können sich vorstellen, wie schnell sich solch eine Nachricht verbreitet. Das lässt sich nicht stoppen.«

Ihre Getränke und die Burger wurden serviert. Hella wünschte einen guten Appetit und griff nach Messer und Gabel.

»Sie wollten noch Hintergrundinformationen von mir?«, fragte Imke Wessels, als sie den Teller zur Seite schob.

»Ja, können Sie uns etwas über die Surfschule und ihre Betreiber erzählen?«, fragte Hella.

»Was genau wollen Sie wissen?«

Hella trank einen Schluck Mineralwasser. »Fangen wir bei Lara Matthiesen an.«

Imke Wessels nickte und ließ sich Zeit für ihre Antwort. »Dass sie hier von Juist kommt, wissen Sie ja bereits. Sie ist hier auf die Grundschule und später auf die Inselschule gegangen. Aber dem zehnten Jahrgang ging sie für ein Jahr in Norden aufs Gymnasium, ist aber schnell zurückgekehrt. Warum, weiß ich nicht. Sie hat dann hier die Schule zu Ende gemacht und anschließend hier und da gejobbt. Arbeit gibt es, bis auf wenige Monate im Jahr, ja genau hier. Dass sie Niklas Beier schon lange kennt, habe ich Ihnen, glaube ich, auch schon erzählt.«

Hella nickte. »Ja, das hatten Sie erwähnt.«

»Zuerst war es wohl nur so eine Schwärmerei unter Jugendlichen, aber nach der Schule haben die beiden wohl richtig zusammengefunden.«

»Können Sie uns auch etwas zu Niklas Beier sagen?«

»Nicht viel. Er hatte, soweit ich gehört habe, reichlich Probleme in seiner Schullaufbahn.«

»Wissen Sie Einzelheiten?«, fragte Alina.

»Nein, das ist das übliche Getratsche auf so einer kleinen Insel. Deshalb wäre es gut, wenn Sie das nicht so hoch hängen würden.«

»Selbstverständlich nicht«, sagte Hella. »Trotzdem sind solche Informationen für uns wichtig und sparen manchmal viel Zeit. Wie schätzen Sie Niklas ein?«

»Etwas unnahbar. Das Gegenstück zu Lara, die sehr aufgeschlossen und an Menschen interessiert ist. Wenn man mit Niklas zu tun hat, spürt man gleich sein Misstrauen. Vielleicht liegt es ja daran, dass ich Polizistin bin und er mit Kollegen schlechte Erfahrungen gemacht hat. Vielleicht ist es auch ein Wesenszug von ihm.«

Hella nickte. »Ich stelle es mir sehr schwierig vor, mit vier Personen gleichberechtigt eine Firma zu besitzen. Wissen Sie von Konflikten zwischen Bent und den anderen?«

»Finanziell war das letzte Jahr wohl nicht so rosig. Das habe ich zumindest gehört«, sagte Imke Wessels. »Ob das jetzt zu Konflikten geführt hat, kann ich wirklich nicht von außen beurteilen.« Die Inselpolizistin wirkte jetzt zurückhaltender als zuvor. Hella vermutete, dass es Gerüchte gab, die ihre Kollegin aber nicht weitergeben wollte.

»Und Florian Jung?«

Imke Wessels lächelte. »Der passte, glaube ich, gut zu Bent. Beides liebe Jungen, surfverrückt und etwas weltfremd. Bei ihm kann ich mir am wenigsten vorstellen, dass er mit Bent Harmsen Konflikte hatte. Schon gar keine, die so endeten.«

»Kennen Sie Olaf Schmidt?«, fragte Alina.

»Olaf Schmidt? Wie kommen Sie jetzt auf ihn?« Imke Wessels zog die Augenbrauen zusammen. »Persönlich kenne ich den jungen Mann nicht, aber als Polizistin schon.«

»Bents Vermieterin hat uns den Namen genannt. Die beiden seien gut miteinander befreundet gewesen?«

»Tatsächlich? Das habe ich gar nicht mitbekommen. Ja, Olaf. Er ist jünger als Bent. Einundzwanzig, wenn ich mich recht entsinne. Ich hatte einige Probleme mit ihm. Drogen, Alkohol, Beschwerden von jungen Mädchen. Das ist aber alles ein paar Jahre her.«

»Hat er gedealt?«, fragte Alina.

»Das kann ich nur vermuten. Es gab einen anonymen Hinweis, woraufhin ich Olaf Schmidt etwas mehr im Auge behalten habe. Er muss sechzehn oder siebzehn gewesen sein, als er nach einer Fete am Strand in eine Schlägerei verwickelt war. Ich habe ihn dann mitgenommen und bei ihm Cannabis gefunden. Es war gerade noch an der Grenze zum Eigenbedarf. Ich habe es ihm abgenommen und seiner Mutter übergeben. Sie lebt getrennt von Olafs Vater.«

»Später ist nie wieder etwas vorgefallen?«

Imke Wessels schüttelte den Kopf. »Nicht offiziell. Ich bin mir aber nicht sicher, ob er tatsächlich damit aufgehört hat oder nur vorsichtiger geworden ist. Mit dem Dealen, meine ich. Ich bin damals schon davon ausgegangen, dass es mehr als die sechs Gramm gab, er sie aber nicht mit sich herumgetragen hat. Aber wie gesagt, es gab weder weitere Beschwerden noch anonyme Anzeigen, und nachweisen konnte ich ihm auch nichts.«

»Was oder wo arbeitet dieser Mann?«, fragte Hella.

»Soweit ich weiß, hat er keine feste Anstellung. Ich vermute, dass er hier und da einen Aushilfsjob hat, vor allem in der Hauptsaison. Er wohnt bei seiner Mutter. Die Adresse kann ich Ihnen geben.«

7

Auf dem Rückweg liefen sie über die Strandpromenade westwärts. Alina bestaunte das »Kurhotel«, einen vierstöckigen Bau im Stil der Seebäder-Architektur des vorletzten Jahrhunderts, und ließ sich von Imke Wessels die Geschichte des Hauses erklären.

Die Inselpolizistin schmunzelte. »Eigentlich würde man so einen Bau eher auf unserer östlichen Nachbarinsel Norderney vermuten. Die drüben sind ja stolz auf ihre Tradition als ältestes deutsches Nordseebad und ihren mondänen Flair. Hier auf Juist ist man allerdings davon überzeugt, dass wir problemlos mit Norderney mithalten können und unsere Insel die eigentliche Perle im ganzen Norden ist.«

»Hört sich an, als wäre das hier nicht nur ein beliebiger Job für Sie«, sagte Hella.

Imke Wessels lachte. »Sie meinen, ich bin auf dem besten Weg, eine Insulanerin zu werden?«

»Ist es nicht so?«

»Ja, wahrscheinlich würden das einige hier so unterschreiben. Ehrlich gesagt, würde es mir sehr schwerfallen, die Insel im Moment zu verlassen. Ich kann mir sogar vorstellen, nach meiner Pensionierung hierzubleiben.«

»Klingt doch gut. Wer träumt nicht davon, eine Heimat zu finden, in der man gleichzeitig arbeiten und leben möchte.«

Imke Wessels wiegte den Kopf hin und her. »Ach, so manch einer meiner Freunde auf dem Festland hält mich schon für etwas durchgeknallt. Aus der Großstadt ins vollkommen abgeschiedene Dorf. Zwei Wochen Urlaub auf einer Ostfriesischen Insel können sie sich gerade noch vorstellen – aber auch nicht alle –, aber ein Leben hier? Es ist mehr für mich als eine Arbeitsstelle.«

Sie bogen bei der nächsten Abzweigung ab. Hella drehte sich

noch einmal zu dem Strandübergang um und warf einen Blick auf die auflaufende Nordsee. Sie atmete tief die salzige Luft ein und wandte sich schließlich ab, um ihren beiden Kolleginnen hinterherzueilen.

»Alles gut bei dir?«, fragte Leon, als Hella ihn auf dem Bett sitzend anrief.

»Sollte das nicht meine Frage sein?«

»Jella und ich haben einen ruhigen Tag verlebt. Sie schläft. Du hättest sie sehen sollen, als du heute Nachmittag angerufen hast. Erst hat sie sich im Zimmer umgeschaut und dann auf das Handy gezeigt und sich tierisch gefreut.«

»Oh, ihr fehlt mir so ...« Hella atmete einmal tief durch. »Alina und ich hatten einen anstrengenden Tag.«

»Was ist passiert?«

»Wir haben den vermissten jungen Mann gefunden. Er lag tot am Hammersee.«

»So weit draußen?«

»Ja. Du kennst Juist? Das hast du mir nie erzählt.«

»Ich war auch nur einmal auf der Insel. Zwei Tage, in dem Sommer, bevor ich auf Spiekeroog angefangen habe.« Leon hatte über viele Jahre ebenfalls eine kleine Surfschule betrieben. Bei ihrem ersten großen Fall hatte Hella ihn auf der Insel kennengelernt.

»Du hast da aber nicht zufällig mit Lara Matthiesen oder Niklas Beier gesprochen?«

»Doch, ich war ja auf der Suche nach Arbeit und habe die Inseln abgeklappert. Die beiden suchten jemanden, der bei ihnen mitmacht. Quasi als freier Mitarbeiter.«

»Warum hast du abgelehnt? Oder wollten die beiden dich nicht?«

Leon lachte. »Doch, sie wollten mich. Als ich den beiden von meinen Erfahrungen erzählt habe, waren sie hellauf begeistert. Sie konnten mir aber nicht genug zahlen, und eine Partnerschaft konnten sie sich nicht vorstellen. Lara schon, aber ihr Freund war absolut dagegen. Selbst wenn die beiden zugestimmt hätten, wäre ich wohl nicht darauf eingegangen.«

»Niklas Beier?«

»So ist es. Mir gefiel der Typ überhaupt nicht. Lara schien in Ordnung zu sein, aber sie ordnete sich ihrem Freund unter und schien keine eigene Meinung zu haben.«

»Warum gefiel dir Niklas Beier nicht?«, fragte Hella.

»Hey, bin ich jetzt einer deiner Zeugen, der verhört wird?«

Hella lachte. »Zeugen werden befragt, und der Begriff Verhör ist nicht mehr im Gebrauch. Es heißt Vernehmung.«

»Na gut, also befragst du mich gerade. Dann muss ich wohl antworten. Dieser Niklas wurde mir von Minute zu Minute unheimlicher. Er schien nicht nur seine Freundin kontrollieren zu wollen, sondern alles um ihn herum. Ich bin da ein paar Stunden mitgelaufen, habe mir angesehen, wie er arbeitet. Sozusagen eine pädagogische Null. Ich habe zwar keine Erfahrung mit solchen Menschen, aber er hatte damals psychopathische Züge an sich. Ich habe dann schnell abgewinkt.« Leon machte eine kurze Pause, bevor er fragte: »Hilft Ihnen das weiter, Frau Hauptkommissarin?«

»Aber ja doch, Herr Zeuge.« Hella lachte. »Lass uns über etwas anderes reden. Was habt ihr morgen vor?«

Hella setzte sich zu Alina an den Frühstückstisch.

»Gut geschlafen?«

»Geht so«, sagte Alina. »Mein eigenes Bett ist mir lieber.« Sie reichte Hella die Kaffeekanne.

»Wem nicht?« Hella schenkte sich Kaffee ein und goss Milch dazu.

»Wen befragen wir als Erstes?«

Imke Wessels hatte noch am Abend Kontakt zu Niklas Beier, Florian Jung und Lara Matthiesen aufgenommen und sie alle gebeten, sich um neun Uhr in der Polizeistation zu melden.

»Gute Frage«, sagte Hella. »Wen würdest du zuerst nehmen?«

»Nach unseren bisherigen Informationen gehe ich davon aus, dass Niklas Beier ausgesprochen zurückhaltend und misstrauisch sein wird. Seine Freundin wird zu ihm halten. Bleibt Florian Jung. Du hast zwar schon mit ihm gesprochen, aber heute haben wir durch Bent Harmsens Tod eine komplett andere Ausgangsposition.«

»Also Florian. Er wäre auch meine Wahl gewesen.« Hella biss in ihr Brötchen.

»Und wie gehen wir vor?«

Hella schluckte den Bissen herunter. »Das besprechen wir gleich auf meinem Zimmer.«

»Guten Morgen, Herr Jung. Zunächst einmal danke ich Ihnen, dass Sie so kurzfristig zu uns kommen konnten.«

Florian Jung nickte. Er sah blass und müde aus, als habe er die ganze Nacht nicht geschlafen.

»Unsere Kollegin hat Ihnen ja bereits mitgeteilt, dass Bent Harmsen tot aufgefunden wurde.«

»Ja, entsetzlich … Was ist passiert?«, platzte es aus Florian Jung heraus. »Wer war das? Was wollte Bent am Hammersee?«

»Die Ermittlungen haben gerade erst angefangen«, sagte Hella. »Sie verstehen sicher, dass wir jetzt alle Personen befragen, die etwas mit Bent Harmsen zu tun hatten.«

»Ja, natürlich.« Florian Jung nickte mehrmals.

Hella sah auf ihre Notizen und tat so, als wenn sie etwas lesen würde. »Sie sagten mir schon gestern, dass sich Bent in der letzten Zeit verändert hätte. Woran haben Sie das festgemacht?«

Florian Jung sah zwischen Hella und Alina hin und her und brauchte eine Weile, bevor er antwortete. »Was soll ich sagen … Bent war eigentlich ein aufgeschlossener Typ, immer gut drauf, und wenn mal nicht, hat es nicht sehr lange gedauert und er lachte wieder. Und er hat unsere Arbeit und das Surfen geliebt. Das spürt man einfach, wenn man so nah mit jemandem zusammenarbeitet.« Florian Jung atmete tief durch, zuckte mit den Schultern. »Bent war gerade in den letzten Wochen nicht mehr so gut drauf. Irgendetwas muss ihn belastet haben.«

»Haben Sie ihn gefragt, wo der Schuh drückt?«, fragte Alina.

»Ja, natürlich. Bent und ich konnten ziemlich gut miteinander. Zumindest habe ich das so wahrgenommen.«

»Was hat er auf ihre Frage geantwortet?«

»Er ist mir ausgewichen. Einmal waren es Kopfschmerzen, dann hatte er schlecht geschlafen, oder er machte sich Sorgen um seinen Vater. Klang irgendwie alles nach Ausreden. Und das habe ich ihm auch gesagt.«

»Gab es keinerlei Hinweise, um was es sich handeln könnte?«, fragte Alina.

»Darüber muss ich nachdenken, so spontan fällt mir nichts dazu ein.« Florian Jung sah erschrocken auf. »Sie glauben doch nicht, dass die Surfschule etwas mit Bents Tod zu tun hat?«

Hella ging nicht auf seine Bemerkung ein und stellte die nächste Frage. »Sie haben mir am Strand erzählt, dass das letzte Jahr wirtschaftlich nicht so gut gelaufen ist wie erhofft.«

»Ja, so könnte man es ausdrücken.« Florian Jung hob abwehrend die Hand. »Aber unsere Situation ist keinesfalls aussichtslos. Das ist ein kleines Tief, das alle Selbstständigen einmal durchmachen.«

»Wir haben von Bents Eltern erfahren, dass Bent einen hohen Betrag als Einlage mit in die Firma gebracht hat.«

»Wie ich auch. Das ist nichts Ungewöhnliches.«

»Wie hoch war der Betrag?«

»Sechzigtausend Euro«, sagte Florian Jung.

»Was passiert jetzt damit?«, fragte Alina.

»Das haben wir vertraglich geregelt. Auch das ist ganz normal. Es kann ja nicht sein, wenn einer von uns ausscheidet, dass dann die ganze Firma zusammenbricht. Er … seine Erben … können das Geld nicht sofort zurückbekommen.« Florian Jung hatte leise gesprochen und schien sich inzwischen bewusst zu sein, auf was die Fragen der Kommissarinnen hinausliefen.

»Wie genau lautet die Regelung im Falle des Todes?«, hakte Hella nach.

»Die Einlage wird nicht komplett zurückgezahlt. Die Erben bekommen über zwei Jahre einen monatlichen Betrag.«

Hella räusperte sich. »Herr Jung. Lassen Sie sich doch nicht alles aus der Nase ziehen. Wie hoch ist dieser Betrag?« Hella hatte ihre Stimme erhoben und sich leicht nach vorn über den Tisch gebeugt.

Florian Jung zuckte zusammen und schwieg.

»Bitte!«

»Tausend Euro«, murmelte er. »Aber das ist alles …«

»Lass dir Zeit«, sagte Alina sanft. Sie schien ihn bewusst geduzt zu haben, um sich von Hella abzusetzen.

»Wären Sie ohne die Einlage von Herrn Harmsen im letzten Jahr über die Runden gekommen?«, fragte Hella mit energischer Stimme weiter.

Florian Jung zuckte mit den Schultern.

»Heißt das nein?«

»Niklas macht die Buchführung. Ich kann Ihnen dazu nichts sagen.«

»Ist okay, wir fragen ihn«, sagte Alina. »Ich stelle es mir gar nicht so leicht vor, zu viert gleichberechtigt eine Firma zu managen.«

»Geht so. Man muss sich halt einigen.«

»Klingt danach, als könnte hin und wieder der Haussegen schief hängen.«

Florian Jung lächelte matt. »Wir haben das immer hingekriegt. Das war kein Streit, man muss halt diskutieren und einen Kompromiss suchen. Anders geht es eben nicht.«

»Und dann habt ihr am Schluss abgestimmt? Ich meine, man einigt sich ja nicht unbedingt immer.«

»Abgestimmt nicht wirklich. Braucht man ja auch nicht bei vier Leuten. Man weiß doch, wer was meint.«

Alina nickte. »Stell ich mir trotzdem anstrengend vor. Gerade wenn nicht genug Kohle reinkommt.«

»Es war genug. Das ist doch immer die Frage, wie viel man braucht zum Leben. Wir sind über die Runden gekommen. Das reichte uns.«

»Es gab also keine Auseinandersetzungen zu diesem Thema in der Gruppe?«, fragte Hella.

»Das habe ich nicht gesagt«, presste Florian Jung hervor.

Hella fixierte ihn. »War Bent Harmsen anderer Meinung als der Rest von Ihnen?«

»Er hatte wohl Angst um sein Geld«, sagte Florian Jung mit gesenktem Kopf. »Aber Bent war ... er war nicht mehr er selbst in der letzten Zeit. Das habe ich doch schon gesagt.«

»Hattet ihr Angst, dass er aussteigen wollte?«, fragte Alina und ließ es wie nebensächlich klingen.

Florian Jung sah auf. »Das wäre nicht so einfach gegangen.«

»Warum nicht?«, fragte Alina weiter.

»Im Vertrag sind Fristen für eine Kündigung festgelegt.«

»Wäre es zum Jahresende gegangen?«

Florian Jung nickte. »Aber Bent wollte nicht aussteigen. Davon war keine Rede.«

»Aber Niklas hat es vermutet?«

»Keine Ahnung. Frag ihn selbst.«

»Das machen wir«, sagte Hella. »Wo waren Sie am Montag? Sagen wir mal ... von elf bis um achtzehn Uhr.«

Florian Jung sah erschrocken auf. »Warum wollen Sie das wissen?«

»Wo waren Sie?«

»Montag? Ich hatte da eine Kleingruppe. Drei Männer.«

»Von wann bis wann?«

»Vormittags von zehn bis halb eins. Um zwei ging es weiter. Wir waren dann wieder zwei Stunden auf dem Wasser. Also so bis vier und dann noch der ganze Abbau und so.«

»Und? Vorher und nachher?«

»Keine Ahnung. Ich werde mindestens eine halbe Stunde vorher da gewesen sein. Und auch eine halbe Stunde danach. Später bin ich mit dem Fahrrad zurück ins Dorf und habe mir was zu essen gekocht. Und bevor Sie fragen, ich war allein. Am Abend habe ich mich mit Lara getroffen. Wir haben ein Bier zusammen getrunken. In der ›Spelunke‹, wenn Sie es genau wissen wollen.«

»Gab es wirklich keinen Streit zwischen euch?«, fragte Alina mit ruhiger Stimme.

»Ich habe mich nicht mit Bent gestritten. Nie. Wir waren befreundet, und ich hätte nicht den geringsten Grund gehabt, ihm das anzutun.«

8

Hella begleitete Florian Jung nach draußen und ging anschließend ins Büro ihrer Inselkollegin, um Lara Matthiesen zur Befragung zu holen. Als sie die Tür öffnete, stand Niklas Beier auf. Hella wandte sich an Lara Matthiesen. »Zunächst möchten wir *Sie* befragen.«

Niklas Beier trat einen Schritt auf Hella zu. »Wir werden nur zusammen mit Ihnen sprechen.« Er hielt kurz inne und fügte hinzu: »Oder gar nicht.«

Hella lächelte. »Bitte, dann kommen Sie halt zusammen mit.« Sie ahnte, dass Niklas Beier sich über seine Rechte informiert hatte und wusste, dass er oder seine Freundin nicht verpflichtet waren, mit ihnen zu sprechen. Bis zu einer Vorladung des Staatsanwalts würden Tage vergehen, was sie wertvolle Zeit kosten würde.

In ihrem provisorischen Büro stellte Hella einen zweiten Stuhl an den Tisch. »Bitte! Setzen Sie sich.«

Lara Matthiesen wartete, bis ihr Freund den Stuhl vorzog und sich setzte, bevor sie ihm folgte.

»Wir können Ihnen nichts zum Tod von Bent Harmsen sagen«, sagte Niklas Beier ungefragt. »Weder Lara noch ich haben Bent seit Freitag letzter Woche gesehen oder mit ihm gesprochen.«

Hella lächelte. »Vielleicht fangen wir doch von vorn an. Wie war Ihr Verhältnis zu Bent Harmsen?«

»Sehr gut«, sagte Niklas Beier. »Lara und ich haben uns bestens mit Bent verstanden.«

»Bleiben wir doch erst mal bei Ihnen, Herr Beier. Sie sind so was wie der inoffizielle Leiter der Surfschule?«

»Unsinn! Wir entscheiden alles gemeinsam. Jeder hat eine Stimme.«

»Das letzte Jahr soll die Surfschule wirtschaftlich nicht so gut gelaufen sein. Warum? Das Wetter war in der Sommersaison für norddeutsche Verhältnisse doch ausgezeichnet.«

Niklas Beier rollte mit den Augen. »Darauf muss ich ja wohl kaum antworten?«

»Nein, streng genommen müssen Sie hier nicht einmal sitzen und mit uns sprechen. Auf der anderen Seite kann es durchaus sinnvoll sein, mit der Polizei zu kooperieren.«

Niklas Beier beugte sich auf. »Wollen Sie mir drohen?«

Hella sah ihn eine Weile schweigend an. Schließlich lächelte sie wieder. »Herr Beier, warum sollte ich Ihnen drohen? Das ist weder erlaubt noch zielführend. Wenn Sie die Befragung im Zusammenhang mit dem gewaltsamen Tod von Bent Harmsen abbrechen wollen, können Sie das jederzeit tun. Wir würden Sie dann offiziell von der Staatsanwaltschaft vorladen lassen.«

Sie legte eine kurze Pause ein. »Möchten Sie abbrechen?«

»Habe ich das gesagt?«, polterte Niklas Beier, dem Hella aber ansah, dass er verunsichert war. Er tippte unruhig mit einem Fuß auf den Boden und fuhr sich mit der Hand durchs struppige Haar.

»Das ist gut«, sagte Hella. »Dann können wir ja fortfahren.«

Sie sah auf ihre Notizen. »Wir sprachen über die finanzielle Lage der Surfschule, und meine Frage war, wie es zu der Schieflage gekommen ist.«

»Ich verstehe zwar nicht, was das mit Bents Tod zu tun hat, aber ich will Ihnen den Gefallen tun.« Niklas Beier setzte sich gerade auf den Stuhl und atmete tief durch. »Wir sind im letzten Jahr eine Kooperative mit einem bundesweit agierenden Reisebüro eingegangen. Über diesen Weg haben wir einen erheblichen Teil unserer Kunden bekommen. Das Reisebüro ist im Herbst insolvent gegangen und schuldet uns einen relevanten Betrag. Die Aussichten sind gering, dass wir das Geld jemals zu sehen bekommen. Reicht das?«

»Absolut, Herr Beier. Darf ich erfahren, wer von Ihnen diese Kooperation federführend betreut hat?«

»Ich hatte Ihnen doch schon gesagt, dass wir alle gleichwertig

Partner sind und …« Niklas Beier brach mitten im Satz ab. »Was soll das jetzt? Können Sie mir das erklären?«

»Wir müssen alle Lebensumstände von Bent Harmsen in unsere Recherchen mit einbeziehen.« Hella hielt kurz inne. »Ich gehe einmal davon aus, dass Sie mit dem Reisebüro verhandelt haben?«

Niklas Beier stöhnte genervt. »Ja, ich habe unter anderem mit denen gesprochen.«

Hella beschloss, aufs Ganze zu gehen. »Bent Harmsen hat sich unserer Kenntnis nach damit beschäftigt, die Surfschule zu verlassen.«

Niklas Beier schluckte, warf einen Blick zu seiner Freundin, die reglos auf dem Stuhl saß. »Da wissen Sie mehr als ich. Sprich: Selbst wenn Bent es vorgehabt haben sollte, hatte er uns darüber nicht oder noch nicht informiert.«

Hella nickte und schrieb ein paar Zeilen in ihr Notizbuch. Auch wenn Niklas Beier erschrocken auf ihre Frage reagiert hatte, schien er nicht besonders beeindruckt zu sein. Weder war er nervös geworden noch um eine wohlformulierte Antwort verlegen gewesen.

Hella wandte sich an Lara Matthiesen. »Wie war Ihr Verhältnis zu Bent Harmsen?«

Die junge Frau erschrak und ließ sich Zeit für eine Antwort. »Gut. Sehr gut eigentlich.«

»Und zu Florian Jung?«, warf Alina ihre erste Frage ein.

Lara Matthiesen erstarrte für einen Moment und sah Alina dann fragend an. »Wie meinen Sie das?«

»Kommen Sie gut mit Florian aus?«

»Natürlich! Wir sind alle befreundet. Schließlich arbeiten wir den ganzen Tag zusammen.«

»Wo haben Sie sich Montag ab elf Uhr aufgehalten?«, schob Alina die nächste Frage nach.

»Warum? Brauche ich etwa ein …?« Lara Matthiesen wirkte erschrocken. Sie sah zu ihrem Freund, der kaum merklich nickte. »Gegen Mittag bin ich zu unserer Hütte. Ich glaube, ich habe die Ausrüstung kontrolliert. Genau weiß ich das aber nicht mehr. Florian war schon vorher da. Er hatte den ganzen Tag einen Kurs. Als er nach der Mittagspause zurückkam, bin ich los.« Sie legte den Kopf in den Nacken und schien nachzudenken. »Stimmt, ich war dann einkaufen. Privat und auch ein paar Sachen für die Firma. Danach … Für wie lange wollen Sie es denn wissen?«

»Bis zum Abend«, sagte Alina.

»Was ich genau noch am Nachmittag gemacht habe, weiß ich nicht.« Sie warf einen Blick zu ihrem Freund. »Haben wir nachmittags gegessen? Oder nur Kaffee getrunken?«

»Wir haben was gegessen. Du hast doch die Kartoffelsuppe gemacht.«

»Stimmt. Und ich habe zwei oder drei Anfragen im Internet beantwortet. Das weiß ich noch.«

»Und am Abend?«

»Da war ich in einer Kneipe ein Bier trinken. Florian war auch da.«

Hella hatte Niklas Beier im Blick, als Lara Matthiesen von ihrem Abend erzählte. Er kaute seit Beginn der Befragung auf etwas herum und hielt zum ersten Mal inne, als er von dem Treffen seiner Freundin hörte.

»Waren Sie auch in der ›Spelunke‹?«, fragte Hella an Niklas Beier gewandt.

Der junge Mann sah sie leicht verwirrt an. »Wie?«

»Ob Sie am Abend zusammen mit Ihrer Freundin und Florian Jung in der ›Spelunke‹ waren.«

»Nein. Ich war zu Hause. Mir ging es nicht gut.«

»Und am Nachmittag? Ging es Ihnen da auch nicht gut?«

Niklas Beier sah sie mit zusammengezogenen Augenbrauen an. Er schien aus seiner kurzen Abwesenheit wieder erwacht zu sein. »Und wenn? Ist das neuerdings strafbar?«

»Nein«, sagte Hella ruhig und fixierte ihn.

»Immerhin etwas! Wir werden hier wie Schwerverbrecher behandelt, sollen Alibis herunterbeten und nachweisen, wo wir uns vorgestern genau aufgehalten haben.« Er stand auf und hielt seiner Freundin die Hand hin. »Komm, wir gehen. Das lassen wir uns nicht länger gefallen.«

Zögernd kam Lara Matthiesen hinter ihm her, schließlich gingen sie gemeinsam aus dem Büro. Hella folgte ihnen bis zur Tür. Nach wenigen Schritten auf dem Weg vor dem Haus kehrte Niklas Beier um und blieb vor Hella stehen. »Wenn Sie weitere Fragen haben, laden Sie uns offiziell vor. Ich schicke Ihnen per Mail die Adresse unseres Anwalts. Sie können sich gern mit ihm unterhalten. Guten Tag noch, Frau Hauptkommissarin.«

Hella lächelte. »Auf Wiedersehen, Herr Beier.«

»Was war das denn?«, fragte Alina, die Hella auf dem Weg durch die Polizeistation gefolgt war.

Hella schloss die Haustür und drehte sich zu Alina um. »Ein junger Mann, dem die Nerven durchgegangen sind.« Sie zeigte auf den Flur vor ihnen. »Lass uns zurück ins Büro gehen.«

Alina lehnte sich an ihrem Schreibtisch an. »Haben Florian und Lara etwas miteinander?«

»Kann sein, aber vermutlich ist das wenig relevant für unseren Fall.«

Hellas Handy machte sich bemerkbar. Nach einem kurzen Blick aufs Display nahm sie das Gespräch an. »Guten Morgen, Frau Dr. Wolters.«

»Frau Brandt. Einen wunderschönen Tag wünsche ich Ihnen. Ich hörte, dass Sie eine Tochter bekommen haben? Herzlichen Glückwunsch von meiner Seite. Und meine Hochachtung, dass Sie bereits wieder im Dienst sind.«

»Danke, Frau Dr. Wolters. Mein Mann kümmert sich um unsere Tochter. Beiden geht es prima.«

»Ja, man höre und staune. Sollte sich wirklich etwas in der Männerwelt getan haben? Ich würde es sehr begrüßen. Aber gut, lassen wir das. Sie warten sicher schon sehnlichst auf die ersten Ergebnisse der Obduktion.«

»Mein nächster Schritt wäre gewesen, mich bei Ihnen zu melden, ja.«

Die Gerichtsmedizinerin lachte. »Das war mir klar. Deshalb bin ich Ihnen heute mal zuvorgekommen.«

»Ich stelle das Handy kurz auf laut, dann kann meine Kollegin mithören.«

»Also: Der Kollege vor Ort war so nett, uns ein kleines Protokoll seiner Erstuntersuchung zu schicken. Zusammen mit unseren Berechnungen komme ich auf einen Todeszeitpunkt von Montag, elf Uhr bis achtzehn Uhr. Bevor Sie fragen, nein, enger kann ich es offiziell nicht eingrenzen. Dafür wurde der junge Mann zu spät gefunden, und die Datenlage ist nicht ausreichend. Wenn Sie mich allerdings inoffiziell fragen, was Sie sicher gleich getan hätten, würde ich es auf die Zeit zwischen zwölf und sechzehn Uhr eingrenzen.«

»Vielen Dank, Frau Dr. Wolters, die Angaben helfen uns auf jeden Fall weiter.«

»Wunderbar. Dann komme ich zu den weiteren Fakten. Vorab: Ob der junge Mann vergiftet wurde, kann ich erst in zwei oder drei Tagen mit Gewissheit sagen. Dann werden wir die Ergebnisse des Screenings vorliegen haben. Zum Mageninhalt kann ich jetzt schon etwas sagen. Es handelt sich um ein ausgiebiges, offensichtlich spät eingenommenes Frühstück, also eher einen Brunch. Rührei, Krabben, Lachs, Avocadocreme, Blattsalat. Das Blut wies einen geringen Alkoholspiegel von null Komma zwei Promille auf. Entweder hatte er am Abend zuvor getrunken, oder es gab ein Glas Sekt zum Brunch.« Dr. Wolters hielt kurz inne und atmete hörbar durch. »Zur wichtigsten Frage: Die Wunde am Hinterkopf deutete ja schon darauf hin, dass vermutlich kein Gift im Spiel war. Um es kurz zu machen, die Todesursache ist der Schlag mit einem stumpfen Gegenstand seitlich am Hinterkopf. Wir haben Erde in der Wunde gefunden, die auf einen Stein hindeutet. Ist etwas dergleichen am Tatort gefunden worden?«

»Ich war selbst vor Ort, und bei meiner Tatortbegehung habe ich nichts Verdächtiges gefunden.«

»Dann wird der Täter so schlau gewesen sein, den Gegenstand mitzunehmen. Der junge Mann wird noch zwei, vielleicht drei Stunden gelebt haben. Allerdings kann ich Ihnen nicht mit Sicherheit sagen, ob schnelle Hilfe ihm das Leben gerettet hätte. Ich persönlich tippe darauf, dass er eine Chance gehabt hätte.«

»Abwehrspuren?«

»Immer langsam mit den jungen Pferden, Frau Hauptkommissarin. Weitere innere Verletzungen haben wir nicht gefunden, Hämatome, die auf einen Kampf hinweisen würden, sind minimal vorhanden. Ich würde allerdings sagen, dass sie mehrere Stunden *vor* dem Tod entstanden sind. Klassische Abwehrspuren gibt es ebenfalls nicht. Unter den Fingernägeln fanden sich keine Hautpartikel, die auf einen Kampf hinweisen würden. Trotzdem haben wir hierzu eine DNA-Analyse in Auftrag gegeben. Der junge Mann war ansonsten kerngesund, weder Raucher noch dem Alkohol zugeneigt. Er muss viel Sport getrieben haben, aber das wissen Sie ja wahrscheinlich schon.«

»Bent Harmsen war Surflehrer auf Juist.«

»Ja, das kommt hin. Ein Punkt wird Sie noch interessieren: Der junge Mann wird an dem Morgen Sex gehabt haben. Wir haben Sperma und Vaginalsekret gefunden. Wir hoffen, dass das Vaginalsekret von der Menge ausreicht, damit wir die DNA der Frau bestimmen können. Versprechen kann ich Ihnen da aber noch nichts. So weit erst mal, der vollständige Bericht liegt Ihnen dann in ein paar Tagen vor. Sollte sich beim Screening etwas ergeben oder DNA-Spuren unter den Fingernägeln nachweisbar sein, erfahren Sie es als Erste.«

Hella bedankte sich bei der Gerichtsmedizinerin und beendete das Gespräch.

»Ja, viel schlauer sind wir jetzt auch nicht«, kommentierte Alina Dr. Wolters Bericht.

»Zumindest haben wir jetzt Klarheit über den Todeszeitpunkt, und wir können mit Sicherheit sagen, dass es sich um ein Tötungsdelikt handelt. Ein wichtiger Punkt scheint mir zu sein, dass Bent Harmsen in den Stunden vor seinem Tod Sex hatte. Mit wem? Dieser Jule? Und wo? Es muss also einen Ort geben, mit hoher Wahrscheinlichkeit auf Juist, an dem er sich aufgehalten hat. Nach der neuen Info vermutlich freiwillig.« Hella hielt kurz inne. »Schauen wir mal, was Roland hat.« Sie griff zum Telefon und rief Roland Radmeier, den Leiter der Kriminaltechnik in Aurich, an.

»Wieder an Bord?«, fragte Radmeier als Erstes.

»Sieht ganz danach aus, Herr Kollege.«

»Und gleich einen großen Fall. Ich fass es nicht. Ziehst du die schweren Jungs regelrecht an?«

Hella lachte. »Wer weiß. Aber jetzt zur Arbeit, Roland. Was habt ihr? Wir sitzen hier ziemlich auf dem Trockenen. Ich stelle das Handy auf laut. Alina Becker hört mit.«

»Moin, Alina! Wie geht es dir bei den Rabauken in Wittmund?«

Alina lachte. »Alles gut, Roland. Tut mir leid, dass ich euch in Aurich verlassen musste. Aber du weißt ja: wo die Liebe hinfällt ...«

»Klar, mach dir keinen Kopf. Das war nur ein Scherz. Also zur Arbeit: Für die Auswertung brauchen wir mindestens noch zwei oder drei Tage. Aber einen Zwischenbericht kann ich dir geben. Die Kleidung des Toten haben wir ja noch vor Ort untersuchen können. Ob die Hautpartikel, die wir gefunden haben, vom Opfer sind oder von einer fremden Person, wird sich in den nächsten Tagen herausstellen. Und bevor du fragst, ich habe im Labor Druck gemacht, dass es schnell geht.«

»Danke, Roland. Das Opfer hatte eine Wunde am Hinterkopf. Dr. Wolters tippt auf einen Stein. Ich konnte am Tatort nichts finden. Ihr?«

»Nein, im Umkreis von fünfzehn Metern haben wir keine mögliche Tatwaffe gefunden. Allerdings gebe ich zu bedenken, dass sie im See liegen könnte. Der sogenannte See ist zwar nicht so tief – zwischen einem halben und zwei Metern –, aber wir hatten keine entsprechende Ausrüstung dabei.«

»Taucher?«, fragte Hella.

»Bekommen wir das durch? Das kostet ...«

»Frag bitte den Chef und sag ihm, dass ich das für unumgänglich halte.«

»Das werde ich tun. Wenn er ablehnt, kannst du ja immer noch mit ihm sprechen. So, weiter im Text: Tatwerkzeug haben wir wie gesagt nicht gefunden. Fußspuren gab es reichlich. Wir haben von dir und den Rettungskräften sowie von dem Herrn, der die Leiche entdeckt hat, die Abdrücke. Es gibt noch zwei weitere, die wir nicht zuordnen konnten. Ob sie vom Tattag sind, lässt sich nur ungenau bestimmen. Sie können auch ein paar Tage zuvor dort hinterlassen worden sein.«

»Größe?«

»Einundvierzig und sechsundvierzig. Vollkommen übliches Profil. Darüber kommen wir also nicht weiter. Wenn ihr natürlich Vergleichsprofile habt, können wir sie mit hoher Wahrscheinlichkeit ausschließen oder zuordnen.«

»Sonst noch etwas vom Tatort?«

»Ja, wir haben ungefähr drei Meter vom Fundort der Leiche eine Art Delle im weichen Boden gefunden. Es ist möglich, dass sie von einem Menschen stammt, der hingefallen ist. Mit Sicherheit lässt sich das bei dem schwierigen Umfeld nicht sagen.«

»Ein Kampf und eine der beiden Personen ist gestürzt?«

»Möglich, aber wie gesagt, das ist mehr Interpretation als eine gerichtsfeste Spur.«

»Die Wohnung?«

»Die haben wir uns gründlich vorgenommen. Fingerabdrücke, Haare, DNA-Spuren sind sichergestellt. Hundertprozentig kann ich es natürlich nicht sagen, aber für mein Dafürhalten ist dort eingebrochen beziehungsweise nach etwas gesucht worden. Wir haben keinen Laptop, kein Handy oder einen PC gefunden. Auch keine anderen Datenträger wie Sticks oder externe Laufwerke. Allerdings fand sich in dem Kleiderschrank eine Laptop-Tasche für ein Dreizehn-Zoll-Gerät. Ich würde auf ein MacBook tippen, da wir hierzu ein Handbuch gefunden haben. Wir haben leichte Einbruchspuren am Schloss der Haustür und an der Zimmertür gefunden. Nach meiner Einschätzung war hier ein Profi am Werk. Das war es erst mal von meiner Seite. Tut mir leid, mehr habe ich noch nicht.«

»Danke, Roland. Dann warten wir mal, ob Kriminalrat Onken den Taucher genehmigt ... und natürlich auf die weiteren Ergebnisse. Ich bin Tag und Nacht zu erreichen.«

»Wie immer. Du hörst von mir. Tschüss, ihr beiden.«

9

Hella stand vor der Flipchart, die Imke Wessels ihnen besorgt hatte, und schrieb den ersten Punkt mitten auf die Seite: »Wo hat sich Bent Harmsen von Samstag bis Montag aufgehalten?«
»Ich gehe davon aus, dass es was mit dieser Frau zu tun hat«, sagte Alina. »Wie hieß sie noch gleich?«
»Jule.« Hella schrieb den Namen oberhalb der Frage hin und umkreiste ihn dick. Unten auf der Seite notierte sie »Festland«.
»Olaf Schmidt«, schlug Alina vor.
Hella nickte und schrieb den Namen auf. »Allerdings soll er bei seiner Mutter wohnen. Da wird es wohl schwierig mit dem Verstecken.«
»Vielleicht ist die Mutter ja nicht vor Ort?«
»Ja, daran habe ich auch schon gedacht. Wo könnte Bent noch gewesen sein?«
»Wenn Dr. Wolters mit dem letzten Essen recht hat, wird er nicht in einem Zelt am Strand übernachtet haben.«
»Nein, das schließe ich auch aus«, sagte Hella. »Hatte Bent weitere Freunde, von denen wir noch nichts wissen?« Sie notierte das Wort »Freunde« auf dem Blatt und versah es mit einem großen Fragezeichen. »So kommen wir nicht weiter. Du machst jetzt erst mal deine Runde. Fährhafen, Sporthafen, Flugplatz. Wir müssen wissen, ob Bent die Insel verlassen hat. Dann sehen wir weiter.«
Alina nickte und stand auf. Hella folgte ihr und klopfte bei Imke Wessels an die Bürotür.
»Haben Sie ein paar Minuten für mich?«
Die Inselpolizistin nickte. Hella zog sich einen Stuhl zum Schreibtisch und setzte sich. Nach einem kurzen Bericht über den bisherigen Stand der Ermittlungen fragte Hella nach Ferienhäusern und Wohnungen, die ausschließlich von den Eigentümern genutzt wurden.

»Ja, wie auf allen Inseln haben wir hier auch diverse Häuser, die als Zweitwohnsitz genutzt werden. Warum fragen Sie?«

»Wir müssen Bent Harmsens Freundin finden. Bisher haben wir nur den Namen: Jule.«

»Sind Sie sicher, dass es diese Person überhaupt gibt?«, fragte Imke Wessels.

»Sie vermuten, dass Bent Jule nur erfunden hat?«

Imke Wessels nickte. »Ich habe ihn nie mit einer Frau, also privat und als Pärchen, gesehen. Er machte mir nie den Eindruck, als wenn er auf der Suche wäre.«

Hella lächelte. »Vielleicht ist er gesucht und gefunden worden.«

»Das kann natürlich sein. Und Sie denken jetzt, dass eine vermutlich verheiratete Frau ein Verhältnis mit Bent hatte?«

Hella war erstaunt, dass ihre Inselkollegin gleich die richtigen Schlüsse gezogen hatte. »Bent wurde mit einer Frau gesehen, die älter war als er. Bisher haben wir niemanden aus Bents Umfeld gefunden, der oder die weiß, wer diese Frau ist, oder ihr jemals begegnet ist. An die Möglichkeit, dass Bent sie erfunden hat, habe ich auch gedacht. Aber warum sollte er das machen?«

»Um seine Ruhe vor Fragen zu haben?«

»Ist nicht eher das Gegenteil passiert? Durch seine Andeutungen hat er ja mehr Fragen aufgeworfen, als sie zu beantworten. Irgendwann hätte er sich zu erkennen geben müssen, oder sein Schachzug, wenn es denn einer gewesen ist, wäre aufgeflogen. Geprahlt hat er auch nicht mit ihr, sondern nur mit wenigen Personen darüber gesprochen. Und das nur in bestimmten Situationen. Nein, ich gehe eher davon aus, dass er diese Frau geheim halten wollte.«

»Was soll ich machen?«

»Können Sie mir anhand des Einwohnerverzeichnisses eine Aufstellung von Personen machen, die auf Juist einen Zweitwohnsitz angemeldet haben?«

»Ich denke schon. An die Daten sollte ich rankommen. Ob

ich jetzt wirklich alle kenne, weiß ich nicht. Manche sind nur sehr selten auf der Insel.«

»Irgendwo müssen wir anfangen. Sie können anhand der Adresse sicher besser beurteilen, welche Größe und welchen Wert das Haus oder die Wohnung hat.«

Imke Wessels warf ihr einen erstaunten Blick zu. »Ist das wichtig?«

»Das weiß ich noch nicht. Teilen Sie die Wohnung und Häuser einfach in drei Kategorien auf: hochwertig, sprich teuer – durchschnittlich – einfach.«

»Ich bin mir nicht sicher, ob ich das von außen immer richtig einschätzen kann.«

»Überhaupt kein Problem. Die Einteilung ist nur für mich und muss selbstverständlich nicht überkorrekt sein. Wenn die Liste vorliegt, sehen wir weiter.«

»Neben den Personen mit Zweitwohnsitz haben wir natürlich auch noch die Besitzer, die überwiegend vermieten und hin und wieder selbst die Wohnung oder das Haus nutzen. Die Besitzer sind bekannt, aber ob sie auch ihre Immobilie selbst nutzen, ist schwer auszumachen.«

Hella nickte. »Ich weiß. Das ist im ersten Schritt nicht zu ändern.«

»Was ist mit den Insulanerinnen?«

»Wenn wir davon ausgehen, dass Jule verheiratet ist, müsste ihr Mann sehr häufig auf dem Festland sein. Kennen Sie eine Frau, auf die das zutreffen würde? Im Alter zwischen dreißig und vierzig?«

»Spontan nicht. Aber ich werde darüber nachdenken.« Imke Wessels griff zum Telefonhörer. »Okay, dann mache ich mich mal an die Arbeit.«

Hella ging über die Wilhelmstraße in Richtung Osten. Zur linken Seite bemerkte sie die »Spelunke«, die Kneipe, in der Lara Matthiesen und Florian Jung sich getroffen hatten. Sie lief geradeaus auf eine schlichte Kirche zu, auf deren roten fensterlosen

Turm mit grauer Spitze. Sie hielt sich links und ging entlang der Friedhofsmauer weiter. Die bis zu zweieinhalbstöckigen Backsteinbauten zur Rechten waren schlicht und gradlinig und strömten weit weniger Inselflair aus als viele der Häuser auf Spiekeroog.

Ihre Gedanken wanderten zu der Gruppe der Surfschule. Warum hatte sich Niklas Beier so schnell provoziert gefühlt? Ihm musste doch klar sein, dass er durch sein Verhalten in den Mittelpunkt ihrer Ermittlungen rücken würde. Hatte er sich nicht unter Kontrolle gehabt oder bewusst von einem anderen Umstand ablenken wollen? Lara Matthiesen war ihr bei der ersten Begegnung am Strand selbstbewusst und tatkräftig erschienen, bei der Befragung hatte sie sich jedoch voll und ganz ihrem Freund untergeordnet.

Hella blieb stehen und sah auf ihrem Handy nach, ob sie geradeaus weitergehen oder nach links abbiegen musste. Schließlich bog sie ab und stand wenige Minuten später vor einem zweieinhalbstöckigen Backsteinbau, dessen Fenstern man ansah, dass sie dringend einen Anstrich benötigten. Sie sah an der Fassade hoch. Imke Wessels hatte ihr gesagt, dass Olaf Schmidt mit seiner Mutter in einer der beiden Dachgeschosswohnungen lebte. Hella trat an die Tür und drückte auf die Klingel mit dem Namen »Schmidt«. Kurz darauf summte der Türöffner. Hella schob die Tür auf und stieg die Treppe hoch.

Else Schmidt, eine Frau Anfang fünfzig, trug über ihrem Kleid eine karierte Schürze und hatte ihr Haar hinten zusammengebunden.

»Ja?« Else Schmidts tiefe Stimme klang genervt.

Hella zog ihren Ausweis aus der Tasche. »Hella Brandt, Kriminalpolizei Wittmund. Ist Ihr Sohn Olaf zu sprechen?«

Else Schmidt musterte misstrauisch den Ausweis. »Polizei?«

»Ich müsste mit Ihrem Sohn sprechen.«

»Der liegt im Bett und schläft.«

»Es wäre gut, wenn Sie ihn wecken könnten, Frau Schmidt.«

Die Frau brummte etwas Unverständliches, trat aber schließlich zur Seite und ließ Hella in den kleinen Flur eintreten. »Setzen Sie sich doch in die Küche. Ich komme gleich.«

Hella betrat die kleine längliche Küche. Auf der einen Seite eine Zeile mit Herd, Kühlschrank und Spüle und zwei Schränken, auf der anderen Seite ein kleiner Tisch mit zwei Stühlen. Hella hörte die Stimme von Else Schmidt. Sie sprach zunächst leise, aber nach einer kurzen Pause schrie sie so laut, dass Hella erschrak.

Kurz darauf stand Olafs Mutter in der Tür zur Küche. »Entschuldigung, ich musste etwas lauter werden. Der Junge ist in letzter Zeit nicht mehr zu genießen. Kommen Sie wegen seinem Surffreund? Ich habe beim Bäcker gehört, dass er am Hammersee gefunden wurde. Tot.«

»Ja, ich bin wegen Bent Harmsen hier. Setzen Sie sich doch kurz zu mir, Frau Schmidt.«

Mit misstrauischem Blick zog Else Schmidt den Stuhl vor. »Ich kann Ihnen nichts zu dem Jungen sagen. Diesen Bent, meine ich.«

Hella zeigte lächelnd auf den Stuhl und wartete, bis Else Schmidt sich zu ihr gesetzt hatte.

»Seit wann kennen sich denn Ihr Sohn und Bent?«

»Weiß nicht genau. Ein Jahr vielleicht. Sport ist immer gut. Deshalb habe ich nicht gemeckert. Die Ausrüstung brauchte er ja auch nicht zu kaufen, die haben da ja genug davon. Warum also nicht?«

»Mein Mann ist Profisurfer«, sagte Hella. »Der Sport ist wirklich faszinierend.«

»Alles besser, als wenn der Junge auf dumme Gedanken kommt.«

»Er hat keine Arbeit?«

»Nicht so richtig. Hier und da mal. Eine Ausbildung wäre besser, aber man kann ja reden, bis man schwarz wird.«

Schritte auf dem Flur, kurz darauf wurde eine Tür zugeschlagen und eine Toilettenspülung betätigt.

»Das ist Olaf«, sagte Else Schmidt und senkte ihren Blick.

»Ich hab ihm tausendmal gesagt, dass er die Türen nicht so knallen soll. Irgendwann fliegen wir hier hochkant raus. Und dann?«

Schritte auf dem Flur. Ein junger Mann schaute in die Küche herein. »Ja?«

Hella stand auf. »Guten Tag, Herr Schmidt. Hella Brandt von der Polizei Wittmund.« Sie reichte ihm eine Visitenkarte.

»Und?«

»Nicht so unfreundlich!«, fuhr ihn seine Mutter an.

Olaf Schmidt rollte mit den Augen.

Hella stand auf. »Was halten Sie davon, wenn wir einen kleinen Spaziergang machen? Ist hier nicht ganz in der Nähe diese Tapas-Bar direkt am Strand?«

»Wenn Sie bezahlen«, murmelte Olaf Schmidt und wandte sich ab.

Auf dem Weg zum Strand schwieg Olaf Schmidt.

»Sie wissen, weshalb ich Sie sprechen möchte?«

Er zuckte mit den Schultern. »Hab's gestern gehört. Bent ist tot.« Er blieb stehen und sah Hella direkt an. »Was ist das denn für ein Bullshit? Können Sie mir das mal sagen?«

»Wir sind erst am Anfang unserer Ermittlungen und auf Informationen angewiesen. Sie waren mit Bent befreundet?«

»Kann man wohl so sagen.«

Sie hatten inzwischen die letzte Häuserreihe hinter sich gelassen und gingen auf den Strandübergang zu. Oben auf der Düne befand sich die Tapas-Bar, von der ihr gestern Imke Wessels erzählt hatte.

Als sie vor dem Eingang standen, sah Hella sich um. »Setzen wir uns hier draußen hin, oder ist es Ihnen zu frisch?«

»Draußen ist gut.«

Olaf Schmidt bestellte sich etwas zu essen und trank dazu Wein. Hella bestellte sich einen Kaffee.

»Seit wann kennen Sie Bent?«

»Letzten Sommer. Wir saßen am gleichen Tisch in der ›Spelunke‹. Zusammen mit Freunden. Dann hat er mir vom Surfen erzählt. Und mich eingeladen. Alles umsonst. Bent ist ein verdammt cooler Typ.« Er stutzte und schluckte schwer. »War.«

»Sie kennen auch Bents Kollegen aus der Surfschule?«

»Schon. Aber die … na ja, ich glaube, die haben das nicht so locker gesehen, was Bent da mit mir gemacht hat. Scheiße, dabei habe ich da auch geschuftet. Aufgeräumt, Surfbretter geputzt und solche Sachen. Ohne Kohle, natürlich. Mit Florian hab ich ein paarmal gequatscht. Der ist auch gut drauf. Aber dieser andere … Niklas oder so … vollkommen schräg, der Typ. Gruselig, sag ich Ihnen. Wie der manchmal die Leute zusammengestaucht hat. Ich hätte ihm eine auf die Schnauze gegeben.«

»Worum ging es bei dem Streit?«

»Kohle, was sonst! Geht es nicht immer darum?«

Sein Tapas-Teller wurde serviert. Er hielt der Kellnerin sein fast leeres Glas hin, sie nickte.

Olaf Schmidt grinste schelmisch. »Das war doch in Ordnung?«

»Solange Sie mir weiter antworten können«, sagte Hella.

»Kann ich, keine Sorge. Was wollen Sie noch wissen?« Er griff nach den ersten Tapas und fing an zu kauen.

Hella wartete, bis der junge Mann eine Pause einlegte. »Es ging bei den Konflikten also um Geld. Haben Sie Details mitbekommen?«

»Nicht wirklich, aber ich habe Bent ausgequetscht. Was eigentlich gar nicht nötig war. Bent war so sauer auf die Bande, da brauchte ich nicht mal viel fragen. Dieser Niklas …«

Hella nickte ermunternd.

»Ja, der hatte da wohl einen Deal laufen. Bent hatte ihn gewarnt, aber der wollte nicht auf ihn hören. Dann war halt die Kacke am Dampfen. Aber so richtig. Geldgeiler Typ, dieser Niklas. Und seine Tussi hat das alles mitgemacht, hat ihre Klappe gehalten.«

»Und Florian Jung?«

»Ein Warmduscher. Was sonst? Hat den Schwanz eingezogen, sobald dieser Verrückte Terror gemacht hat. Bent hat mir geflüstert, dass der Diktator etwas gegen ihn in der Hand hat. Nicht richtig so für eine Erpressung, meine ich, aber irgendwas lief da. Dann hieß es halt drei zu eins, und Bent stand blöd da. Saublöd sogar. Seine ganze Kohle stand ja auf dem Spiel. Hat er von seinen Alten und der Bank. Wissen Sie das überhaupt?«

»Ja, das ist uns bekannt.«

Olaf Schmidt grinste breit. »Nicht schlecht. Hätte ich jetzt nicht gedacht.«

»Wollte Bent aussteigen?«

»Kann sein oder auch nicht. Ich hab da nicht so durchgeblickt. Echt nicht. Für mich wäre so was nichts. Dieser ganze Gruppenscheiß. Immer nur labern und so.«

Olaf Schmidt nahm sich den Rest der Tapas vor. Hella bestellte eine weitere Tasse Kaffee und wartete, bis der junge Mann seinen Teller zur Seite schob.

»Sie wissen also nicht, ob Bent in der Surfschule aufhören wollte?«

»Hab ich doch gesagt. Klar, er hat geflucht, was das Zeug hielt, aber als ich ihn darauf angequatscht habe, ob er hinschmeißt und so, hat er nur hypergenervt reagiert. Ich denke aber, er war kurz davor. Ich weiß nicht, irgendwie fand er die Insel hier wohl so geil, dass er diesen Schrei-Typ da ertragen hat. Keine Ahnung.«

»Hatte Bent eine Freundin?«

»Sie stellen Fragen. Woher soll ich das wissen?«

»Sie waren sein Freund. Da redet man doch über so was, oder?«

»Vielleicht wollte Bent nicht darüber reden. Schon mal drüber nachgedacht?«

»Sie haben ihn aber trotzdem gefragt, habe ich recht?«

Olaf Schmidt rollte mit den Augen. »Das war alles topsecret, aber so was von.« Er trank den letzten Schluck Wein aus und stand auf.

Auf dem Weg zurück machte Olaf Schmidt auf Hella den

Eindruck, als wolle er nicht weiter mit ihr sprechen. Hella berührte den jungen Mann, der mit schnellen Schritten vorausging, an der Schulter. Er blieb stehen und drehte sich zu ihr um.

»Bent ist tot, und Sie wollen doch auch, dass wir seinen Mörder finden, oder?«

Olaf Schmidt nickte.

»Wir brauchen alle Informationen, die wir bekommen können. Wenn Sie etwas über Bents Freundin wissen, sagen Sie es mir bitte.«

»Er hätte das nicht gewollt. Und ich weiß auch gar nicht viel.«

»Sie haben die beiden zusammen gesehen?«

Olaf Schmidt nickte fast unmerklich. »Händchen gehalten haben sie.«

»Sie kennen die Frau?«

Er schüttelte den Kopf.

»Wo haben Sie die beiden gesehen?«

»Am Strand. Es war dunkel. Ich hab da mit ein paar Leuten abgehangen.«

»Was haben Sie gesehen?«

»Keine Ahnung. Vielleicht war er es überhaupt nicht. Das ging alles so schnell. Und es war dunkel. Und ich hatte gek... ich hatte etwas getrunken.«

»Erzählen Sie es mir trotzdem. Bent hätte es so gewollt, da bin ich mir sicher.«

Olaf Schmidt ließ sich Zeit. Schließlich legte er den Kopf in den Nacken. »Ich kenne die Tussi nicht. Dunkle Haare. Ob sie schwarz waren, weiß ich nicht. Dazu war es nicht hell genug.« Er hielt seine Hand an die Schulter. »So lang. Sie war kleiner als Bent. Einen Kopf, würde ich sagen. Schlank.«

»Welches Alter?«, fragte Hella, als Olaf Schmidt nicht mehr weitersprach.

Er sah sie mit erstauntem Blick an. »Woher wissen Sie das?«

»Was meinen Sie?« Hella wollte unbedingt eine Suggestivfrage vermeiden.

»Dass sie älter als Bent war?«

»Wie alt schätzen Sie sie?«

»Es war dunkel. Dreißig bestimmt oder älter. Vierzig aber nicht. Nein, eher so in der Mitte.«

»Würden Sie sie wiedererkennen?«

»Keine Ahnung. Es war dunkel.«

Hella glaubte dem jungen Mann nicht. Wenn er das Alter der Frau so genau schätzen konnte, musste er sie ausreichend gut gesehen haben.

»Sind wir jetzt fertig?« Olaf Schmidt wartete nicht, bis Hella geantwortet hatte. Er wandte sich ab und lief weiter.

10

Hella stand am Strand und zog tief die salzige Luft ein. Nachdem sie sich von Olaf Schmidt verabschiedet hatte, war sie den Weg zurückgegangen. Die Befragung des jungen Mannes hatte ihren Eindruck bestärkt, dass die Gruppe der Surfer nicht so homogen gewesen war, wie sie sich selbst darstellte. Nach Florian Jung gab es jetzt eine zweite Bestätigung, dass es sich bei Jule um eine Frau zwischen dreißig und vierzig handeln musste.

Hella hatte den Eindruck, dass Olaf Schmidt seine eigene Rolle heruntergespielt hatte. Er hatte zwar bereitwillig mit ihr gesprochen, aber dabei geschickt den Ball zu Bent Harmsens Kollegen gespielt. Nur einmal hätte er sich fast verhaspelt, als er von der Nacht am Strand gesprochen hatte, in der er Bent und seine Freundin gesehen haben wollte.

Hella blieb stehen und ließ ihren Blick über die Nordsee streifen. Unwillkürlich musste sie an Leon denken und daran, was er für sie aufgegeben hatte. Irgendwann würde das Gespräch anstehen, in dem es um ihre gemeinsame Zukunftsplanung gehen würde. Hella hatte Jella bereits an zwei Kinderkrippen in Wittmund angemeldet und hoffte, dass sie dort einen Platz bekommen würde. Leon war bisher aber nicht davon begeistert, ihre Tochter vor ihrem zweiten Lebensjahr in eine solche Einrichtung gehen zu lassen. Letztendlich würde das bedeuten, dass Leon weiter zu Hause bleiben müsste, oder sie fanden eine geeignete Tagesmutter.

Hella ging weiter und nahm den nächsten Strandübergang ins Dorf.

»Wie weit sind Sie mit der Recherche?«, fragte Hella mit Blick in Imke Wessels Büro.

»Zehn Wohnungen beziehungsweise Ferienhäuser habe ich

bereits auf meiner Liste. Es ist mühsam. Ich werde wohl nicht vor heute Nachmittag fertig. Und dann muss ich noch die Besitzer durchchecken.«

Hella trat ins Büro. »Olaf Schmidt hat Bent Harmsen auch mit einer Frau gesehen, die zehn bis fünfzehn Jahre älter war als er.«

»Das heißt zwischen dreißig und vierzig?«

»Ja, aber es war dunkel, und sicher ist er sich angeblich nicht.«

Imke Wessels wiegte den Kopf hin und her. »Seien Sie vorsichtig bei dem jungen Mann. Ist Ihnen aufgefallen, in welchen Klamotten er rumläuft?«

Hella nickte. »Und sein Handy habe ich auch gesehen. Sie meinen, dass dafür sein Aushilfsjob nicht ausreicht?«

»Ganz sicher nicht. Und von seiner Mutter hat er das Geld nicht. Wundert mich sowieso, dass er mit Ihnen gesprochen hat. Haben Sie ihn unter Druck gesetzt?«

»Nein, aber wir waren in der Tapas-Bar am Strand.«

»Verstehe. Trotzdem, ich würde ihm nicht über den Weg trauen.«

»Er verschweigt mir etwas. Im Moment sehe ich aber keinen Ansatzpunkt, um Schmidt zur Aussage zu …« Sie malte Anführungszeichen in die Luft. »… motivieren.«

»Verstehe. Ich mache dann mal weiter«, sagte Imke Wessels und beugte sich wieder über ihre Listen.

Auf dem Weg ins Büro kam Hella Alina entgegen.

»Und?«

»Nichts. Ich habe mit mehreren Personen gesprochen, die Bent Harmsen alle kannten. Keiner hat ihn zur fraglichen Zeit auf der Fähre gesehen. Im Sporthafen das Gleiche. Der Hafenmeister war zum Glück vor Ort. Auch er kannte Bent Harmsen und hat ihn nicht gesehen. Er wollte sich aber umhören, ob einer der Bootseigentümer ihn aufs Festland mitgenommen hat. Am Flugplatz war ich noch nicht. Ich wollte mir das Quad ausleihen. Zu Fuß ist das etwas weit.«

»Die Kollegin Wessels ist in ihrem Büro.«

Alina nickte und ging weiter den Flur entlang. In diesem Moment klingelte Hellas Handy. »Hallo, Lars. Warte einen Moment, ich bin gleich in meinem Büro.« Sie öffnete die Tür und zog ihre Jacke aus. »So, leg los!«

»Zunächst war ich bei Bent Harmsens Eltern. Eine Verwandte von ihnen war über Nacht geblieben. Der Mutter ging es wohl sehr schlecht, ich habe dann auch nur mit dem Vater gesprochen. Er ist inzwischen auf dem Weg nach Oldenburg. Sein Bruder begleitet ihn. Ich habe weder ihn noch seine Frau noch einmal befragt.«

»Das hätte vermutlich auch nicht viel Sinn gehabt«, warf Hella ein. »Und Katrin Ohle?«

»Der Kollege aus Münster hat sich gemeldet. In der Wohnung hat er definitiv niemanden angetroffen. Der Hausmeister hatte einen Schlüssel, und sie waren zusammen in der Wohnung. Nichts. Und es sah dort auch nicht so aus, als wenn jemand in den letzten Tagen dort gewesen wäre.«

»Merkwürdig! Wo ist die Frau?«

»Das hat sich der Münsteraner Kollege auch gefragt. In der Nachbarwohnung hat er eine junge Studentin angetroffen. Sie kennt Katrin und ist sich absolut sicher, dass sie in den letzten Wochen nicht in der Wohnung war.«

»Wie kann das sein?«

»Sie hat einen Schlüssel von Ohles Wohnung, gießt dort die Blumen und leert den Briefkasten. Nach ihrer Erinnerung ist es schon eine Weile her, dass Katrin Ohle in Münster war.«

»Wie lange?«

»Ohle ist wohl kurz hier gewesen, nachdem sie längere Zeit bei ihren Eltern war, und ist danach wieder abgereist. Die Freundin wusste nicht, wohin, hat aber zumindest den Auftrag bekommen, die Blumen zu gießen und die Post mit nach oben zu nehmen.«

»Ausgesprochen mysteriös«, sagte Hella nachdenklich.

»Ich habe mir da auch Gedanken gemacht. Ihr habt doch gestern erzählt, dass Katrin Ohle auf Juist war, um mit Bent zu sprechen.«

»Das ist richtig.«

»Und wenn sie noch einmal auf der Insel war und sich am Montagnachmittag mit Bent getroffen hat?«

»Ja, ich habe die Ex-Freundin als Täterin durchaus auf dem Schirm, Lars. Nur, wir müssen sie erst finden, um sie befragen zu können.«

»So weit bin ich leider noch nicht.«

»Hast du heute noch einmal mit ihren Eltern gesprochen?«

»Ich war da und habe nur die Mutter angetroffen. Sie hat es zwar nicht so genannt, aber ihre Tochter hat oder hatte Depressionen. Deshalb das Freisemester. Sie war in Wittmund in Behandlung und hat auch für längere Zeit bei ihren Eltern gewohnt. Tut mir leid, dass ich das nicht schon gestern herausbekommen habe.«

»Wie solltest du das ahnen?«, sagte Hella. »Hast du noch mehr erfahren?«

»Die Mutter hat zugegeben, dass sie seit Katrins Abreise vor ungefähr vier Wochen keinen Kontakt mehr zu ihrer Tochter hatte. Sie war weder in Wittmund noch telefonisch erreichbar.«

»Das passt alles ins Bild. Während dieser Zeit war sie definitiv hier auf der Insel und hat Bent Harmsen bedrängt, die Beziehung wieder aufzunehmen. Gibt es denn Verwandte, bei denen Katrin Ohle sich aufgehalten haben könnte?«

»Die Großeltern mütterlicherseits leben in der Nähe von Wittmund. Ich fahre heute noch zu ihnen. Dann gibt es eine Großmutter väterlicherseits, die allerdings im Pflegeheim in Oldenburg lebt. Da kann ihre Enkelin nicht untergekommen sein. Weiter gibt es mehrere Tanten und Onkel, die ich aber alle noch erreichen muss. Mach dir aber nicht zu viel Hoffnung, laut der Mutter hat Katrin zu keiner dieser Personen ein enges Verhältnis.«

»Weitere Freunde aus der Schulzeit?«

»Bin ich dran. Ich habe mir von Jakob Jensen Namen geben lassen. Bei ihm war sie in den letzten vier Wochen angeblich nicht.«

Hella horchte auf. »Angeblich?«

»Ich habe bisher nur mit ihm telefoniert, und da druckste er reichlich rum. Er war allerdings in der Arbeit. Ich werde ihn am Spätnachmittag noch einmal aufsuchen. Du siehst, Arbeit habe ich genug.«

»Wir auch. Diese Jule ist einfach nicht zu finden. Wir haben nicht die geringste Ahnung, wer sie sein könnte. Allerdings scheint sich jetzt zu bestätigen, dass sie älter ist als Bent. Zehn bis fünfzehn Jahre.«

»Deshalb muss man sich doch nicht verstecken. Klar, es ist immer noch ungewöhnlich, dass die Frau erheblich älter ist als der Mann, aber ja kein wirklicher Tabubruch mehr.«

»Nein, ich glaube auch nicht, dass sie deshalb ihre Beziehung geheim gehalten haben. Da muss etwas anderes dahinterstecken.«

»Sie ist verheiratet und wollte sich nicht trennen.« Lars lachte kurz auf. »Eine Affäre halt. Kommt in den besten Familien vor.«

Hella seufzte. »Leider gibt es zu viele verheiratete Frauen im Alter von fünfunddreißig bis vierzig. Hast du sonst noch etwas von der Mutter erfahren?«

»Ich habe lange mit ihr geredet. Wenn ich jetzt mal zwischen den Zeilen lesen sollte, würde ich sagen, dass Katrin Ohle von Bent regelrecht besessen war. Wie gesagt, das ist jetzt meine Interpretation. Der Mutter ist durchaus klar, dass Katrin ziemliche psychische Probleme und eine ungesunde Fixierung auf ihren Ex entwickelt hat.«

»Hast du Katrin Ohle durch die Datenbank laufen lassen?«

»Selbstverständlich, Chefin. Keine Einträge. Habe ich auch letztlich nicht erwartet. Soll ich versuchen, mit ihrem Therapeuten zu sprechen?«

»Er wird nichts preisgeben«, sagte Hella. »Das darf er überhaupt nicht.«

»Trotzdem, vielleicht kann ich irgendeinen Hinweis heraushören.«

»Wenn du Zeit hast, kannst du es gern versuchen.«

»Okay, ich melde mich, sobald ich meinen Job gemacht habe. Bis dann.«

Hella stand auf und öffnete ihr Fenster. Die Ermittlungen drehten sich im Kreis. Wenn sie jetzt nicht schnell Katrin Ohle und Bents mutmaßliche Freundin Jule finden würden, blieben nur noch Bents Surffreunde. Niklas Beier und Lara Matthiesen würden sich weigern, weiter befragt zu werden. Florian Jung schien nicht mehr zu wissen, als er bisher ausgesagt hatte.

Hella schloss das Fenster und ging über den Flur zum Zimmer von Imke Wessels.

»Ich bin noch nicht viel weiter«, sagte die Inselpolizistin, als Hella an den Rahmen der geöffneten Tür klopfte.

»Katrin Ohle, Bent Harmsens Ex-Freundin, ist nicht auffindbar. Es könnte sein, dass sie in den letzten Tagen hier auf der Insel war. Wie können wir das überprüfen?«

»Wenn Sie eine TöwerCard online gekauft hat, dann wäre das kein Problem. So heißt hier die Kurkarte. Auf der anderen Seite sind die Pensionen und Hotels ja verpflichtet, Meldescheine auszufüllen. Aber darauf haben wir keinen unmittelbaren Zugriff.«

»Wo kann ich wegen der TöwerCard nachfragen?«

Imke Wessels schrieb eine Telefonnummer auf einen Notizzettel und reichte ihn Hella. »Vielleicht sollte ich lieber anrufen. Die kennen mich da ja. Ich meine ...«

Hella nickte. »Sie haben recht.«

Imke Wessels griff nach dem Telefonhörer und drückte auf eine Kurzwahltaste. Mit wenigen Worten erklärte sie ihrem Gesprächspartner, um was es ging, und drang darauf, dass nach Katrin Ohle in der Datenbank gesucht werden würde. Schließlich legte sie auf und schüttelte den Kopf. »Nichts, sie hatte entweder keine Karte oder hat sie gleich bei dem Fährticket bezahlt. Das wird namentlich nicht registriert.«

»Wäre auch zu einfach gewesen. Dann bleibt mir wohl nichts anderes übrig, als die Hotels und Pensionen abzutelefonieren.«

»Wir haben bis zu hunderttausend Gäste im Jahr hier. Bis wir da alle Meldezettel gesichtet haben ...«

Hella zog einen Stuhl vor und setzte sich. »Sie meinen, das ist aussichtslos?«

»So auf jeden Fall. Wir müssten die Suche eingrenzen. Es gibt sicher weit über zweihundert Ferienhäuser und Pensionen. Dazu kommen die Hotels. Das dauert Wochen, wenn wir alle abtelefonieren wollen.«

Hella nickte. »Katrin Ohle wird nicht viel Geld zur Verfügung gehabt haben. Also könnten wir uns auf die Pensionen konzentrieren, die günstig sind.«

»Weitere Kriterien?«

»Vielleicht die Nähe zur Surfschule. Ich denke, es ist eher ein einfaches Pensionszimmer und keine Ferienwohnung.«

Imke Wessels rief auf ihrem PC eine Seite auf und drehte den Monitor so zur Seite, dass Hella etwas sehen konnte. »Die knapp zweihundert Angebote muss ich jetzt durchgehen. Geben Sie mir eine halbe Stunde?«

Hella stand auf, ging auf die Tür zu, wandte sich aber kurz zuvor wieder zu ihrer Kollegin um. »Hatte ich Ihnen schon gesagt, dass Sie uns eine fantastische Hilfe sind?«

Imke Wessels lächelte. »Nein, hatten Sie nicht. Aber danke. Freut mich.«

Hella ging zurück zu ihrem Büro und entschloss sich schließlich, sich kurz die Beine zu vertreten. Sie ging die Straße hoch und hielt sich in Richtung Fährhafen. Kurz vor dem Kai kehrte sie um. Die Fähre war entweder schon abgefahren oder noch nicht aus Norddeich angekommen. Hella rief auf dem Handy den Fahrplan auf. Die Fähre würde heute erst gegen fünfzehn Uhr eintreffen und kurz danach die Rückfahrt antreten.

Auf dem Rückweg rief Alina sie an. Bent Harmsen hatte während der fraglichen Zeit keinen Flug von und nach Juist gebucht.

»Ich bin gleich wieder da. Es wartet Arbeit auf uns beide.«

»Okay. Ich warte hier auf dich.«

11

Imke Wessels hatte zwanzig Pensionen herausgesucht, die den Kriterien, die sie angelegt hatten, entsprachen. Hella und Alina teilten sich die Liste auf und begannen mit den Telefonaten. Bei ihrem siebten Anruf nahm eine Frau das Gespräch an. Nach der Stimme zu urteilen, war sie eine ältere Dame. Sie sprach langsam und machte zwischendurch immer wieder Pausen. »Polizei, sagen Sie. Woher weiß ich, dass Sie mich nicht anlügen?«

»Sie kennen doch sicher meine Kollegin Frau Wessels.«

»Natürlich kenne ich unsere Inselpolizistin.«

»Dann gehe ich jetzt mal in ihr Büro, und Sie können kurz mit ihr sprechen.« Hella war bereits auf dem Flur und lief jetzt auf Imke Wessels Schreibtisch zu. »Ich habe hier Frau Oltmann am Apparat. Könnten Sie ihr kurz bestätigen, dass wir Kollegen sind?«

Die Inselpolizistin griff nach Hellas Handy. »Moin, Frau Oltmann. Hier ist Imke Wessels von der Polizei. Geht es Ihnen gut?«

Imke Wessels hörte einen Augenblick zu und sagte schließlich. »Das ist absolut in Ordnung. Frau Brandt ist von der Kriminalpolizei aus Wittmund. Sie können beruhigt mit ihr sprechen.« Sie horchte kurz auf die Antwort und reichte Hella das Handy zurück.

»Frau Oltmann. Sie vermieten Ferienzimmer?«

»Ja, aber nur noch eins. Die anderen zwei müssen dringend neu gemacht werden. Ich weiß aber noch nicht, ob sich das noch lohnt. Ich bin schon dreiundachtzig, müssen Sie wissen.«

»Haben Sie in den letzten Wochen Gäste gehabt?«

»Nur ein junges Mädchen. Sie war ein paarmal bei mir.«

»Können Sie mir den Namen nennen?«

Die alte Dame zögerte. »Ist das denn erlaubt? Es gibt doch jetzt diese vielen Vorschriften, dass man nichts mehr sagen darf.«

»Ja, Frau Oltmann, es gibt solche Vorschriften, aber in diesem Fall können Sie mir beruhigt den Namen nennen.«

»Wenn Sie das sagen. Gut. Ich hole mal den Meldezettel aus der Küche.« Hella hörte Schritte, eine Schublade wurde aufgezogen und wieder geschlossen. »So. Den Vornamen weiß ich natürlich auch so, aber Sie brauchen ja sicher den ganzen Namen.«

»Ja, Frau Oltmann.«

»Die junge Frau heißt Katharina Harmsen. Sie wohnt in Münster. Die Straße kann ich nicht richtig lesen. Ist das wichtig?«

Hella horchte auf. War es Zufall, dass die Frau Bents Nachnamen trug? Katharina klang ja auch ähnlich wie Katrin. Da Hella kein Foto von Katrin Ohle vorlag, würde eine Beschreibung der jungen Frau sie auch nicht weiterbringen.

»Nein, die Straße ist nicht wichtig. Haben Sie sich mit Frau Harmsen unterhalten?«

»Natürlich. Wir haben fast jeden Tag Tee getrunken. Und beim Frühstück habe ich auch bei ihr gesessen.«

»Hat sie erzählt, was sie beruflich macht?«

»Sie studiert in Münster, hat sie mir gesagt. Und dass sie eine Pause eingelegt habe, weil ihr die Arbeit so viel gewesen sei. Ein wirklich liebes Mädchen, sage ich Ihnen. Anständig und höflich. Das findet man selten heutzutage.«

»Hat Frau Harmsen von ihrem Freund erzählt?«

»Oh ja. Was für eine traurige Geschichte. Deshalb hat sie ja auch mit dem Studium kurz aufgehört. Der junge Mann ist bei einem Autounfall ums Leben gekommen.«

»Wissen Sie, wo der junge Mann gelebt hat?«

»In Wittmund. Kommen Sie da nicht auch her?«

»Frau Oltmann. Wann ist denn Ihr Gast abgereist?«

»Ach, das habe ich ja noch gar nicht gesagt. Katharina ist vor einer Stunde aus dem Haus. Das war heute ihr letzter Tag.«

»Danke für die Auskunft, Frau Oltmann. Sie haben mir sehr geholfen.«

»Auf Wiedersehen, Frau ...«

»Brandt, Hella Brandt.«

»Auf Wiedersehen, Frau Brandt.«

Hella hatte, während sie sprach, Alina ein Zeichen gegeben, dass sie ihr Gespräch beenden solle, und winkte ihr jetzt zu, als sie aus dem Zimmer eilte. »Ich hab sie«, rief sie Alina zu, die hinter ihr herlief.

Im Büro von Imke Wessels berichtete Hella kurz ihren Kolleginnen, gab Alina den Auftrag, ein Foto von Katrin Ohle aus der Datenbank zu ziehen und damit zu Frau Oltmann zu gehen.

»Wir fahren mit dem Quad zum Fährhafen«, sagte sie zu Imke Wessels, die inzwischen neben ihr stand. »Vielleicht kommen wir ja noch rechtzeitig.«

Sie griffen im Laufen nach ihren Jacken und saßen kurz darauf auf dem Quad. Imke Wessels stellte das Blaulicht an und fuhr mit einem Ruck an. Auf der Hafenstraße kamen ihnen bereits die gerade angekommenen Feriengäste entgegen. Imke Wessels war gezwungen, langsamer zu fahren, und beschleunigte erst wieder, als sie fast den Fährhafen erreicht hatten. Als sie schließlich stoppte, hatte die Fähre bereits gedreht und befand sich mehrere Hundert Meter vom Kai entfernt.

»Können wir Kontakt zur Fähre aufnehmen?«, fragte Hella.

»Sicher, aber soll sie umdrehen? Theoretisch ginge das, aber praktisch würde die Fähre vermutlich anschließend nicht mehr auslaufen können. Dann hätten wir ein großes Problem mit den ganzen Fahrgästen. Sie haben keine Unterkunft und ...«

Hella nickte und griff nach ihrem Handy. Lars nahm das Gespräch direkt an. »Wo bist du?«, fragte Hella.

»Auf dem Weg zu Katrins Eltern. Warum?«

»Fahr bitte direkt nach Norddeich. Die Fähre hat hier gerade abgelegt, und ich vermute, dass Katrin Ohle an Bord ist. Ich melde mich, sobald ich mehr weiß.«

»Ich brauche ein Foto von ihr.«

»Bekommst du. Und ich fordere Unterstützung aus Norden an.«

»Okay, ich bin auf dem Weg.«

Hella wandte sich an ihre Inselkollegin. »Hier können wir nichts mehr ausrichten. Fahren wir zurück.«

Als sie ankamen, hatte Alina die Polizeistation bereits verlassen. Hella rief sie an und erfuhr, dass sie auf dem Weg zu Frau Oltmann sei.

»Sag mir sofort Bescheid, wenn sie die Identität von Katrin Ohle bestätigt.«

»Alles klar.«

Hella wandte sich Imke Wessels zu. »Alina ist gleich bei Frau Oltmann. Wir müssen warten.«

»Dann mache ich mich wieder an die Arbeit.«

Nachdem die Inselpolizistin in ihr Büro gegangen war, lief Hella unruhig im Zimmer herum. Wie hatte sie nur übersehen können, dass Katrin Ohle noch auf der Insel sein könnte? Gab es eine ganz einfache Lösung für den Tod von Bent Harmsen? Handelte es sich tatsächlich um eine Beziehungstat?

»Und?«, fragte Hella, als Alina sich meldete.

»Sie ist es. Ich gehe jetzt wieder zu Frau Oltmann in die Küche. Kommst du auch?«

Hella zögerte kurz. »Ich muss ein paar Anrufe tätigen. Dann mache ich mich auf den Weg. Halte sie noch etwas hin.«

Der erste Anruf galt dem Staatsanwalt. Hella brachte ihn auf den neuesten Stand. Der zweite Anruf ging an die Kollegen in Norden, die zusagten, zwei Beamte zum Fährhafen zu schicken. Schließlich informierte sie noch Lars und ließ sich anschließend von Imke Wessels mit dem Quad zum Haus von Frau Oltmann fahren.

Alina öffnete ihr die Haustür. »Wir sitzen in der Küche.« Sie ging voraus, Hella folgte ihr.

Maria Oltmann begrüßte Hella mit einem freundlichen Lächeln und bot ihr eine Tasse Tee an.

»Was ist denn jetzt mit dem Mädchen?«, fragte Frau Oltmann. »So viel Polizei hier bei uns auf Juist. Hat sie was angestellt?«

»Wir müssen dringend mit ihr sprechen«, sagte Hella. »Seit
wann war Frau … Harmsen auf Juist?«

»Da muss ich schauen.« Die alte Dame stand auf und holte
aus der Küchenschrankschublade eine Kladde. Sie setzte sich
wieder an den Tisch, stand aber gleich darauf erneut auf, um
ihre Brille zu suchen. »Ich schreibe immer alles auf«, sagte Frau
Oltmann, als sie wieder am Tisch saß. Sie blätterte in der Kladde
herum. »Ich bin manchmal etwas vergesslich, müssen Sie wissen.« Sie fuhr mit dem Finger übers Blatt und fand schließlich
den richtigen Eintrag. »Das Mädchen ist am Freitag letzter Woche gekommen. Und heute ist sie wieder gefahren.«

»Darf ich mir kurz aufschreiben, wann Frau Harmsen zuvor
schon bei Ihnen übernachtet hat?«, fragte Alina.

Maria Oltmann nickte und reichte Alina die Kladde.

»Sie ist also am Freitag angekommen«, sagte Hella. »Sie sagten mir am Telefon, dass Sie sich regelmäßig mit Frau Harmsen
unterhalten hätten.«

»So ist es. Die Katharina ist ein wirklich liebes Mädchen,
Frau Kommissarin. Ich kann mir nicht vorstellen, dass sie etwas
Unrechtes getan hat.«

»Das sagt auch keiner, Frau Oltmann«, versuchte Hella, die
alte Dame zu beruhigen. »Haben Sie auch am Sonntag mit Katharina gesprochen?«

Maria Oltmann senkte den Kopf und schien zu überlegen.
»Aber ja, ich hatte sogar einen Kuchen gebacken. Einen Apfel-
kuchen. Wir haben am Nachmittag hier in der Küche gesessen.«

»War Frau Harmsen aufgeregt oder anders als in den Tagen
zuvor?«

»Nein, das glaube ich nicht. Sie hat mir von ihren Großeltern
erzählt. Das weiß ich noch. Einen Bauernhof hätten sie gehabt.
Der ist aber verkauft worden, hat mir Katharina erzählt.«

»Hat sie an dem Tag von ihrem Freund gesprochen?«

»Dem Freund. Ach, Sie meinen diesen schrecklichen Unfall. Nein, ich glaube nicht.« Sie hielt inne und starrte geradeaus ins Leere. »Ich weiß das nicht mehr so ganz genau.« Sie griff nach der Teekanne und schenkte Hella und Alina nach. Schließlich reichte sie Hella die Sahne.

»Und am Montag? Wie ging es Frau Harmsen da?«

»Am Montag? Da war ich am Nachmittag bei meiner Freundin eingeladen. Aber am nächsten Tag habe ich das Mädchen wiedergesehen. Zum Frühstück ist sie nicht gekommen, aber am Nachmittag habe ich an ihre Tür geklopft.«

»Ist sie aus ihrem Zimmer gekommen?« Hella konnte nur mit Mühe ihre Ungeduld verbergen.

»Ja, aber nicht sofort. Wir haben dann Tee getrunken. Das Mädchen war etwas niedergeschlagen, müssen Sie wissen. Sie hat mir erzählt, dass das immer mal wieder vorkommt. Aber sie hat ja Tabletten vom Doktor bekommen.«

»Ging es Katharina in den folgenden Tagen besser?«, fragte Alina.

»Nein, deshalb ist sie abgereist. Sie wollte eigentlich noch länger bleiben, aber es ging wohl nicht.«

»Dürfen wir einen Blick in das Zimmer werfen, in dem Katharina geschlafen hat?«, fragte Alina. »Vielleicht hat sie ja etwas vergessen, was wir ihr nachschicken können.«

Die alte Dame sah Alina erschrocken an. »Meinen Sie? Ja, ihre Tabletten hatte sie schon mal vergessen. Ich habe sie dann ordentlich aufbewahrt.« Sie seufzte leise. »Gehen Sie ruhig. Es ist das Zimmer im ersten Stock mit der Nummer drei.«

Hella nickte Alina zu, die stand auf und verließ die Küche.

»Ihr Tee schmeckt ausgezeichnet«, sagte Hella und musste unwillkürlich an ihre Nachbarin Gesa denken. Die alte Dame lud Leon und sie häufig zum Tee ein. Was wohl Leon und die Kleine gerade machten? In der Nacht war Hella mehrfach aufgewacht und hatte nur schwer wieder einschlafen können. Ihre Gedanken waren immer wieder zu ihrer kleinen Tochter gewandert. Zum wiederholten Male hatte sie sich die Frage gestellt, ob sie länger hätte pausieren sollen. Die rationale Antwort fiel immer gleich aus, die gefühlte schwankte ständig zwischen dem einen und dem anderen Extrem hin und her.

»Haben Sie auch Kinder, Frau Kommissarin?«, fragte Maria Oltmann.

Hella nickte. »Zwei. Mein Sohn ist schon erwachsen, meine Tochter noch nicht mal ein Jahr alt.«

»Oh, das ist weit auseinander«, sagte Maria Oltmann. »Mein Sohn besucht mich nicht häufig. Er arbeitet in Frankfurt. Viel zu viel, wenn Sie mich fragen.« Sie warf einen Blick auf Hellas Teetasse. »Möchten Sie noch etwas Tee?«

In diesem Augenblick kam Alina zurück in die Küche. Hella stand auf und reichte der alten Dame die Hand. »Sie haben uns sehr geholfen, Frau Oltmann.«

»Das habe ich doch gern getan.«

12

»Hast du etwas gefunden?«

»Nicht wirklich. Ein paar Haare habe ich eingetütet. Damit können wir zumindest sicher nachweisen, dass Katharina Harmsen tatsächlich Katrin Ohle ist.«

Hellas Handy machte sich bemerkbar. Nach einem kurzen Blick aufs Display nahm sie das Gespräch an. »Wie weit bist du?«

»Kurz vor Norddeich. Ich komme also rechtzeitig an. Ist die Reederei informiert worden?«

»Das haben alles die Kollegen vor Ort gemacht. Das Passfoto von Katrin Ohle hat Alina dir geschickt.«

»Ja, danke. Was mache ich, wenn sie sich weigert, mit mir zu sprechen?«

»Dann bleibt dir nichts anderes übrig, als sie vorläufig festzunehmen. Ich habe die Rückendeckung durch den Staatsanwalt. Katrin Ohle hat ein Motiv, sie war vor Ort und hatte sich auch schon vorher mit Bent Harmsen getroffen. Im Übrigen hat sie sich in der Pension unter falschem Namen aufgehalten. Sag Bescheid, Alina und ich würden dann noch heute nach Norddeich fliegen. Dann können wir Katrin Ohle morgen vernehmen.«

»Okay, alles klar. Ich melde mich, sobald wir sie gefunden haben.«

Hella ließ ihr Handy wieder in die Tasche gleiten.

»Wir fliegen heute?«

»Warten wir ab, was in Norddeich passiert. Bisher wissen wir noch nicht, ob Katrin Ohle wirklich auf der Fähre ist.«

»Wo sollte sie hier übernachten? Einen Zeltplatz gibt es nicht. Gut, in der Jugendherberge wird es sicher noch Zimmer geben. Ich wüsste aber nicht, was sie noch hier auf der Insel machen sollte.«

Als sie die Polizeistation erreicht hatten, klingelte Hellas Handy. Roland Radmeier teilte Hella mit, dass er morgen früh per Flugzeug mit einem Taucher auf die Insel kommen würde, und bat darum, abgeholt zu werden.

»Die Kollegin Wessels kommt mit dem Quad. Ihr könnt allerdings auch ein Pferdegespann ordern. Dann seht ihr gleichzeitig noch etwas von der Insel.«

Roland Radmeier lachte. »Ich werde es mir überlegen.«

»Eventuell sind wir morgen nicht mehr hier.«

»Wenn wir was finden, bekommst du als Erste Bescheid. Wie immer.«

»Das will ich hoffen«, sagte Hella mit einem scherzhaften Unterton. »Bis morgen, Roland.«

»Wir sind jetzt mit allen Fahrgästen durch. Katrin Ohle ist nicht dabei gewesen.« Lars' Stimme klang gehetzt.

»Ganz sicher?«, rutschte es Hella heraus.

»Wir haben uns von allen infrage kommenden Frauen den Ausweis zeigen lassen. Ohle ist entweder noch auf der Fähre oder bei euch auf der Insel. Sollen wir jetzt die Fähre durchsuchen? Ich bin mir nicht sicher, ob der Kapitän das erlaubt. Er war schon von unserer Aktion mehr als genervt.«

»Nein, keine Durchsuchung. Bleib aber da, bis definitiv niemand mehr die Fähre verlassen kann.«

»Okay.« Lars beendete das Gespräch.

»Ist sie nicht auf der Fähre?«, fragte Alina, die von ihrem Schreibtisch aufgestanden war und jetzt neben Hella stand.

»Nein. Die Schnellfähre verkehrt heute nicht mehr. Den Flugplatz hatte Imke Wessels informiert. Katrin Ohle ist nicht geflogen.«

»Also ist sie doch noch auf der Insel. Hat sie die Pension gewechselt? Aber warum? Sie konnte doch gar nicht wissen, dass wir hinter ihr her sind. Und beim Fährhafen seid ihr auch erst angekommen, als das Schiff bereits abgelegt hatte.«

»Entweder ist sie hier, oder sie hat sich auf der Fähre ver-

steckt, weil sie uns bei der Abfahrt gesehen hat. Dann wird sie
morgen hier wieder ankommen und vermutlich auch erneut
mit der Fähre zurück nach Norddeich fahren wollen.«
»Was ist das denn jetzt für ein verrücktes Spielchen?«
»Jugendherberge klären wir ab, aber ich glaube nicht, dass
sie da ist oder sich eine andere Pension gesucht hat. Ich bin
mir fast sicher, dass sie auf der Fähre ist. Wir werden morgen
mit dem Schiff zurück aufs Festland fahren. Dann haben wir
eineinhalb Stunden Zeit, sie zu finden. Und wenn wir keinen
Erfolg haben, erwarten wir sie am Kai.«

Imke Wessels kam auf Hella zu, die sich in der kleinen Küche
der Polizeistation Kaffee kochte.
»Ich bin dann so weit durch mit den Zweitwohnungen be-
ziehungsweise Häusern.«
»Wie viele sind es?«
»Ich habe jetzt fünfundzwanzig herausgesucht. Dazu die
Daten der Eigentümer. Bis auf eine Person habe ich immer eine
Telefonnummer gefunden.«
»Dann sollten wir jetzt zu dritt anfangen und alle abtele-
fonieren.«
Alina stand inzwischen bei ihnen, sie sprachen die Fragen
ab und teilten schließlich die Eigentümer untereinander auf.

»Schneider!«
»Guten Tag, Frau Schneider«, sagte Hella. »Hella Brandt
von der Kriminalpolizei Wittmund.«
»Guten Tag, was kann ich für Sie tun?« Franziska Schneiders
Stimme klang geschäftsmäßig und gleichzeitig abweisend.
»Sie besitzen ein Ferienhaus auf Juist?«
»Entschuldigen Sie, Frau …«
»Brandt, Hauptkommissarin.«
»… Frau Brandt. Sie verstehen sicher, dass ich einer fremden
Person keine Auskunft dieser Art gebe.«
»Dann würde ich Sie bitten, die Telefonnummer der Polizei-

station in Juist herauszusuchen und zurückzurufen. Sie werden dann zu mir durchgestellt.«

Franziska Schneider zögerte. »Nun gut, ich gehe davon aus, dass es wichtig ist?«

»Ja, davon können Sie ausgehen.«

»Ich melde mich.«

Franziska Schneider beendete ohne einen Abschiedsgruß das Gespräch. Hella wartete, stand schließlich auf, um sich eine weitere Tasse Kaffee zu holen. Von den acht Personen auf ihrer Liste hatte sie inzwischen fünf erreicht. Alle Eigentümer hatten versichert, dass sie die Wohnung oder das Haus nur selbst nutzen würden. Keine der erreichten Personen passte in das gesuchte Schema.

Hella goss Kaffee in die Tasse und machte sich Milch warm, die sie anschließend leicht aufschäumte. Auf dem Weg zurück hörte sie bereits ihr Tischtelefon klingeln.

»Vielen Dank, Frau Schneider, dass Sie zurückgerufen haben«, sagte Hella. »Ich hatte Sie gefragt, ob Sie ein Ferienhaus auf Juist besitzen.«

»Ja.«

»Nutzen Sie es selbst oder auch andere Personen?«

»Eine merkwürdige Frage, aber gut. Wir vermieten unser Haus nicht an Gäste. Reicht das?«

»Sie bewohnen es also ausschließlich selbst?«

»Ich verstehe Ihre Frage nicht.«

»Nutzen außer Ihrer Familie noch andere Personen das Ferienhaus?«

»Das habe ich doch gerade beantwortet. Wir vermieten nicht.«

»Wann waren Sie das letzte Mal auf Juist?«

»Das ist ein paar Wochen her.«

Hella zwang sich, ruhig weiterzufragen. »Können Sie das etwas genauer eingrenzen?«

»Dann müsste ich meinen Kalender holen.«

»Ich habe Zeit.«

Hella hörte Schritte, eine Schublade wurde geöffnet und

wieder geschlossen, erneut Schritte. Es vergingen mehrere Sekunden, bevor Franziska Schneider sich räusperte. »Das war das letzte Wochenende des vergangenen Monats.«

»Sie waren allein dort?«

»Nein.«

»Darf ich fragen, wer Sie begleitet hat?«

»Ich denke, das ist nun wirklich meine Privatsache, wen ich mit in mein Ferienhaus nehme. Haben Sie noch weitere Fragen?«

»Vorerst nicht, Frau Schneider. Vielen Dank für Ihre Kooperation.«

»Auf Wiederhören«, sagte Franziska Schneider und beendete das Gespräch.

Hella markierte den Namen von Franziska Schneider mit einem Ausrufezeichen und wählte die nächste Nummer.

Kurz vor neunzehn Uhr setzte sich Hella mit Alina und Imke Wessels zusammen. Alina hatte alle Eigentümer erreicht. Keiner von ihnen war ihr verdächtig vorgekommen oder hatte sich geweigert, die Fragen zu beantworten. Imke Wessels war zweimal auf einem Anrufbeantworter gelandet und hatte um Rückruf gebeten. Eine weitere Person von ihrer Liste passte auf das Profil. Die Frau beteuerte aber, dass sie seit sechs Wochen nicht mehr auf Juist gewesen sei.

»Können wir die Angaben überprüfen?«, fragte Hella.

»Die Nachbarn könnten es vielleicht bestätigen«, schlug Imke Wessels vor. »Es sind beides von Insulanern bewohnte Häuser.«

»Gut, dann würde ich vorschlagen, dass Sie dort morgen vorbeifahren.« Hella warf einen Blick auf ihre Liste. »Ich habe alle Eigentümer erreicht. Bis auf Frau Schneider passt niemand ins Profil. Alle nutzen ihre Immobilie ausschließlich selbst und sind durchgängig in den letzten zwei Wochen nicht vor Ort gewesen.«

»Und Frau Schneider?«, fragte Alina.

»Sie hätte das richtige Alter, allerdings hat ihr Vorname keine

Nähe zu den uns bekannten Namen. Franziska, kein zweiter Vorname. Allerdings hat sie die Auskunft verweigert, wer ihr Gast bei ihrem letzten Besuch auf Juist war.« Hella wandte sich an Imke Wessels. »Kennen Sie Frau Schneider?«

»Das etwas abseitsstehende Haus in der Dünenstraße?«

Hella nickte. »Die Straße stimmt. Ich habe mir die Lage des Hauses auch über Google Maps angesehen. Soweit ich es sehen konnte, liegt es außer Sichtweite der Straße.«

»Persönlich kenne ich Frau Schneider nicht, aber ich habe gehört, dass die Familie sehr vermögend ist. Osnabrück, richtig?«

»Ja, da habe ich sie erreicht. Familie? Sie ist verheiratet?«

»Ja, ihr Mann, so wird zumindest gemunkelt, hat vor ein paar Jahren das Unternehmen seines Vaters übernommen. Eine gut laufende mittelständische Firma mit mehreren Hundert Mitarbeitern. Das Haus hier haben sie vor fünf oder sechs Jahren gekauft. Soweit ich das beurteilen kann, ist die Familie nur recht selten auf Juist.«

»Vielleicht hat die Dame ja einen Geliebten«, sagte Alina schmunzelnd.

Hella ging nicht auf die Bemerkung ein und fragte ihre Inselkollegin: »Gibt es dort auch Nachbarn?«

»Ja, das sind aber Ferienhäuser. Die sind jetzt in der Vorsaison nicht immer besetzt, und wenn, achten die Gäste auch nicht besonders auf die Nachbarn. Hinzu kommt, dass das Haus schlecht einsehbar ist.«

»Ich gehe da morgen früh einmal vorbei. Mehr können wir wohl nicht machen.« Hella warf einen Blick auf die Uhr. »Feierabend?«

Alina reicht Hella die Speisekarte. Sie saßen in einem Fischrestaurant. Imke Wessels hatte Hellas Einladung dankend abgelehnt, da sie noch eine Verabredung hatte.

»Ich nehme die Scholle mit Krabben«, sagte Alina. »Das wird ja wohl unser letzter Abend auf der Insel sein.«

Hella nickte und studierte die Speisekarte. Obwohl sie tagsüber nur wenig gegessen hatte, verspürte sie keinen Hunger. Ihre Gedanken waren bei Jella und Leon. Am Nachmittag hatte sie zu Hause angerufen und Leon angekündigt, dass sie am kommenden Tag zurückkehren würde.

»Was nimmst du?«

Hella schreckte aus ihren Gedanken auf. »Scholle ist nicht schlecht.«

Alina hob die Hand, um der vorbeilaufenden Kellnerin zu signalisieren, dass sie das Essen bestellen wollten. Wenig später stand die junge Frau an ihrem Tisch und nahm die Bestellung auf.

»Einen so verrückten Fall hatte ich noch nie«, sagte Alina. »Du?«

»Ein etwas holpriger Start, das stimmt schon. Auf der anderen Seite sind wir immer noch in der Anfangsphase. Eine schnelle Lösung scheint allerdings wirklich nicht in Sicht.«

»Du glaubst nicht, dass Katrin Ohle die Täterin ist?«

»Wie könnte ich? Wir haben noch nicht einmal mit der jungen Frau gesprochen. Möglich wäre es natürlich, dass sie so fixiert auf ihren Ex-Freund war, dass sie immer tiefer in die Verzweiflung geraten ist. Darüber zu spekulieren ist noch zu früh.«

Alina beugte sich leicht vor. »Du weichst meiner Frage aus.«

Hella seufzte. »Stimmt. Ehrlich gesagt bin ich nach dem langen Arbeitstag nicht ganz bei der Sache.«

»Alles gut bei dir zu Hause?«

Hella lächelte. »Leon ist ein wunderbarer Vater. Er hat alles im Griff. Sicher sogar besser, als wenn ich an seiner Stelle wäre. Trotzdem wäre ich jetzt gern bei den beiden.«

»Kann ich verstehen. Hin und wieder frage ich mich auch, wie ich mich mit einem Kind entscheiden würde. Längere Pause oder schnell wieder zurück in den Beruf.«

»Und?«

»Die Antwort bereitet mir schon jetzt Kopfzerbrechen. Als Frau ist man doch immer die Dumme. Entweder wirst du als

Rabenmutter angesehen oder als jemand, dem der Beruf nicht so wichtig ist und der lieber das Hausmütterchen spielt. Männer machen Karriere und werden dafür gefeiert, und wenn sie tatsächlich mal für eine kurze Zeit zu Hause bleiben, werden sie auch dafür gelobt.« Alina rollte mit den Augen. »Was für eine Welt.«

»Ich weiß. Mit Leon habe ich definitiv einen Hauptgewinn gezogen. Ich will mich auch gar nicht beklagen. Das schlechte Gewissen bleibt aber.«

Alina nickte nachdenklich. »Ich hoffe, Lars und ich schaffen das. Irgendwann möchte ich auch Kinder.«

Hella legte die Hand auf Alinas. »Ich drücke euch die Daumen.«

Das Essen wurde serviert, sie aßen schweigend und bestellten sich später einen Espresso.

»Wie geht es morgen weiter?«, fragte Alina.

»Ich gehe nach dem Frühstück zum Haus der Familie Schneider. Vielleicht treffe ich dort jemanden an, oder ich finde doch einen Nachbarn, der etwas gesehen hat. Unsere Kollegin macht das Gleiche bei dem zweiten Haus. Gegen neun treffen wir uns dann im Büro. Gegen zehn hole ich Roland und den Taucher vom Flugplatz ab und fahre mit den beiden zum Hammersee. Ich glaube nicht, dass das lange dauert.«

»Ich habe überlegt, ob ich noch einmal allein mit Florian Jung spreche. Was meinst du?«

»Was erhoffst du dir davon?«, fragte Hella.

»Er hat uns noch nicht alles gesagt. Es muss noch mehr passiert sein zwischen den vier Leuten. Ich hatte das Gefühl, dass ich bei der Befragung einen ganz guten Draht zu ihm hatte.«

»Versuch es. Nimm es mit dem Handy auf. Dann kann ich es mir später anhören.«

»Ich glaube kaum, dass er das gut finden wird.«

Hella zuckte mit den Achseln. »Das ist nur für uns. Er braucht es nicht zu wissen.«

13

Die Dünenstraße war knapp zwei Kilometer von Hellas Pension entfernt. Nach kurzer Suche hatte sie die Einfahrt zu Franziska Schneiders Ferienhaus gefunden. Als eine Frau mit Brötchentüte die Dünenstraße entlangging, sprach Hella sie an und fragte, wo sie wohnen würde.

»Wir haben eine Wohnung für drei Wochen«, sagte die Frau und zeigte auf ein größeres Haus in etwa dreißig Metern Entfernung. »Warum wollen Sie das wissen?«

Hella gab sich als Polizistin zu erkennen und zeigte der Frau den Ausweis. »Ist Ihnen aufgefallen, dass in den letzten sieben Tagen jemand zu dem Haus hier gegangen ist?« Sie zeigte auf den kleinen Weg, der zum Schneider-Haus hinführte.

»Sind Sie wegen dem Mord an dem jungen Surfer hier?«, fragte die Frau.

»Ja. Haben Sie hier irgendwen bemerkt?«

»Beschwören könnte ich es nicht. Wie auch, ich habe nicht wirklich darauf geachtet. Aber ich glaube, hier ist eine Frau den Weg raufgegangen. Wann das war, weiß ich aber nicht. Und wie sie aussah, schon gar nicht.«

»Aber Sie haben sicher eine ungefähre Vorstellung, wie alt sie war, oder?«

»Muss ich das vor Gericht aussagen?«, fragte die Frau mit zusammengekniffenen Augenbrauen.

»Nein, davon gehe ich nicht aus.«

»Sie war nicht sehr jung und auch nicht richtig alt. Also eher so in meinem Alter. Um die vierzig.« Sie hob die Brötchentüte hoch. »Meine Family wartet auf mich. Haben Sie noch Fragen?«

Hella bedankte sich bei der Frau und ging zum nächstgelegenen Haus. Nach und nach befragte sie die Gäste der Ferienwohnungen und die Bewohner anliegender Häuser. Die

Auskünfte waren wenig konkret und liefen allesamt darauf hinaus, dass niemand bezeugen konnte, dass das Schneider-Haus in den letzten zwei Wochen bewohnt gewesen sei. Am Schluss ging sie den kleinen Weg zum Haus, klingelte an der Tür, lief einmal ums Haus herum und sah durch die geschlossenen Fenster.

»Das ist hier ein Privatgrundstück«, hörte Hella eine männliche Stimme hinter sich, als sie vor einer großen Fensterfront stand.

Sie wandte sich um. Ein etwa sechzigjähriger stämmiger Mann stand an der Ecke des Hauses und funkelte sie wütend an. »Ich werde jetzt die Polizei anrufen.«

Hella lächelte. »Das ist nicht nötig. Sie ist schon da.« Sie zog ihren Ausweis heraus und trat zwei Schritte vor.

Der Mann musterte misstrauisch den Ausweis. »Ist der echt?«

Hella zog den Reißverschluss ihrer Jacke nach unten, damit der Mann das Holster mit der Waffe sehen konnte. »Sie können auch gern meine Kollegin Imke Wessels anrufen, wenn Sie möchten.«

»Schon gut. Konnte ich ja nicht wissen«, murmelte der Mann.

»Wie ist Ihr Name?«

»Hinrichsen. Karl Hinrichsen. Ich schaue hin und wieder nach dem Haus. Im Auftrag der Familie Schneider.«

»Haben Sie auch einen Schlüssel?«

Karl Hinrichsen nickte. »Ich kaufe auch manchmal ein, wenn die Familie kommt. Mädchen für alles sozusagen.«

»Wann waren Sie persönlich das letzte Mal hier?«

»Montagnachmittag.«

»Und davor?«

»Weiß ich nicht mehr so genau. Ich komme meistens zweimal in der Woche und schaue nach dem Rechten. Rasenmähen und den Garten mache ich auch.«

»Wann waren zum letzten Mal Gäste hier im Haus?«

»Frau Schneider war hier. Nur ein paar Tage. Das muss so …«

Karl Hinrichsen fuhr sich mit der Hand durch seine dichten Haare.»... ja, drei Wochen wird das wohl her sein. Sie ruft mich immer an, damit ich sie dann nicht störe und hier herumlaufe. Ist ja nicht nötig.«

»Und nach diesen Tagen?«

»Ich hab niemanden gesehen. Angerufen hat Frau Schneider auch nicht.«

»Kommen auch manchmal Freunde der Familie ins Haus?« Karl Hinrichsen zögerte, ging einen halben Schritt rückwärts und räusperte sich leise.»Dürfen Sie das überhaupt alles fragen?«

Hella zog ihr Handy aus der Tasche und klickte auf eine Kurzwahltaste.»Moin, Frau Wessels. Hella Brandt hier. Ich stehe hier gerade mit Herrn Hinrichsen vor dem Schneider-Haus. Könnten Sie kurz bestätigen, dass ich Polizistin bin und die Befragung rechtens ist?«

Hella reichte Hinrichsen das Handy. Der Mann murmelte eine Begrüßung und hörte anschließend länger Imke Wessels zu.

»In Ordnung. Tschüss«, sagte er schließlich und gab Hella das Handy zurück.

»Frau Schneider hat manchmal Freunde zu Besuch?« Hinrichsen nickte.

»Kommen diese Freunde auch manchmal allein?«

Wieder bestätigte Hinrichsen Hellas Frage durch ein Nicken.

»Kündigt Frau Schneider ihre Freunde vorher bei Ihnen an?«

»Manchmal ja, manchmal nein. Ich guck aber immer erst, ob jemand im Haus ist, bevor ich reingehe.«

»Gab es im letzten halben Jahr häufiger als früher Freunde, die allein kamen?«

»Ich denke schon. Aber ich führe kein Buch darüber.«

»War in den letzten zwei Wochen auch jemand vor Ort?«

»Weiß ich nicht genau. Ich war ein paar Tage krank. Der Rücken. Fragen Sie doch Frau Schneider.«

»Sie sind am Montag dieser Woche im Haus gewesen?«, fragte Hella.

»Kurz.«

»Haben Sie da Anzeichen entdeckt, dass jemand da gewesen war?«

»Nein. Ganz bestimmt nicht.« Auch Hinrichsens Körpersprache verriet Hella, dass er die Wahrheit sagte – oder das, was er für die Wahrheit hielt.

»Wie können Sie das so genau sagen?«

»Es war nichts im Mülleimer. Weder draußen noch drinnen. Das ist sonst immer der Fall.«

Hella verbarg ihre Enttäuschung über Hinrichsens Aussage.

»Und es gab keine anderen Anzeichen für einen Gast im Haus?«

»Nein.«

Hella reichte Karl Hinrichsen die Hand. »Vielen Dank. Sie haben mir sehr geholfen.« Sie verabschiedete sich von ihm und machte sich auf den Weg zur Polizeistation.

»Hat Hinrichsen jetzt mit Ihnen gesprochen?«, wollte Imke Wessels wissen, als Hella zu ihr ins Büro trat.

»Etwas knurrig, aber er hat mir Auskunft gegeben. Mein Verdacht hat sich nicht bestätigt.«

»Er ist Frührentner. Jahrzehntelang ist er auf See gewesen. Knochenarbeit, wie er gern sagt. Sein Rücken und die Hüfte haben stark gelitten. Das weiß ich von seiner Schwester, bei der er im Haus wohnt. Er ist aber ein ehrlicher Typ. Da habe ich keinen Zweifel.«

»Und bei Ihnen?«

»Auch nichts. Ich habe mit mehreren Anwohnern gesprochen. In den letzten zwei Wochen war niemand in dem Haus. Das können wir auch von der Liste streichen.«

»Fehlen noch die beiden, bei denen gestern nur der AB dran war.«

»Die haben schon zurückgerufen. Kein Treffer.«

Hella stöhnte leise. Sie hatte sich von der Recherche mehr

versprochen. Hatten sie etwas übersehen, oder war der Ansatz falsch gewesen?

»Es gibt natürlich noch Unmengen von Übernachtungsmöglichkeiten«, sagte Imke Wessels. »Einzelzimmer, Pensionen, Hotels.«

»Wonach sollen wir da fragen? Nach einer vierzigjährigen Frau? Das würde Wochen dauern, wenn nicht Monate«, sagte Hella. »Wir können nur hoffen, dass sich in den nächsten Tagen Zeugen melden, die Bent Harmsen in den Tagen vor seinem Tod gesehen haben.«

»Haben wir die Erlaubnis von der Staatsanwaltschaft, das in die Zeitung zu bringen?«

»Ja, auf dem Weg hierher habe ich mit Dr. Holthaus gesprochen. Wir können hier in der Online-Zeitung einen Aufruf veröffentlichen. Mein Kollege in Wittmund besorgt gleich ein Foto von Bent und schickt es per Mail.«

»Okay. Soll ich schon mal einen Text vorbereiten?«

Hella nickte und wandte sich ab, als sie hörte, dass jemand die Polizeistation betrat. Auf dem Flur kam ihr Alina entgegen.

»Gehen wir in unser Büro«, schlug Hella vor.

»Ich habe Florian in seiner Wohnung angetroffen«, sagte Alina, nachdem sie sich gesetzt hatten. »Wir haben uns dann bei einer Tasse Kaffee unterhalten.«

»Konntest du es aufnehmen?«

»Ja, ich hoffe, die Qualität stimmt. Soll ich dir eine kleine Zusammenfassung geben?«

Als Hella nickte, zog Alina ihr Notizbuch aus der Tasche und schlug es auf. »Ich habe mir nach dem Gespräch noch ein paar Notizen gemacht. Also: Florian ist am Boden zerstört und überlegt, ganz aufzuhören. Das nur als Background. Er hat mir bestätigt, dass er auch Probleme mit Niklas hat und Bent in der letzten Zeit ständig mit ihm im Streit lag. Es ging nicht nur um die finanzielle Lage der Surfschule, sondern auch um Niklas' Verhalten, sprich seinen wohl ständigen Machtanspruch. Lara scheint ihrem Freund nie zu widersprechen und unterstützt Niklas dadurch letztlich in seiner Meinung, im Recht zu sein.«

»Wie weit ist der Streit gegangen?«

»Wenn ich Florians Worte richtig interpretiere, kam es sogar zu körperlichen Auseinandersetzungen. Florian war aber nicht bereit, mir Details zu verraten.«

»Hat Bent mit seinem Rückzug gedroht?«

»Nicht nur das. Bent hat auch angekündigt, sich mit einem Anwalt in Verbindung zu setzen, weil er die Bedingungen im Vertrag für rechtswidrig hielt. Er wollte sein eingesetztes Geld möglichst schnell zurückhaben. Ich habe keine Ahnung, ob das rechtlich möglich ist.«

»Klagen kann man immer. Die Frage ist, ob Bent Erfolg gehabt hätte. Ich werde mich erkundigen. Was hast du weiter erfahren?«

»Wir haben uns ja gefragt, ob Florian etwas mit Lara angefangen hat. Ich bin an das Thema ganz vorsichtig rangegangen und habe ganz allgemein über Lara gesprochen und ein paar unverfängliche Fragen gestellt. Um es kurz zu machen: Ich bin davon überzeugt, dass Florian zumindest in Lara verliebt ist. Ob es zu mehr gekommen ist, konnte ich nicht raushören, und die direkte Frage habe ich vermieden.«

»Sehr gut. Hätte ich auch so gemacht. Weiter!«

»Meine Fragen zu Niklas' Alibi hat Florian nur zögernd beantwortet. Ich vermute, er kann da auch nicht viel zu sagen. Aber ...«, Alina hob die Hand mit dem ausgestreckten Zeigefinger, »... Niklas war am Dienstag ziemlich schlecht drauf.« Alina hob abwehrend die Hände. »Ich weiß, das ist nicht gerichtsverwertbar, aber zumindest ein Puzzleteil, das passt. Und er hat im Vorfeld sehr genervt auf uns und die Befragung reagiert.« Alina holte tief Luft. »Zusammengefasst: Wie wir schon vermutet haben, war die Stimmung im Team auf einem Tiefpunkt, wahrscheinlich schon darüber hinaus. Hätte Bent erfolgreich sein Geld zurückgefordert, wäre das das Aus für die Surfschule gewesen. Das hat Florian klipp und klar so gesagt.«

Hella schaute auf die Uhr. »Ich muss zum Flugplatz und Roland und den Taucher abholen. Schreib doch bitte ein ausführliches Protokoll zu der Befragung von Florian Jung. Kannst du meine Reisetasche später aus der Pension mitbringen? Sie steht schon unten bei der Wirtin im Büro.«

Alina nickte, und sie verabschiedeten sich voneinander.

14

Das kleine Flugzeug landete pünktlich. Hella half den beiden Kollegen, die Ausrüstung zu verladen, und fuhr anschließend mit ihnen in Richtung Hammersee.

»Hast du schon Ergebnisse aus dem Labor?«, fragte Hella Roland Radmeier, der auf dem Beifahrersitz saß.

»Nein, du weißt doch, dass das dauert. Ich habe schon Druck gemacht. Mehr geht nicht.«

»Dann mach noch mehr Druck. Wir drehen uns im Kreis und brauchen etwas Handfestes.«

»Hast du inzwischen Vergleichs-DNA?«

»Nein. Die Ex-Freundin des Opfers können wir nicht finden, von der mutmaßlich aktuellen Freundin wissen wir noch nicht einmal den vollständigen Namen. Allerdings haben wir vermutlich von der Ex Haare gefunden. Mit etwas Glück finden wir sie auch heute auf der Fähre.«

Roland Radmeier sah sie verblüfft an. »Finden? Fähre?«

»Lange Geschichte, erzähle ich dir später.«

»Da bin ich aber gespannt. Und was ist mit den Geschäftspartnern des Opfers?«

»Unser Verdächtiger mauert und will nicht mit uns reden. Nach einer freiwilligen DNA-Probe habe ich nicht mal gefragt. Und solange du oder die Gerichtsmedizin mir nicht etwas liefert, mit dem ich den Staatsanwalt überzeugen kann, wird sich das auch wohl kaum ändern.«

»Vielleicht finden wir ja die Tatwaffe«, sagte der Leiter der Kriminaltechnik. »Mit ganz viel Glück ist auch noch DNA-Material dran.«

Hella hielt an der gleichen Stelle, an der zwei Tage zuvor Imke Wessels das Quad abgestellt hatte.

Sie führte die beiden Kollegen zum mutmaßlichen Tatort und

wartete, bis sich der Taucher umgezogen hatte und ins Wasser stieg.

»Wie lange wird es dauern?«, fragte Hella.

»Schwer zu sagen. Ich vermute, der Seegrund ist ziemlich schlammig. Da wird sich der Taucher nur langsam tastend vorarbeiten können. Eventuell müssen wir auch zwischendurch eine Pause einlegen.«

»Okay. Zurückfahren lohnt sich wohl nicht. Ich mache einen Spaziergang. Ruf mich an, wenn ihr was gefunden habt.«

Hella lief zurück bis zum Hauptweg und erreichte von da den Strandübergang. Im Gegensatz zum breiten Strandabschnitt in der Nähe des Hauptortes war hier der Strand noch ungefähr hundert Meter breit. Hella lief in Richtung Westen und spürte mit jedem Schritt, wie sie innerlich ruhiger wurde. Die letzten Tage hatten an ihr gezehrt. In den Monaten vor der Schwangerschaft hatte sie ausschließlich Innendienst gemacht und war jeden Tag zur gleichen Zeit aus dem Haus gegangen und am Nachmittag wieder zurückgekommen. Nach der Geburt ihrer Tochter hatte sie jegliches Gefühl für Zeit verloren. In den ersten Wochen waren Tag und Nacht ineinandergeschwommen, sie hatte kaum noch gewusst, welcher Wochentag war, und das Wochenende hatte sie daran erkannt, dass Leon zu Hause gewesen war. Jetzt wurden ihre Tage durch die Arbeit strukturiert. Der Aufenthalt auf Juist war die erste längere Trennung von Jella und würde vermutlich nicht die letzte sein. Vielleicht war es an der Zeit, kürzerzutreten und die Recherche vor Ort den Kollegen zu überlassen. Alle würden dafür Verständnis aufbringen, aber Hella stellte sich die Frage, ob ihr die Akten und die Organisation ausreichen würden.

Sie sah auf die Uhr. Die halbe Stunde, die sie bereits am Strand gegangen war, kam ihr vor wie fünf Minuten. Sie machte kehrt und konzentrierte sich auf den Fall.

Katrin Ohles mögliches Motiv lag auf der Hand. Bent hatte sie wiederholt abgewiesen, während sie sich immer tiefer in den

Wahn hineingesteigert hatte, ihn zurückgewinnen zu müssen. War es zu einem letzten Treffen am Hammersee gekommen, wo Katrin die ausweglose Situation klar geworden war und sie in tosender Wut auf ihn eingeschlagen hatte? Aber warum war sie nicht gleich von der Insel geflohen? War sie in eine Art Schockstarre gefallen, hatte die Tat verdrängt und war immer noch der Meinung gewesen, Bent würde leben? War ihr erst klar geworden, was sie getan hatte, als sie von Bents Tod erfahren hatte? Wieso hatte sich Katrin Ohle schon bei ihren ersten Besuchen auf Juist mit falschem Namen bei Frau Oltmann eingetragen? War die junge Frau überhaupt zurechnungsfähig? Fragen über Fragen, die sie, ohne Katrin Ohle zu finden, nicht beantworten konnten.

Und Jule? Wieso hatten Bent und diese Frau ihre Beziehung so geheim gehalten? Juist war eine kleine Insel, auf der auf Dauer wenig verborgen blieb. Andererseits liefen das Jahr über hundertmal mehr Menschen auf der Insel herum, als sie Einwohner hatte. Fiel da wirklich eine letztlich fremde Frau auf, die sich mit einem Mann traf? Konnte Jule, oder wie immer diese Frau heißen mochte, etwas mit Bents Tod zu tun haben? Warum meldete sie sich nicht bei der Polizei und machte ihre Aussage? Wusste sie überhaupt von Bents Tod? In den Zeitungen war sein Name nicht gefallen, überregional war nicht davon berichtet worden.

Hellas Handy machte sich bemerkbar. »Roland, ich bin auf dem Weg zurück. In fünf bis zehn Minuten bin ich beim Quad.«

»Sieht so aus, als hätten wir etwas gefunden.«

»Ich beeile mich.«

Roland Radmeier und der Taucher standen vor dem Quad, als Hella auf sie zulief. Die Ausrüstung lag bereits auf der Ladefläche, der Kriminaltechniker hielt eine verschlossene Plastiktüte hoch und grinste breit. »Ja, du darfst uns ausnahmsweise loben.«

Hella trat zu ihnen und betrachtete den Stein. »Und du meinst, *das* ist das Tatwerkzeug?«

»Jepp, Frau Hauptkommissarin. Jetzt vertrau mir mal. Ob wir DNA-Spuren daran finden, kann ich dir natürlich nicht versprechen. Aber ich bin überzeugt, dass das Blut ist.« Roland Radmeier drehte den Beutel und zeigte auf eine dunkle Stelle. »Und wenn ich die Fotos aus der Gerichtsmedizin richtig deute, passt die Struktur des Steins zu den Wunden. Siehst du hier und da die kleinen Ausbuchtungen?«

Hella nickte.

»Das passt zur Wunde.«

»Verdammt gute Arbeit, Roland. Du hast was gut bei mir.«

Roland Radmeier schmunzelte. »Das will ich meinen.«

Hella betrat die Polizeistation. Sie hatte zuvor Roland Radmeier und den Taucher zum Flugplatz gebracht, wo bereits die Maschine auf sie gewartet hatte. Im Flur stand ihre Reisetasche neben der von Alina, in zwei Stunden würde die Fähre am Kai anlegen und kurz darauf die Rückfahrt antreten. Lars war bereits mit zwei Kollegen vor Ort in Norddeich, hatte sich diesmal aber bedeckt gehalten, um nicht von Katrin Ohle, sollte sie auf der Fähre sein, gesehen zu werden.

»Erfolgreich?«, fragte Alina, als Hella sich an ihren Schreibtisch setzte.

»Vermutlich schon. Der Taucher hat ziemlich schnell einen Stein gefunden, der, wie Roland behauptet, zu Bent Harmsens Wunde passt.«

»Wow! Das könnte der Durchbruch sein. Oder hat das Wasser alle Spuren beseitigt?«

»Roland meint, dass wir hoffen können.«

Alina klappte ihren Laptop zu. »Die Protokolle habe ich so weit fertig. Wie gehen wir bei der Suche nach Katrin Ohle vor?«

Hella und Alina waren im Strom der abreisenden Gäste zur Fähre gegangen und achteten darauf, dass sie vom Kai her nicht gut zu sehen waren. Alina hatte sich eine Mütze aufgesetzt, Hella die Kapuze ihrer Jacke. Ihre Reisetaschen deponierten sie in einem der bereitstehenden Gepäckcontainer und gingen dann als zwei der letzten Gäste aufs Schiff. Hella blieb bis zur Abfahrt am Ausgang stehen, Alina machte sich bereits auf die Suche. Ihr fiel es zu, die verschiedenen Decks zu kontrollieren. Katrin Ohle konnte Alina nicht kennen, während sie Hella von der Fähre aus beobachtet haben könnte, als sie zusammen mit Imke Wessels am Vortag mit Blaulicht zum Kai gefahren war. Hella suchte auf dem Schiff nach den Toiletten und fand zwei Anlagen, jeweils getrennt für Männer und Frauen. Sie ging auf die erste Frauentoilette und überprüfte sämtliche Kabinen. Eine von ihnen war besetzt. Hella stand kurz vor dem Waschbecken, öffnete schließlich die Tür zum Gang und ließ sie wieder zufallen, ohne die Toilettenanlage zu verlassen. Nach wenigen Minuten hörte sie, wie die Kabinentür geöffnet wurde, eine Frau um die fünfzig kam in den Vorraum, wusch sich die Hände und lief an Hella vorbei. Hella lief noch einmal durch die Toilette und öffnete jede der Kabinentüren, ohne etwas zu finden. Schließlich schrieb sie Alina eine Textnachricht und machte sich auf den Weg zur zweiten Toilettenanlage. Hier ging sie genauso vor, musste aber fast eine Viertelstunde warten, bevor sie allein war. Bei der folgenden Durchsuchung der Kabinen fand sie weder Katrin Ohle noch Hinweise, dass sie sich hier versteckt gehalten hatte.

Ihr Handy klingelte. Alinas Name stand im Display. »Ja?«

»Ich glaube, sie ist hier auf Deck. Sie steht gerade am Kiosk und wartet auf ihre Bestellung.«

»Bin gleich da!«, rief Hella im Laufen.

An der Treppe angelangt nahm sie je zwei Stufen auf einmal und blieb kurz vor der Zwischentür stehen, um ihren Atem zu beruhigen. Vorsichtig arbeitete sie sich vor und sah schließlich Alina, die an einem der Tische an den Fenstern saß. Langsam ging Hella auf den Tisch zu und setzte sich.

»Ist sie noch in der Schlange?«

»Ja, eine Frau ist noch vor ihr. Wie gehen wir vor?«

»Ich komme von links, du von rechts. Wenn ich dir ein Zeichen gebe, gehst du auf sie zu und fragst sie etwas Unverfängliches. Ich komme von der anderen Seite, und dann nehmen wir sie mit an unseren Tisch.«

Alina nickte, Hella ging zurück und umrundete die letzte Tischreihe, um auf die andere Seite zu gelangen. Als sie wenige Meter von der Frau entfernt war, trat Alina auf sie zu. Sekunden später kam Hella hinzu.

»Kriminalpolizei«, sagte Alina jetzt und zeigte ihren Ausweis. »Zeigen Sie mir bitte Ihren Personalausweis.«

Die Frau wich zurück und stieß mit Hella zusammen.

»Frau Katrin Ohle?«, fragte Hella.

Die Frau drehte sich um. Blasses Gesicht, die Augen müde, die langen dunkelblonden Haare ungekämmt.

»Hella Brandt, Kriminalpolizei.«

»Ich heiße Harmsen. Was wollen Sie von mir?«, presste Katrin Ohle hervor.

Hella wies mit der Hand in Richtung ihres Tisches. »Wir würden gern mit Ihnen sprechen. Kommen Sie bitte mit.«

Katrin Ohle zögerte kurz, nickte schließlich und machte einen Schritt auf Alina zu. Die trat zur Seite, um Platz zu machen. Genau in diesem Moment sprang Katrin Ohle nach vorn und schoss durch den engen Gang zwischen zwei Tischreihen hindurch. Bevor Alina und Hella reagieren konnten, war die Flüchtende bereits auf dem Weg zum nächsten Ausgang.

Hella hatte sich abrupt umgedreht und lief im nächsten Augenblick parallel zu dem Gang, durch den Katrin Ohle geflüchtet war. Sie erreichte die Tür, kurz nachdem die junge Frau sie geöffnet hatte und auf die Treppe nach oben gesprungen war. Hella hastete ihr hinterher, dicht gefolgt von Alina. Auf dem Oberdeck angelangt, riss sie die Tür auf und suchte nach Katrin Ohle. Es standen nur wenige Menschen auf der freien Fläche, die jetzt alle Hella und die hinter ihr hereinstürzende Alina anstarrten.

»Da!«, rief Alina und zeigte nach vorn zur Reling.

Katrin Ohle versuchte gerade, über die Abgrenzung zu

klettern. Hella schoss nach vorn und stoppte zwei Meter vor ihr. Katrin Ohle stand auf der Reling, bereit zum Sprung ins Wasser. »Ich springe, wenn sie näher kommen«, schrie sie mit verzweifelter Stimme.

Hella hob die Hände. »Ich bleibe hier stehen.«

Ein junger Mann kam jetzt von der gegenüberliegenden Reling auf sie zu und rief: »Was soll das? Lassen Sie die Frau in Ruhe.«

Alina, die hinter Hella stand, ging auf ihn zu, zeigte ihm ihren Ausweis und zog ihn von der Reling weg.

»Lassen Sie uns reden«, sagte Hella. »Wir haben ...«

»Gehen Sie! Sonst springe ich.«

Hella ging einen halben Schritt zurück und sah aus dem Augenwinkel, wie Alina die Menschen aufforderte, das Oberdeck zu verlassen.

Hella spürte, dass der Fahrtwind abgenommen hatte. Der Kapitän schien auf die Situation aufmerksam geworden zu sein und hatte vermutlich die Fahrt verlangsamt.

»Wir haben nur ein paar Fragen an Sie, Frau Ohle.«

»Ich heiße Harmsen.« Die Frau schrie, als hinge ihr Leben davon ab. Ihre Lippen zitterten, und sie bewegte den Kopf panisch hin und her, als erwartete sie jeden Augenblick einen Angriff von der Seite.

»Okay. Frau Harmsen. Es gibt keinen Grund, über die Reling zu steigen. Es ist wirklich alles in Ordnung.«

Die Frau atmete flach, schien sich aber zu beruhigen. »Dann gehen Sie einfach weg hier.«

»Das darf ich leider nicht, Frau Harmsen. Ich bin Beamtin und verpflichtet, Menschen in Not zu helfen.«

»Ich bin nicht in Not!«, schrie sie. Es klang, als würden ihre Kräfte nachlassen.

Während Hella gesprochen hatte, war sie langsam nach vorn gerückt. »Kommen Sie von der Reling herunter, und wir sprechen über alles.«

»Nein!«, sagte die Frau halblaut und senkte den Kopf.

In diesem Augenblick sprang Hella nach vorn und griff nach Ohles Jacke. Als sie den Stoff in ihren Händen spürte, ließ sie sich mit einem Ruck nach hinten fallen und zog die Frau mit sich nach unten.

15

Der Kapitän stellte Hella und Alina einen Raum zur Verfügung, in dem sie sich mit Katrin Ohle aufhalten konnten, bis die Fähre den Hafen in Norddeich erreichte. Lars, der am Kai auf sie wartete, fuhr anschließend mit Katrin Ohle nach Wittmund.

»Wann vernehmen wir sie?«, fragte Alina, die auf dem Parkplatz des Polizeikommissariats auf Hella gewartet hatte.

»Ich habe während der Fahrt mit dem Staatsanwalt gesprochen. Katrin Ohle ist unter Umständen suizidgefährdet. Wir wissen nicht, ob sie wirklich gesprungen wäre oder die Drohung aus dem Affekt heraus gekommen war. Auf jeden Fall müssen wir sehr vorsichtig vorgehen. Wenn sich der Verdacht bestätigen sollte, muss sie in der Klinik begutachtet werden.«

»Karl-Jaspers-Klinik in der Nähe von Oldenburg?«

»Ja, die haben eine forensische Abteilung. Allerdings werden wir dann nur noch bedingt Zugriff auf sie haben.«

»Verdammte Zwickmühle. Wenn wir sie zu hart anpacken, haben wir die Arschkarte, wenn wir zu vorsichtig sind, bekommen wir eventuell gar nichts aus ihr raus.«

Sie hatten inzwischen den Eingang des Kommissariats erreicht. Alina hielt Hella die Tür auf.

»Ich habe Lars gesagt, dass Katrin Ohle als Erstes erkennungsdienstlich erfasst werden soll. Ich hoffe, sie weigert sich nicht. Er sagt uns Bescheid, wenn Ohle im Vernehmungsraum ist.«

Sie trennten sich, Hella betrat ihr Büro und ließ sich auf den Schreibtischstuhl fallen. Auf dem Weg nach Wittmund hatte sie kurz Leon erreicht. Er war mit Jella unterwegs gewesen, musste aber inzwischen wieder zu Hause sein. Hella griff nach dem Handy.

»Hey, bist du jetzt in Wittmund?«, fragte Leon.

»Ja, und es wird wohl auch noch eine Weile dauern. Wir müssen unbedingt mit der Frau sprechen, die wir auf der Fähre festgenommen haben.«

»Geht das nicht auch morgen? Du klingst fürchterlich müde.«

»Leider nein. Ich erkläre dir das später.«

»Weißt du, wann du ungefähr kommst? Soll ich eine Kleinigkeit zum Essen vorbereiten?«

»Ich habe mir etwas auf der Fähre besorgt, aber wenn du noch Lust hast … Länger als bis zwanzig Uhr können wir die Frau ohnehin nicht vernehmen. Vielleicht müssen wir auch schon vorher abbrechen.«

»Also bist du bis spätestens einundzwanzig Uhr hier?«

»Ich ruf dich an, sobald ich hier losfahre.«

Leon schwieg.

»Geht es Jella gut?«

»Ja, wir waren heute länger bei Gesa. Sie mag sie. Gesa hat mir angeboten, dass sie auch mal auf die Kleine aufpassen kann. Ich habe etwas ausweichend geantwortet.«

»Wenn sie sich das gesundheitlich zutraut, warum nicht?«

»Und wenn Gesa sich überschätzt? Du weißt, wie wenig sie Ärzte mag. Und noch weniger Krankenhäuser. Sie ignoriert doch jegliches Anzeichen.«

»Ich weiß, Leon. Lass uns zusammen mit ihr sprechen. Okay? Im Moment habe ich keinen Kopf dafür.«

»Entschuldige, mein Fehler. Fahr später vorsichtig. Versprochen?«

»Ja, natürlich.«

Sie wechselten noch ein paar Worte, bevor sie sich verabschiedeten.

»Wie geht es Ihnen?«, fragte Hella Katrin Ohle. Lars hatte sie zuvor noch einmal über ihre Rechte aufgeklärt und das Zimmer verlassen, als Hella und Alina den Vernehmungsraum betraten.

»Mir geht es gut«, antwortete Katrin Ohle.

»Hat man Ihnen etwas zu essen gebracht?« Katrin Ohle nickte. »Mein Kollege, Lars Mattes, hat Sie zuvor über Ihre Rechte aufgeklärt. Darf ich noch einmal fragen, ob Sie alles verstanden haben?« Wieder nickte Katrin Ohle. Hella lächelte und zeigte auf das Mikrofon. »Es wäre gut, wenn Sie es laut sagen.« Katrin Ohle reagierte zunächst nicht. Sie sah sich im Vernehmungsraum um und legte anschließend beide Hände flach auf den Tisch. Schließlich nickte sie ein drittes Mal. »Ja, ich habe alles verstanden.«

»Sie kennen Bent Harmsen?«

»Natürlich. Er ist mein Freund. Wir werden bald heiraten.«

»Wann haben Sie ihn das letzte Mal gesehen?«

»Das war auf Juist. Ich habe Bent dort besucht. Er arbeitet da in einer Surfschule.«

»Erinnern Sie sich an den Tag, als Sie sich das letzte Mal gesehen haben?«

Katrin Ohle nickte. »Ja, natürlich. Bent hat mich zur Fähre gebracht.«

»Wann war das?«

»Heute Nachmittag.«

»Frau Oltmann hat uns gesagt, dass Sie bereits gestern abgereist sind«, sagte Hella.

»Ja, das wollte ich eigentlich auch, aber dann haben wir entschieden, dass ich noch einen weiteren Tag bleibe.«

»Wer ist ›wir‹?«

Katrin Ohle lächelte. »Bent und ich natürlich.«

»Wo haben Sie geschlafen?«

»Bent hat ein kleines Zimmer auf Juist. Eigentlich ist das Bett zu klein für zwei Personen, aber für eine Nacht ging es ganz gut.«

Katrin Ohle hatte bisher auf Hellas Fragen ruhig und konzentriert geantwortet. Zwischendurch hatte sie immer wieder in sich hineingelächelt, als denke sie zurück an Bent und die Zeit auf Juist. Hella fragte sich, ob sie ihnen etwas vorspielte oder tatsächlich davon überzeugt war, dass sie weiterhin mit

Bent Harmsen liiert sei und sie sich mehrfach mit ihm auf der Insel getroffen habe. Weder auf der Fähre noch auf der Fahrt von Norddeich nach Wittmund hatte sie gefragt, warum die Polizei sie festgenommen habe.

»Wir haben mit Ihren Eltern gesprochen«, sagte Hella. »Ihre Mutter hat uns erzählt, dass Ihre Beziehung zu Bent Harmsen schon seit über drei Jahren beendet ist.«

»Meine Mutter weiß noch nicht, dass Bent und ich wieder zusammen sind. Meine Eltern mögen Bent nicht und haben uns damals auseinandergebracht. Deshalb will ich nicht, dass sie oder mein Vater etwas erfahren.«

»Seit wann sind Sie wieder mit Bent Harmsen liiert?«, fragte Hella weiter.

»Seit dem letzten Sommer. Ich habe auf Juist ein paar Tage Urlaub gemacht. Wir sind uns dann zufällig über den Weg gelaufen. Ich wusste gar nicht, dass Bent dort lebt.«

»Wie oft waren Sie seitdem auf Juist?«

Katrin Ohle zuckte mit den Schultern. »Ich habe nicht mitgezählt. Aber ich war so oft dort, wie es nur ging.«

»Hat Herr Harmsen Sie auch in Münster besucht?«

»Leider nein, irgendwie hat es nie gepasst. Ich musste ja auch lernen. Das Studium ist nicht einfach.«

»In den Wintermonaten war Bent eine Zeit lang in Wittmund. Haben Sie sich auch dort getroffen?«

»Nein, Bent wollte das nicht so gern. Auch seine Eltern haben etwas gegen unsere Beziehung. Wir haben beschlossen, uns nur auf Juist zu sehen.«

Hella entschloss sich, die Daumenschrauben etwas anzuziehen. Katrin Ohle simulierte entweder oder lebte tatsächlich in einer Traumwelt. Nach jetzigem Stand blieb Hella gar nichts anderes übrig, als sie in die Psychiatrie nach Oldenburg einweisen zu lassen.

Hella beugte sich leicht vor. »Warum haben Sie bei Frau Oltmann einen falschen Namen angegeben?«

»Ach, das.« Sie lächelte. »Ich habe meinen Namen noch nie

gemocht. Wenn Bent und ich heiraten, werde ich selbstverständlich seinen Namen annehmen.« Sie lächelte. »Es war ein Test, ob mir Bents Name tatsächlich gefällt.«

»Und der Vorname?«

»Katrin, was ist das für ein einfältiger Name. Meinen Eltern ist nichts Besseres eingefallen. Nach der Heirat werde ich einen Antrag stellen, dass ich mich in Katharina umbenennen möchte. Ich hoffe, dass die Behörden ein Einsehen haben und mich von diesem lästigen Namen befreien.« Sie hielt kurz inne. »Eigentlich sollte man Kindern ein Mitspracherecht zubilligen. Natürlich erst, wenn sie etwas älter sind. Aber man könnte doch einen vorläufigen Vornamen vergeben, und mit vierzehn Jahren ist man sicher alt genug, um selbst zu entscheiden. Ich zumindest wusste es damals schon.«

»Sie kennen den Hammersee auf Juist?«, fragte Hella.

»Natürlich, Bent und ich sind viel spazieren gegangen. Wir haben lange Gespräche über unsere Vergangenheit geführt, über die Fehler, die wir beide gemacht haben. Ja, wir waren einige Male an diesem See. Ich liebe ihn.«

»Ihre Eltern sagten uns, dass Sie in psychologischer Behandlung sind. Was …«

»Waren!«, fiel Katrin Ohle Hella ins Wort. »Stress, Überarbeitung. Wie ich Ihnen schon gesagt habe, das Studium ist nicht leicht. Ich war froh, dass ich einen verständnisvollen Psychologen gefunden habe, der mich wieder aufgebaut hat. Das ist aber alles lange her, Frau …« Zum ersten Mal stockte Katrin Ohle.

»Hauptkommissarin Hella Brandt«, half Hella ihr.

»… Frau Brandt. Das ist lange her. Es ist doch heutzutage nichts Verwerfliches mehr, psychologischen Beistand zu suchen, wenn man eine Krise hat. Das wird sogar von der Krankenkasse bezahlt. Wussten Sie das?«

»Bent Harmsen ist tot«, sagte Hella vollkommen unvermittelt.

Katrin Ohle sah sie mit zusammengekniffenen Augenbrauen

an und fing dann an zu lachen. »Ist das ein Spiel, Frau Hauptkommissarin? Wollen Sie meine Reaktionen testen?«

»Nein, Frau Ohle. Herr Harmsen wurde am Dienstag dieser Woche tot aufgefunden.«

»Das glaube ich nicht. Was soll einem schon auf Juist passieren?« Katrin Ohles Miene verfinsterte sich. »Und warum Dienstag? Er hat mich doch heute noch zur Fähre gebracht. Dürfen Sie eigentlich solche ungeheuren Lügen verbreiten? Sie sind doch Polizistin.«

»Nein, Frau Ohle. Bent Harmsen ist ...«

Katrin Ohle sprang auf. »Ich lasse mir das hier nicht länger gefallen. Wenn Sie mir nicht sofort sagen, warum ich hier bin, werde ich gehen. Haben Sie mich verstanden?« Katrin Ohle hatte energisch und laut gesprochen und schien von einer Sekunde auf die andere eine vollkommen andere Frau zu sein.

»Beruhigen Sie sich bitte!« Hella zeigte auf den Stuhl. »Bitte, setzen Sie sich doch wieder.«

Langsam sank Katrin Ohle auf den Stuhl zurück. So unerwartet ihr Ausbruch gekommen war, so seltsam war ihre erneute Verwandlung. Sie saß jetzt mit gesenktem Kopf vor ihnen und flüsterte. »Entschuldigung. Das wollte ich nicht.«

»Schon gut, Frau Ohle. Es ist ja nichts passiert.«

»Wann kann ich nach Hause?«, fragte sie kaum hörbar.

»Sie werden in Kürze abgeholt und nach Oldenburg gefahren. Dort wird man Sie in einer Klinik untersuchen. Und dann sehen wir weiter.«

»Klinik?« Katrin Ohle saß immer noch mit gesenktem Kopf vor Hella und Alina. »Ich will zu meinen Eltern.«

»Wir informieren noch heute Ihre Eltern. Sie werden Sie dann ganz sicher morgen besuchen. Wenn alles gut geht, sind Sie bald wieder zu Hause.«

Jetzt sah Katrin Ohle auf. »Können Sie auch Bent anrufen? Er soll auch kommen.«

Hella nickte. »Ich denke, das wird gehen. Machen Sie sich keine Sorgen.«

»Danke«, sagte Katrin Ohle und atmete erleichtert auf. »Vielen Dank für Ihre Hilfe.«

Eine halbe Stunde später brachte ein Krankentransport, begleitet von einer Polizistin und einem Sanitäter, Katrin Ohle nach Oldenburg. Hella hatte zuvor den Staatsanwalt informiert und saß jetzt mit Lars und Alina in ihrem Büro.

»Hat sie euch das nicht alles vorgespielt?«, fragte Lars, der die Vernehmung über seinen Laptop verfolgt hatte.

»Das weiß keiner von uns, Lars«, sagte Hella. »Ich bin mit meinen Fragen schon so weit gegangen wie nur irgend möglich. Wir müssen sie jetzt erst untersuchen lassen und warten, was die weiteren Ermittlungen ergeben.«

»Wir haben Partikel unter ihren Fingernägel gesichert«, sagte Lars. »Mit etwas Glück finden wir Harmsens DNA. Alle anderen Indizien deuten doch ohnehin auf sie. Ich denke, wir haben unsere Täterin.«

Hella schüttelte den Kopf. »Wir werden sehen, Lars.«

16

Hella schmiegte sich an Leons Schulter. Er strich ihr liebevoll übers Haar. »Anstrengende Tage auf Juist?«

Hella war zwei Stunden zuvor zu Hause angekommen, hatte inzwischen gegessen und ein Glas Wein getrunken. Leon hatte von seinen letzten Tagen berichtet und sich mit Fragen zurückgehalten.

»Entweder werde ich alt oder …« Hella seufzte.

»Oder?«

»… ich bin einfach lieber hier bei euch beiden. Manchmal musste ich mich richtig zwingen, mich auf den Fall zu konzentrieren. Vielleicht sind wir deshalb noch nicht weitergekommen.«

»Aber ihr habt doch die Freundin festgenommen. War sie es denn nicht?«

»Ich habe da so arge Zweifel. Im Moment weist einiges auf sie hin, aber es gibt auch viele Ungereimtheiten. Mir fehlt einfach der klare Kopf, um ein wirkliches Muster zu erkennen.«

Leon lächelte. »Morgen ist auch noch ein Tag. Setz dich nicht so unter Druck, da gerätst du schnell in eine Abwärtsspirale und weißt irgendwann nicht mehr, wo oben und unten ist. So geht es zumindest mir immer, wenn ich zu viele Sachen auf einmal anpacke.« Er beugte sich zu Hella hinunter und küsste sie. »Außerdem hast du auch Spitzenpersonal. Alina, Lars und dieser Neue. Wie war noch sein Name?«

»Torsten Peters.« Hella richtete sich auf. »Lass uns ins Bett gehen. Ich bin hundemüde.«

Jella war um kurz nach sechs Uhr aufgewacht und hatte übers ganze Gesicht gestrahlt, als Hella sie aus ihrem Kinderbettchen gehoben hatte. Erst gegen neun saß Hella in ihrem Passat und fuhr den Feldweg entlang auf die Hauptstraße. Die letzten drei

Stunden kamen ihr vor wie eine Woche Urlaub. Sie nahm sich vor, so früh wie möglich wieder nach Hause zu fahren, um den Spätnachmittag mit Leon und Jella verbringen zu können.

»Guten Morgen!«, rief Hella in Alinas Büro hinein. »In fünf Minuten Besprechung bei mir. Kannst du Lars Bescheid geben?«

»Moin, Hella, mache ich.«

Hella lief in ihr Büro, zog sich die Jacke aus und öffnete den Laptop. Kaum hatte sie ihre E-Mails überflogen, standen auch schon Alina und Lars in der Tür.

»Setzt euch doch«, forderte Hella sie auf, griff nach ihrem Notizbuch und ging zu der kleinen Sitzecke in ihrem Büro. »Gibt es Neuigkeiten? Von Roland oder aus der Gerichtsmedizin?«

Lars schüttelte den Kopf. »Nichts. Hast du heute schon mit dem Staatsanwalt gesprochen?«

»Ja, während der Fahrt. Der Richter wird heute entscheiden, ob Katrin Ohle weiter in der Klinik untergebracht wird. Holthaus geht davon aus, dass sie mindestens bis zur Begutachtung dort eingewiesen wird. Bevor die überhaupt anfangen, werden ein paar Tage vergehen.« Hella seufzte. »Unser kluger Herr Staatsanwalt meinte, dass wir somit ja genügend Zeit hätten, um den Sack zuzumachen.«

Hella stand auf und trat an die Flipchart. »Also, was spricht für Katrin Ohle als Täterin und was gegen sie?« Sie zog einen senkrechten Strich in der Mitte des großen Blattes. »Auf geht's. Pro?«

»Sie hat ein Motiv«, sagte Lars, während Hella bereits schrieb. »Offensichtlich hat sie sich eingeredet, wieder mit Bent Harmsen zusammen zu sein. Irgendwann in einem klaren Moment wird ihr bewusst geworden sein, dass das Gegenteil der Fall war. Wenn unsere Informationen stimmen, wollte Bent nicht nur nichts von ihr, sondern er hatte auch eine neue Beziehung mit einer zehn bis fünfzehn Jahre älteren Frau begonnen.«

»Warum sollte sie ihn töten?«, fragte Alina. »Er war doch der einzige Lichtblick in ihrem Leben.«

»Das war im Affekt. Ihr habt doch erlebt, wie aufbrausend sie von einer Sekunde auf die andere sein kann.«

Alina schüttelte vehement den Kopf. »Das ist zu einfach, Lars. Wie hätte sie es schaffen sollen, dass sich Bent am Montag dort mit ihr getroffen hat? Ihm muss doch inzwischen klar gewesen sein, dass seine Ex in einer Scheinwelt lebt und es keinen Sinn macht, mit ihr zu sprechen.«

»Vielleicht ist sie ihm gefolgt«, sagte Lars mit verschnupfter Stimme.

Alina rollte mit den Augen. »Denk doch mal nach. Was sollte Bent Harmsen an dieser einsamen Stelle an diesem merkwürdigen See gemacht haben?«

»Dann hat er sich halt ein letztes Mal mit ihr getroffen, oder sie hat ihn angerufen und um Rat gebeten.« Hella sah Lars an, dass er zunehmend ungehaltener wurde.

»Und warum haben wir dann keinen Anruf in der Telefonliste gefunden?«, fragte Alina. »Und ist sie schon am Samstag zu Bents Wohnung gefahren, hat hier alles durchsucht und mutmaßlich den Laptop und das Handy mitgenommen?«

»Sie hatte doch alle Anrufe der letzten Wochen aus dem Speicher gelöscht. Es sind weder SMS-Nachrichten noch welche über WhatsApp vorhanden. Auch die sind gelöscht. Wenn wir erst mal die Daten vom Provider haben, werden wir sehen, dass sie mit Bent Harmsen telefoniert hat.«

»Und der Einbruch? Das soll Katrin Ohle gewesen sein?«

Lars rollte mit den Augen. »Das wird sich zeigen«, antwortete er pampig.

Hella räusperte sich laut. »Lasst es etwas ruhiger angehen, Leute.« Sie wandte sich ab und schrieb auf die Kontra-Seite das Wort »Wohnungseinbruch« und »Hammersee«. »Wenn Katrin Ohle psychisch krank ist, können wir nur bedingt von logischem Handeln ausgehen. Sie könnte eine dissoziative Störung, sprich eine gespaltene Persönlichkeit, haben. Dann hätten wir es quasi mit zwei Personen zu tun. Es muss einen Grund dafür geben, dass sie sich vor uns auf der Fähre versteckt und dort bis zum nächsten Tag ausgeharrt hat. Als Katharina Harmsen hätte sie keinen Grund dazu gehabt.«

Lars stöhnte theatralisch. »Und wenn sie uns das alles nur vorgespielt hat? In jedem zweiten Film oder Roman wird den Leuten doch gezeigt, wie sich psychisch Kranke verhalten. Sie hat immerhin auf der Fähre und auch auf der Fahrt nach Wittmund eisern geschwiegen. Hätte sie das als …«, Lars malte Anführungszeichen in die Luft, »… Katharina Harmsen gemacht? Nein, sie hat sich während dieser Zeit eine Strategie ausgedacht, mit der sie davonkommen will.«

Hella wiegte den Kopf hin und her. »Möglich, aber sie ist ihrem Ex nach so langer Zeit hinterhergelaufen und scheint fest davon überzeugt gewesen zu sein, dass sie ihn zurückgewinnen könne, mehr noch, offensichtlich meinte sie, nur so weiterleben zu können.«

Lars hob die Augenbrauen. »Und?«

»Das deutet nicht unbedingt auf rationales Denken hin«, antwortete Alina für Hella.

Als Lars gerade zu einer Antwort ansetzen wollte, zeigte Hella auf die Flipchart. »Lasst uns systematisch vorgehen.«

»Sehe ich auch so!«, sagte Lars mit einem kurzen Blick auf Alina. »Katrin Ohle hat eine klassische Flucht hingelegt. Zunächst versteckt sie sich, und später ist sie vor euch geflüchtet. Dann hat sie noch mit Suizid gedroht, um dich unter Druck zu setzen.«

Hella schrieb »Flucht/Suizidandrohung« auf die linke Seite.

»Sie hatte die Gelegenheit für den Mord, da sie auf der Insel war«, fuhr Lars fort. »Und die Mittel, sprich den Stein, konnte sie vor Ort finden.«

Hella schrieb »Gelegenheit« und »Mittel« auf.

»Bis auf ein paar Ungereimtheiten sieht doch alles nach einem klassischen Totschlag im Affekt aus«, sagte Lars. »Wenn wir jetzt noch ihre DNA finden, am besten am Stein, ist die Sache rund.«

Alina schüttelte fast unmerklich den Kopf, schwieg aber.

Hella setzte sich zurück an den Tisch. »Die meisten Taten in diesem Bereich sind Beziehungstaten und relativ schnell aufgeklärt, aber mir kommt das alles zu einfach vor. Wir sollten die Zeit nutzen, bis wir die DNA-Analysen haben und Katrin Ohle begutachtet ist. Punkt eins: Wer ist Jule? Was spielt sie für eine Rolle? Warum meldet sie sich nicht?«

»Wir haben bisher nicht den geringsten Ansatzpunkt, wo diese Frau herkommt, wo sie auf Juist übernachtet hat, und schon gar nicht, warum die Beziehung so geheimnisvoll ist«, sagte Alina. »Ich denke aber auch, wir müssen sie finden. Sie wird uns auch etwas zu Katrin Ohle sagen können. Bent Harmsen wird ihr das höchstwahrscheinlich erzählt haben.«

»Wenn es sie denn überhaupt gibt«, warf Lars ein.

»Das wird sich zeigen, Lars«, sagte Hella. »Und wenn es sie gibt, wovon ich im Moment stark ausgehe, wird sie vermutlich etwas mit Bents Abtauchen ab Freitag zu tun haben.«

»Du meinst, die beiden haben sich irgendwo verkrochen?«, fragte Lars mit skeptischer Stimme. »Quasi in ein Liebesnest und haben die Welt um sich herum vergessen?«

»Das wäre eine Möglichkeit. Oder sie haben sich versteckt. Oder beides. Gleichzeitig oder nacheinander.«

»Das ist mir etwas zu kompliziert«, sagte Lars. »Sollten wir nicht lieber festlegen, wie wir vorgehen?«

Hella nickte. »Ja, deshalb sitzen wir hier zusammen. Du versuchst, alles über die Surfgruppe herauszubekommen«, schlug sie vor. »Im Moment sehe ich Niklas Beier als die Person, die am ehesten ein Motiv hatte. Versuch aber auch, etwas zu den beiden anderen herauszubekommen.«

»Okay«, sagte Lars. »Ich habe auch noch vier Schulfreunde von Katrin Ohle auf meiner Liste. Durch das ganze Hin und Her bin ich nicht dazu gekommen, sie zu befragen. Und mit Jakob Jensen habe ich auch noch keinen Termin gemacht. Ich wollte ihm doch noch mal auf den Zahn fühlen.« Lars schaute auf seine Notizen. »Bei Katrin Ohles Großeltern mütterlicherseits bin ich gewesen. Es ging zu dem Zeitpunkt ja noch darum, Katrin Ohle zu finden. Mein Eindruck ist der, dass sie nicht die geringste Ahnung haben, was mit ihrer Enkelin los ist. Mit Ohles Therapeuten habe ich auch kurz gesprochen. Er hat aber sofort komplett zugemacht. Kein Wort über seine Patientin. Da sie jetzt ohnehin durchgecheckt wird, hätte ich mir das Gespräch sparen können.«

Hella wandte sich an Alina. »Ich spreche zwar später auch noch mit Imke Wessels, aber ich schlage vor, dass du in den nächsten Tagen mit ihr in Kontakt bleibst. In der Juister Online-Zeitung haben wir ja einen Aufruf gestartet, und ich hoffe, dass jemand Bent während der fraglichen Zeit gesehen hat. Ruf bitte die Kollegen in Norden und Aurich an und befrage sie nach Olaf Schmidt. Ich will wissen, was in puncto Drogen auf Juist los ist und was Schmidt eventuell damit zu tun hat.«

Alina schrieb mit und sah jetzt auf. »Was weiter?«

»Es wäre gut, wenn du als Erstes die Fallakte auf den neuesten Stand bringst. Dr. Holthaus will sie noch heute haben.« Sie wandte sich an Lars. »Hast du alle Protokolle fertig?«

Lars nickte.

»Ich werde mich gleich mit Torsten Peters zusammensetzen, um die aktuellen Fälle durchzugehen, und anschließend mache ich mich weiter auf die Suche nach Jule.« Sie hielt kurz inne. »Ich weiß nicht, ob das jetzt der richtige Zeitpunkt ist, aber ich spreche es trotzdem an. Es geht um unser Team.« Hella machte eine Pause. »Ihr habt beide bemerkt, dass ihr etwas gereizt aufeinander reagiert habt.«

Lars zuckte mit der Schulter, Alina nickte.

»Wenn wir diesen Fall lösen wollen, brauche ich euch beide. Und zwar mit eurer vollen Kraft. Ich würde mir wünschen, dass ihr beide darüber sprecht und überlegt, ob ihr zusammen an dem Fall arbeiten könnt. Ich will euch nicht unter Druck setzen, und schon gar nicht will ich einen von euch verlieren. Deshalb, ihr entscheidet, ob ihr es jetzt oder zu einem späteren Zeitpunkt versuchen wollt.«

»Okay«, sagte Lars und warf einen zögerlichen Blick zu Alina.

»Ja, du hast recht, Hella. Wir versuchen, das am Wochenende zu klären. Auf die eine oder andere Weise.«

Hella stand auf. »Wie gesagt, wenn es jetzt nicht klappen sollte, dann vielleicht beim nächsten Fall. Um es noch einmal klar zu sagen: Auf Dauer brauche ich euch beide im Team.«

Hella saß eine Stunde mit Torsten Peters, ihrem Stellvertreter, zusammen und sprach anschließend noch einmal mit dem Staatsanwalt in Aurich. Bei einem weiteren Gespräch mit Roland Radmeier erfuhr sie, dass er Blutreste am Stein hatte sichern können, die jetzt darauf überprüft wurden, ob sie von Bent Harmsen stammten. Ob Täter-DNA auf dem Stein nachzuweisen war, konnte er noch nicht sagen und vertröstete Hella auf Mitte der folgenden Woche.

Kurz nachdem Hella das Gespräch mit Roland Radmeier beendet hatte, meldete sich die Gerichtsmedizinerin aus Oldenburg.

»Guten Tag, Frau Dr. Wolters«, begrüßte Hella sie.

»Einen wunderschönen Tag wünsche ich Ihnen. Es standen ja noch Laborergebnisse aus. Wir haben im Screening keinerlei Gifte oder Drogen gefunden. Die Todesursache des jungen Mannes ist ausschließlich der Schlag auf den Kopf. Dass wir keine Abwehrspuren gefunden haben, hatte ich schon in unserem letzten Gespräch erwähnt. Entsprechend war auch nicht zu erwarten, dass wir unter seinen Fingernägeln Fremd-DNA finden. Das hat sich heute ebenfalls bestätigt. Haben Sie noch Fragen?«

»Zunächst vielen Dank für Ihren Anruf. Eine Frage hätte ich schon noch: Wie groß wird die Person gewesen sein, die den Schlag ausgeführt hat?«

»Und ich dachte schon, Sie fragen nicht danach. Die Angabe finden Sie selbstverständlich im Obduktionsbericht. Einen Augenblick bitte.«

Hella wartete, bis Dr. Wolters sich wieder meldete.

»Hier haben wir die Berechnung. Eine exakte Angabe der Größe des Angreifers oder der Angreiferin kann ich Ihnen selbstverständlich nicht liefern. Wir haben die Größe jetzt geschätzt auf eins siebzig bis eins fünfundachtzig. Es gibt noch eine Toleranz nach unten und oben, die allerdings nach meinem Dafürhalten allenfalls zwei bis drei Zentimeter sein dürfte. Die Rechnung geht davon aus, dass Angreifer und Opfer auf gleicher Höhe standen. Sollte dem nicht so gewesen sein, erhalten wir selbstredend andere Angaben. Alle Details bekommen Sie morgen schriftlich.«

»Darf ich fragen, wie Ihre persönliche Einschätzung ist?«

»Sie dürfen. Aber die Information ist ausschließlich für Sie. Ich gehe eher davon aus, dass der Angreifer eins achtzig und größer war. Aber wie gesagt, offiziell müssen Sie mit den angegebenen Maßen arbeiten.«

Hella notierte sich die Information.

»Gibt es schon Daten zur DNA des Vaginalsekrets?«

»Da müssen Sie sich leider noch etwas gedulden. Ich denke, dass wir es Mitte der nächsten Woche haben. Gibt es bereits Vergleichsproben?«

»Ja, wir haben eine Frau vorläufig festgenommen. Sie ist zwar im Moment in die Karl-Jaspers-Klinik bei Ihnen in Oldenburg eingewiesen worden, aber wir haben zuvor einen Abstrich nehmen können.«

»Gut. Wir hören also nächste Woche voneinander.«

»Dann bleibt mir nur ein erneutes Dankeschön, Frau Dr. Wolters.«

»Keine Ursache, Frau Hauptkommissarin. Melden Sie sich bei mir, wenn Sie weitere Fragen haben.«

Hella wünschte der Gerichtsmedizinerin einen schönen Tag und beendete das Gespräch. Sie stand auf und lief zu Lars ins Büro.

»Wie groß ist Katrin Ohle?«

Lars zog eine Akte aus dem Stapel und schlug sie auf. »Einen Meter vierundsiebzig. Wieso?«

Hella erklärte es ihm.

»Passt doch, oder?«

Hella nickte und verschwieg ihm die persönliche Einschätzung der Gerichtsmedizinerin.

17

Hella wählte zum wiederholten Male die Nummer von Imke Wessels, deren Anschluss zuvor besetzt gewesen war. Dieses Mal nahm die Inselpolizistin das Gespräch an. Hella informierte sie über den Stand der Ermittlungen.

»Sie gehen davon aus, dass die Ex-Freundin von Bent die Täterin ist?«, fragte Imke Wessels.

»Das ist bisher noch nicht eindeutig. Wir kommen in den nächsten Tagen nicht mehr an Katrin Ohle heran. Eventuell sogar für mehrere Wochen nicht. Die Indizienlage weist im Moment zwar auf sie hin, aber es gibt zu viele offene Fragen.«

»Der Einbruch?«

Hella wunderte sich wieder einmal, wie schnell Imke Wessels die richtigen Schlüsse zog. »Ja, das ist einer der Punkte.«

»Und natürlich diese mysteriöse Frau, nach der wir suchen. Bent scheint sich ja mit ihr über die Tage versteckt gehalten zu haben.«

»Absolut richtig, Frau Kollegin.«

Die Inselpolizistin legte eine kurze Pause ein. »Aber nur um mit mir den Fall zu besprechen, haben Sie ja wahrscheinlich nicht angerufen.«

»Nicht nur. Ich wollte Sie fragen, ob Sie noch einmal die Ihnen bekannten Insulanerinnen im fraglichen Alter durchgegangen sind?«

»Ja, ich habe sogar mit einigen gesprochen. Wobei ich nicht offen gefragt habe, ob eine von ihnen ein Verhältnis mit dem jungen Mann hatte, sondern mich vorsichtig an das Thema herangetastet habe. Nur bei einer Frau hat sich meine Vermutung bestätigt.«

»Was bedeutet das genau?«

»Julia Schwartz. Sie ist im richtigen Alter, achtunddreißig, hat dunkle Haare, und ihr Mann hat häufig auf dem Festland zu tun. Er verwaltet hier auf Juist zahlreiche Ferienwohnungen und Häuser. Quasi ein Rundumservice.«

»Was sagt Frau Schwartz?«

»Ich habe so getan, als suchte ich nach Zeugen, die Bent Harmsen gekannt hatten, und sie direkt darauf angesprochen, dass sie einmal mit ihm zusammen gesehen worden wäre. Was so natürlich nicht stimmt, aber ich brauchte ja einen Aufhänger.«

»Wie hat sie reagiert?«

»Sie hat gesagt, dass es sich um eine Verwechselung handeln müsse und sie Bent Harmsen allenfalls vom Sehen kennen würde. Allerdings war sie sehr nervös, was ich von ihr so überhaupt nicht kenne. Sie arbeitet auch in der Firma ihres Mannes und ist sonst eigentlich eher selbstsicher und forsch, wenn ich das mal so ausdrücken darf. Halt Geschäftsfrau.«

»Ja, ich weiß, was Sie meinen.«

»Ich habe erst mal nicht weitergefragt, um zuerst ein paar Informationen zu Frau Schwartz einzuholen. Ich bin allerdings noch dabei und werde am Wochenende die eine oder andere Person ansprechen. Quasi inoffiziell.«

»Gute Strategie«, sagte Hella. »Frau Schwartz ist auf Juist ja wahrscheinlich sehr bekannt. Ihr Vorname würde übrigens auch ins Raster passen.«

»Ja, sie und ihr Mann gehören sozusagen zur Insel-High-Society. Deshalb muss ich auch etwas vorsichtiger sein.«

»Dann kennen sich Julia Schwartz und Franziska Schneider sicher auch?«

»Davon gehe ich aus. Warum fragen Sie?«

»Vielleicht nutzte Frau Schwartz ja das Ferienhaus der Familie Schneider, um sich dort mit Bent Harmsen zu treffen.«

»Wäre eine Möglichkeit, an die ich noch gar nicht gedacht habe. Ob die beiden Familien befreundet sind, lässt sich bestimmt herausbekommen. Geben Sie mir noch ein paar Tage.«

»Okay. Melden Sie sich, wenn es etwas Neues gibt«, sagte Hella. »Meine Kollegin hat sich sicher schon mit Ihnen in Verbindung gesetzt.«

»Ja, ich habe mit Frau Becker gesprochen.« Hella verabschiedete sich von Imke Wessels und klappte ihren Laptop auf. Sie gab auf Google »Franziska Schneider« ein, erhielt, wie sie erwartet hatte, unzählige Einträge und verfeinerte ihre Suche nach und nach. Schließlich fand sie ein Instagram-Profil, das zu *ihrer* Franziska Schneider zu passen schien. Franziska Schneider hatte blondes Haar, ihr Alter schätzte Hella auf mindestens fünfundvierzig. Sie klickte die Fotos durch, die hauptsächlich aus Restaurantbesuchen und Aufnahmen von Vernissagen und anderen Veranstaltungen bestanden. Franziska Schneider stand in aller Regel mit weiteren Frauen und Männern zusammen, lachte in die Kamera oder hielt ein gefülltes Champagnerglas in der Hand. Die Untertitel waren kurz und ohne Auflistung der Personen auf den Fotos.

Hella speicherte die Aufnahmen und vergrößerte sie. Manche waren zu unscharf, anderen fehlte die Auflösung für eine Vergrößerung. Nachdem Hella dreißig Fotos geladen hatte, suchte sie nach Frauen, die auf ihr Jule-Profil passen würden. Eine Frau tauchte besonders häufig auf. Sie war sichtbar jünger als Franziska Schneider, hatte dunkles, fast schwarzes Haar und sah mit ihren braun-grünen Augen, den hohen Wangenknochen und den vollen Lippen ausgesprochen attraktiv aus.

Hella druckte drei der besten Fotoausschnitte aus und schickte sie an Imke Wessels mit der Frage, ob sie die Frau kennen würde. Die Antwort kam postwendend. Die Inselpolizistin hatte die Frau noch nie auf Juist gesehen. Hella bat sie, Florian Jung und Olaf Schmidt die Fotos vorzulegen und zu fragen, ob sie die Frau mit Bent Harmsen zusammen gesehen hatten.

Hella suchte weiter, fand ein Foto in den »Osnabrücker Nachrichten«, auf dem Franziska Schneider in der Gruppe von Frauen abgelichtet war, zu der auch die unbekannte Frau auf der Instagram-Seite gehörte. Auch hier gab es keine Auflistung der Namen. Bei der weiteren Suche entdeckte Hella ein Stadtmagazin, das monatlich erschien und in dem zahlreiche Fotos von Veranstaltungen abgedruckt waren. Nach einer Stunde und gefühlt Tausenden Fotoseiten fand Hella Franziska Schneider Arm in Arm mit der von ihr gesuchten Frau. Auch hier fehlte der Untertitel.

Hella wählte die Nummer der Redaktion und fragte nach dem zuständigen Redakteur. Wie sich herausstellte, saßen die Macher des Stadtmagazins nur einmal in der Woche zusammen. Hella bekam eine Handynummer, unter der sich ein Kurt Langner meldete. Hella stellte ihre Frage und nannte die Nummer der Ausgabe, in der sie das Foto gefunden hatte.

»Da müssen Sie mit dem sprechen, der das Foto gemacht hat«, sagte Langner. »Holger Reschke. Keine Ahnung, ob Sie ihn jetzt erreichen.« Er gab ihr die Handynummer, Hella bedankte und verabschiedete sich.

Holger Reschkes Mailbox sprang an, Hella sprach ihr Anliegen auf Band und bat um Rückruf.

Nach einem Blick auf die Uhr packte Hella ihre Sachen zusammen und verließ ihren Schreibtisch. »Ich verschwinde jetzt«, sagte sie mit Blick in Alinas Büro. »Montagfrüh um neun in alter Frische.«

Alina hob die Hand. »Hast du noch eine Minute?«

Hella trat ein und schloss die Tür.

»Ich weiß, du hast vorgeschlagen, dass Lars und ich das untereinander regeln, aber ich bin mir nicht sicher, ob wir das schaffen.« Alina hatte schnell gesprochen, als befürchtete sie, dass Hella ihr Büro gleich wieder verlassen würde.

»Wovor hast du Angst?«, sagte Hella, zog sich einen Stuhl vor und setzte sich.

»Wenn ich das wüsste, wäre ich vielleicht ein wenig weiter.« Alina hielt inne und schloss die Augen. »Bei unserem ersten gemeinsamen Fall hat doch auch alles geklappt.«

»Was ist jetzt anders?«

»Lars und ich sind ein Paar. Und wollen es auch bleiben.«

»Auf Dauer wird sich nicht vermeiden lassen, dass ihr beiden zusammen an einem Fall arbeitet. Je länger ihr wartet, desto schwerer wird es werden, befürchte ich zumindest.«

Alina nickte. »Ich doch auch. Aber was war heute Morgen bei der Teambesprechung los? Lars und ich waren nicht einer Meinung, und innerhalb von Sekunden hat sich das hochgeschaukelt. Wenn du nicht dabei gewesen wärst, hätte es vielleicht sogar richtig geknallt.«

Hella zögerte, bevor sie die nächste Frage stellte. »Was ging in dir vor, als du Lars widersprochen hast?«

Alina knetete ihre Hände und ließ sich Zeit für die Antwort. »So genau weiß ich das auch nicht. Vielleicht war ich wütend, dass Lars mir Kontra gegeben hat, und habe dann bewusst weiter die Lage zugespitzt?«

»Und Lars? Frage ihn, ob er die Arbeit hier und euer Privatleben trennen kann. Frage dich auch. Willst du dich jedes Mal prüfen müssen, was du falsch gemacht hast, wenn Lars dir widerspricht?« Alina schüttelte den Kopf. »Weder du noch Lars habt etwas falsch gemacht. Ihr beide habt unterschiedliche Ansätze verfolgt und sie in die Diskussion eingebracht. Wir würden kaum weiterkommen, wenn wir alle immer nur das Gleiche denken und sehen würden.«

»Das weiß ich alles, Hella. Aber das ist nur hier drin.« Sie zeigte mit dem Finger auf ihren Kopf. Schließlich seufzte sie leise. »Was passiert, wenn Lars und ich es nicht schaffen?«

»Ihr schafft es. Unsere Diskussionen sind kein Streit, sie sind ein Teil unserer Arbeit, ohne die wir nicht weiterkommen. Streit wird es irgendwann zwischen euch geben, wenn du Lars nach dem Mund redest, nur um Konflikte zu vermeiden. Umgekehrt übrigens genauso. Das ist keine Lösung, Alina. Sprich mit Lars ganz offen darüber, was du empfindest, wenn ihr zusammenarbeitet, wenn er dir widerspricht und du das Gefühl hast, um des lieben Friedens willen zurückstecken zu müssen. Lars liebt dich, und er leidet genauso wie du, wenn es zwischen euch hakt. Besprecht, wie weit ihr beide gehen wollt, macht ein Zeichen ab, wenn der andere zu weit geht. Sprecht anschließend darüber, egal wie sehr du oder er meint, dass es nur an euch selbst liegt. Es hat immer mit euch beiden zu tun.«

Alina nickte nachdenklich. »Ist es das, was wir als kleine Mädchen schon gelernt haben? Konflikte vermeiden, indem wir schweigen und uns zurückziehen?«

»Auch«, sagte Hella. »Plus die Gene, die wir von unseren Eltern und Großeltern mitbekommen haben. Glaub mir, ich habe eine ganze Weile gebraucht, bis ich mich nicht mehr im Job gegenüber den Männern als minderwertig angesehen habe, und es hat dann noch eine Weile gedauert, bis ich auch danach gehandelt habe.« Hella stand auf. »Ihr habt jetzt zwei Tage. Geht es ruhig an. Lasst euch Zeit bei den Gesprächen. Es werden sicher nicht die letzten sein.«

Alina stand auf, ging auf Hella zu und umarmte sie kurz. »Danke. Grüß Leon von mir und natürlich den süßen Zwerg.«

»Wenn du am Wochenende reden willst, ruf mich einfach an. Okay?«

Alina nickte, Hella schenkte ihr ein letztes Lächeln und ging.

18

Hella reckte sich und warf einen Blick auf den Wecker. Seufzend richtete sie sich im Bett auf. Montagmorgen, eine neue Woche, ein Fall, der bisher noch nicht richtig in Fahrt gekommen war. Vorsichtig, um Leon nicht zu wecken, stand sie auf und lief auf Zehenspitzen ins Bad.

Das abwechselnd kalte und heiße Duschwasser weckte ihre Lebensgeister. Mit tropfnassen Haaren stieg sie aus der Dusche und griff nach dem Handtuch.

Das Wochenende war traumhaft ruhig verlaufen. Sie hatten lange geschlafen, selbst Jella war erst gegen acht Uhr aufgewacht und war später im Familienbett noch einmal eingeschlafen. Tagsüber waren sie spazieren gegangen, hatten Gesa besucht und mit ihr einen Kaffee getrunken.

Die Tür des Badezimmers wurde geöffnet, Leons Kopf erschien. »Darf ich eintreten?«, fragte er schmunzelnd.

»Komm rein, du Clown.« Hella zog ihn an sich und wirbelte einmal mit ihren nassen Haaren herum. Leon lachte. »Willst du mir die Dusche ersparen?«

Hella küsste ihn zärtlich auf den Mund. »Haben wir noch etwas Zeit?«

Leon grinste. »Jella schläft noch tief und fest, falls du das meinst.«

Hella löste sich von ihm, wickelte sich ein trockenes Handtuch um die Haare und zog Leon mit ins Schlafzimmer.

Mit jedem Kilometer Fahrt in die Arbeit drängte sich der aktuelle Fall zurück in ihre Gedanken. Am Freitag auf dem Weg nach Hause hatte der Staatsanwalt sie informiert, dass der Richter die vorläufige Unterbringung von Katrin Ohle in der Psychiatrie angeordnet hatte. Kurz darauf hatte Roland Radmeier sie angerufen und ihr das Ergebnis des Abgleichs mitgeteilt. Katrin

Ohles Profil der Schuhe passte nicht zu den am Hammersee gefundenen. Ihre Schuhgröße wiederum war identisch mit einem der zwei Abdrücke am See.

Hella wählte Rolands Nummer.

»Moin!«, sagte der Leiter der Kriminaltechnik mit müder Stimme.

»Noch nicht ganz wach, Roland?«, fragte Hella lachend.

»Schlecht geschlafen. Mein Magen macht wieder mal Probleme. Du willst jetzt aber nicht nach dem DNA-Abgleich fragen, oder?«

»Nein. Aber am Freitagnachmittag war ich schon auf Wochenende programmiert. Es geht noch mal um den Abgleich der Profile.«

»Erzähl!«

»Lässt sich anhand der Tiefe der Eindrücke feststellen, wie schwer die Person gewesen sein muss?«

»Im Prinzip ja, aber nicht aufs Gramm genau. Mir war schon klar, dass du das fragen würdest. Deshalb habe ich auch am Freitag nach unserem Gespräch ein paar Tests gemacht. Lars hat mir dann noch das Gewicht der Dame verraten. Um es kurz zu machen, das Gewicht kommt hin.«

»Von welchen Abweichungen nach oben und unten gehst du aus?«

»Leider bis zu zehn Kilo. Allerdings hänge ich mich dabei schon ziemlich weit aus dem Fenster, sprich, gerichtsverwertbar ist das nicht. Ich habe zwar vor Ort in Juist den Boden untersuchen lassen, aber wir können die Feuchtigkeit in der Erde zum Zeitpunkt der Tat nur annähernd bestimmen. Du weißt ja, dass dort in der Ecke der Boden ziemlich feucht war und er deutlich spürbar nachgegeben hat, aber es hat, laut Wetterbericht, in der Nacht geregnet. Ob genau die Stelle auf Juist auch betroffen war, konnte uns niemand mit Sicherheit sagen.«

»Verstehe. Trotzdem ist es ein Anhaltspunkt. Ich werde die Kollegin auf Juist noch einmal bitten, im Pensionszimmer nach einem weiteren Paar Schuhe zu suchen.«

»Gute Idee. Vielleicht sollte sie auch im Abfall nachschauen. Falls er noch nicht abgeholt wurde.«

Hella verabschiedete sich von Roland Radmeier und klickte auf die Kurzwahlnummer von Imke Wessels.

»Moin, Frau Kollegin«, begrüßte sie die Inselpolizistin. »Ich bin auf dem Weg nach Wittmund und hätte eine Bitte.«

»Ich hätte Sie auch gleich angerufen.«

»Vermutlich wegen Frau Schwartz. Können wir das auf später verschieben?«

»Kein Problem. Was kann ich für Sie tun?«

Hella erklärte ihr, was bei dem Profilvergleich herausgekommen war, und bat sie, im Pensionszimmer von Katrin Ohle nach weiteren Schuhen zu suchen. »Vermutlich hat die Wirtin nichts dagegen, wenn Sie dem Zimmer einen kleinen Besuch abstatten. Wenn doch, besorge ich einen Durchsuchungsbeschluss.«

»Ich kann in einer Stunde bei Frau Oltmann vorbeigehen. Anschließend melde ich mich bei Ihnen.«

»Guten Morgen«, begrüßte Hella Lars und Alina, als sie zu ihr ins Büro kamen. Die beiden setzten sich an den Besprechungstisch und warteten, bis Hella zu ihnen kam.

Alina räusperte sich leise. »Wir hatten ja eine Aufgabe mit ins Wochenende bekommen.«

»Sozusagen«, bemerkte Hella.

»Wir haben lange miteinander gesprochen und ... Ja, es war richtig gut, oder?« Alina warf einen Blick zu Lars, der nickte. »Ob wir unsere Beziehung ganz aus der Arbeit raushalten können, können wir noch nicht sagen, aber wir versuchen es. Und zwar ab sofort.«

»Klingt doch gut und nach einem Neuanfang«, sagte Hella.

»So ist es«, bestätigte Lars lächelnd.

Hella berichtete kurz von den Gesprächen mit dem Staatsanwalt, Roland Radmeier und Imke Wessels, bevor sie von ihren Recherchen am Freitag erzählte. »Leider hat der Fotoredakteur noch nicht zurückgerufen.«

Lars hob seine Hand. »Soll ich dann mal weitermachen?« Als Hella und Alina nickten, fuhr er fort: »Ich habe mit vier Schulfreunden von Bent Harmsen telefoniert. Sie haben alle keinen engen Kontakt mehr zu Bent gehabt, bestätigten allerdings die Aussage von Jakob Jensen, dass Katrin und Bent erst spät zusammengekommen seien. So weit also alles im grünen Bereich. Eine der Befragten hatte allerdings engeren Kontakt mit Katrin Ohle. Sie hat mir erzählt, dass Katrin nicht nur ein Auge auf Bent geworfen hatte, sondern zunächst auf Jensen. Der war aber zu der Zeit mit einem Mädchen aus dem Jahrgang unter ihnen liiert, deshalb hat sie sich wohl schnell für Bent Harmsen entschieden. So weit erst mal nicht so relevant für uns, aber zusätzlich meinte die Freundin von Katrin Ohle, dass Jakob Jensen später durchaus Interesse an Katrin gehabt habe, sie sich allerdings zu dem Zeitpunkt nur noch auf Bent fixiert hatte.«

»Sind das nicht die üblichen Geschichten, die überall an Schulen ablaufen?«, warf Alina ein.

»Schon«, antwortete Lars. »Aber in diesem Fall, wo Jensen zu beiden guten Kontakt hatte, könnte es relevant werden. Ich habe heute ein Gespräch mit ihm vereinbart. Wir treffen uns zur Mittagszeit in einem Restaurant in der Nähe seines Arbeitsplatzes. Ich werde mal vorsichtig abklopfen, ob da was dran ist und ob vielleicht zu einer späteren Zeit noch etwas mit Katrin gelaufen ist.«

»Okay«, sagte Hella. »Da könnten sich unter Umständen vollkommen neue Konstellationen ergeben. Aber warten wir's ab!«

Lars nickte. »Ich habe am Freitag noch angefangen, die Surfschule zu durchleuchten. Allgemein habe ich im Netz nach Bewertungen gesucht und sie auch gefunden. Niklas hat große Fans, aber auch Leute, die ihn und seinen Stil gar nicht mögen. Entsprechend sind die Bewertungen ausgefallen. Die anderen drei kommen ganz gut weg. Also, letztlich nichts, was wir nicht schon wussten. Dann habe ich weiter nach Informationen zu

Niklas gesucht. Und sie gefunden. Ich habe mich in einem Portal von ehemaligen Schülern seines Gymnasiums angemeldet und am Wochenende Kontakte geknüpft. Eine sehr redselige Ex-Schülerin aus Niklas' Jahrgang hat mir einiges über ihn erzählt. Angeblich soll Niklas kurz vor einem Schulverweis gestanden haben, weil er – Originalton der Informantin – einen Klassenkameraden krankenhausreif geschlagen hat. Sie hat mir den Namen des beteiligten Schülers genannt, den ich dann auf Facebook gefunden habe. Reiner und ich hatten dann gestern Abend einen netten Austausch per Facebook-Messenger. Er hat mir den Vorfall bestätigt und meinte, Niklas sei wegen einer Nichtigkeit ausgerastet.«

»Was genau war es, über das sie sich gestritten haben?«

»Beide haben sich wohl in das gleiche Mädchen verguckt, Niklas war schneller, Reiner sah aber wohl keine Notwendigkeit, sein Werben einzustellen. Das ist jetzt meine Interpretation aus der Unterhaltung mit ihm. Er meinte, er habe kurz vor dem Erfolg seiner Bemühungen gestanden, was dann durch die Schlägerei ein abruptes Ende gefunden habe.«

»Klingt nach einem ungleichen Kampf«, sagte Hella.

»So könnte man es ausdrücken. Beier war nach Aussage von Reiner Kampfsportler. Kickboxen und noch so eine verrückte Sportart, die ich mir nicht aufgeschrieben habe.«

»Okay. Wir sollten das im Hinterkopf behalten«, schlug Hella vor. »Was gibt es bei dir, Alina?«

Alina schlug ihr Notizbuch auf. »Von der Juister Kollegin habe ich noch nichts gehört. Allerdings war ich am Freitag aktiv in Sachen Olaf Schmidt. Den Kollegen in Norden ist er durchaus bekannt. Er ist mehrfach im Zusammenhang mit Drogendelikten aufgefallen, es ist allerdings nie zu einer Anklage gekommen. Einmal ist er bei einer Razzia vorläufig festgenommen worden, weil der Verdacht bestand, dass er größere Mengen Kokain die Toilette heruntergespült hat, während eine Razzia lief. Es wurde letztlich nur der Plastikbeutel sichergestellt, in dem Kokainreste gefunden wurden. Der Größe des

Beutels nach zu urteilen, hätte es sich um bis zu zweihundert Gramm handeln können. Das wären im besten Fall bis zu fünfzehntausend Euro Straßenverkaufswert gewesen. Sprich, ein paar Jahre Haft wären da unter Umständen schon drin gewesen.«

»Weitere Vorfälle?«, fragte Hella.

»Das war der gravierendste. Er ist aber in der Szene in Norden und Emden bekannt. Ob er dort auch dealt, konnte mir niemand so genau sagen. Erwischt worden ist er nie.«

Lars nickte. »Was Bent Harmsen wohl gemacht hätte, hätte er von dem Drogenhintergrund seines neuen Freundes erfahren?«

»Nach allem, was wir von ihm wissen, hätte er es wohl kaum gutgeheißen«, sagte Alina.

»Ich denke auch, dass es zum Bruch gekommen wäre«, stimmte ihr Hella zu. »Hat Schmidt deshalb so vermeintlich offen mit mir gesprochen, um von seinen Drogengeschäften abzulenken, oder ist da noch mehr im Spiel? Wir behalten auch diese Informationen im Hinterkopf. Ich denke darüber nach, Olaf Schmidt und auch Niklas Beier offiziell vorladen zu lassen. Vorher brauchen wir aber mehr. Im Moment haben wir zu wenig, um sie unter Druck setzen zu können.«

»Also weiter im Text«, sagte Lars und stand auf.

»So ist es. Lasst uns an die Arbeit gehen«, sagte Hella.

»Imke Wessels«, meldete sich die Inselpolizistin. »Haben Sie jetzt kurz Zeit?«

»Ja, passt perfekt. Unsere Besprechung hier im Team ist gerade zu Ende. Was haben Sie für mich?«

»Fange ich mal mit dem Pensionszimmer an. Wie zu erwarten, hat Frau Oltmann nichts dagegen gehabt, dass ich das Zimmer durchsuche. Zum Glück hatte sie noch nichts davon gehört, dass Katrin Ohle festgenommen worden war. Sie spricht ja noch immer in höchsten Tönen von ihr. Um es kurz zu machen: Ich habe kein weiteres Paar Schuhe gefunden. Die Abfalltonnen werden in der Straße immer mittwochs geleert. Sie könnten also durchaus in der Haustonne gewesen sein.«

»Schade.«

»Ja, ich habe natürlich auch Frau Oltmann gefragt, ob sie Schuhe gefunden habe. Leider nicht. Insofern wüsste ich jetzt nicht, wo ich noch nach den Schuhen suchen sollte. Einen Rundgang durch Frau Oltmanns Garten habe ich allerdings noch gemacht.«

»Die Spur können wir also vergessen. Haben Sie noch etwas zu Frau Schwartz herausbekommen?«

Imke Wessels stöhnte leise. »Das war nicht ganz so einfach, wie ich mir das vorgestellt hatte. Die Insulaner sind nach dem Tod von Bent Harmsen wohl sehr vorsichtig geworden mit schnellen Auskünften. Zumindest, wenn die Gesprächspartnerin Polizistin ist.«

»Ich vermute mal, dass Sie es trotzdem geschafft haben«, sagte Hella.

»Mehr oder weniger. Also: Julia Schwartz ist gut bekannt mit der Familie Schneider. Sie und ihr Mann verkehren häufiger mit den Schneiders. Sie sind schon mehrfach zusammen in Restaurants gesehen worden, auch auf den typischen Inselveranstaltungen sind sie gewesen. Das war ja eine Ihrer Fragen. Die zweite hat mir reichlich Fingerspitzengefühl abverlangt. So richtig wollte niemand mit mir darüber reden, ob Frau Schwartz ihrem Mann treu ist.« Imke Wessels hielt kurz inne. »So direkt habe ich natürlich auch nicht gefragt, aber schon versucht, es den drei Frauen, die ich angesprochen hatte, irgendwie aus der Nase zu ziehen. Merkwürdigerweise waren alle drei sehr zurückhaltend. Es gab nur Andeutungen, die ich jetzt interpretieren kann oder auch nicht.«

»Hatten die drei Angst, etwas zu sagen?«, fragte Hella.

»Das habe ich mich auch gefragt. Eigentlich wird gern darüber spekuliert, wer mit wem und warum. Aber wie gesagt, durch die Blume haben die drei schon durchblicken lassen, dass Julia Schwartz das Thema Treue nicht ganz so eng sieht. Gut, sie und ihr Mann sind Zugezogene, zwar schon fast fünfundzwanzig Jahre auf Juist, aber sie scheinen sich nie voll und ganz auf die Menschen hier eingelassen zu haben.«

»Würde eine Affäre überhaupt lange geheim bleiben können?«, fragte Hella.

»Darüber habe ich dann auch nachgedacht. Jeder weiß ja, dass jeder jeden kennt. Also falls mich das betreffen würde, wäre ich halt umso vorsichtiger. Und wenn man Zeit und Geld hat, kann man sich ja auch auf dem Festland treffen. Insofern – ja, es könnte durchaus geheim bleiben.«

»Sind Sie auch schon dazu gekommen, das Foto Florian Jung und Olaf Schmidt zu zeigen?«

»Ja, beide haben gemeint, dass sie es nicht beschwören könnten, aber vom Typ her könnte es durchaus diese Frau sein. Ich hatte allerdings den Eindruck, dass Olaf Schmidt mich schnell wieder loswerden wollte und mir einfach nach dem Mund geredet hat. Florian Jung hat sich das Foto sehr intensiv angeschaut, war sich aber auch überhaupt nicht sicher.«

»Verstehe, auf die beiden können wir diesbezüglich also nicht bauen. Schade!« Hella hielt kurz inne. »Dann danke erst mal für Ihren schnellen Einsatz. Gibt es schon Reaktionen auf die Anzeige in der Online-Zeitung?«

»Ja, ich habe gleich ein Gespräch mit Ihrer Kollegin. Bisher ist noch nichts Relevantes gekommen. Wollen wir das jetzt durchgehen, oder soll ich das …?«

»Nein, schon gut. Besprechen Sie das mit Alina Becker. Vielen Dank für Ihren Einsatz. Ich kann nur noch einmal sagen, dass Sie uns sehr helfen.«

»Das ist mein Job. Und ich mache ihn gern.«

19

Hella saß für eine Stunde mit Torsten Peters zusammen, ging die laufenden Fälle durch und schrieb anschließend die noch ausstehenden Protokolle. Gegen Mittag klingelte ihr Handy. Sie erkannte die Nummer und nahm das Gespräch an. »Hella Brandt, Kriminalpolizei Wittmund. Hallo, Herr Reschke«, begrüßte Hella den Redakteur aus Osnabrück, dem sie am Freitag auf die Mailbox gesprochen hatte.

»Guten Tag«, antwortete Holger Reschke mit tiefer Männerstimme. »Sie hatten mich angerufen. Was kann ich für Sie tun?«

Hella erklärte ihm ihr Anliegen und fragte nach dem Foto, das ein halbes Jahr zuvor im Stadtmagazin veröffentlicht worden war.

Reschke räusperte sich. »Sie verstehen sicher, dass ich nicht ohne weitere Informationen über Menschen reden möchte, die ich auf Veranstaltungen getroffen habe. Zudem weiß ich nicht, ob Sie tatsächlich Polizistin sind.«

»Zumindest das letzte Problem können wir schnell klären. Rufen Sie doch bitte im Polizeikommissariat in Wittmund an und lassen Sie sich zu mir durchstellen. Hauptkommissarin Hella Brandt. Ich leite die Abteilung.«

»Gut, machen wir das so.«

Wenige Minuten später wurde Hella das Gespräch auf ihren Festnetzanschluss durchgestellt.

»Darf ich fragen, in welchem Zusammenhang die Ermittlungen laufen?«, fragte der Redakteur.

»Fragen dürfen Sie selbstverständlich. Aber leider darf ich Ihnen dazu keine Auskunft geben.«

»Verstehe. Können wir trotzdem einen Deal machen? Ich gebe Ihnen den Namen, und Sie informieren mich zur gegebenen Zeit, möglichst bevor meine Kollegen davon Wind kriegen?«

»Ich kann Ihnen nichts versprechen, aber ich versuche, Sie vorab zu informieren, sollte sich etwas ergeben, das für die Presse interessant ist.«

»Das reicht mir doch als Erstes. Ich habe inzwischen auch das Foto auf meinem Laptop aufgerufen. Die Dame, die Sie interessiert, ist eine enge Freundin der Familie Schneider. Ihr Name ist Juliette Kämmerer.«

»Lebt sie auch in Osnabrück?«

»Ja. Aber das können Sie alles sehr schnell im Internet nachlesen. Ich möchte mich da nicht so weit aus dem Fenster lehnen. Ich würde Sie auch bitten, meinen Namen nicht zu nennen. Kann ich mich darauf verlassen?«

»Das ist überhaupt kein Problem, Herr Reschke.« Hella bedankte sich für die Auskunft und beendete das Gespräch.

Der Redakteur hatte recht. Hella fand diverse Einträge zu Juliette Kämmerer.

Die folgenden zwei Stunden arbeitete sie sich durch Zeitungsartikel, Kommentare in Foren und offizielle Firmenseiten. Juliette Kämmerer war fünfunddreißig Jahre alt und verheiratet mit Alexander Kämmerer. Juliettes Großvater hatte Anfang des letzten Jahrhunderts eine Schlosserei gegründet, die im Laufe der Jahrzehnte gewachsen und unter Juliettes Vater ab den Fünfzigerjahren zu einem europaweit agierenden Unternehmen als Zulieferer für die Autoindustrie geworden war – mit inzwischen fünfzehn Standorten in sechs Ländern und über zwanzigtausend Mitarbeitern. Juliette hatte mit dreiundzwanzig Alexander Rösner geheiratet, der zu dieser Zeit im Management der Osnabrücker Zentrale gearbeitet hatte. Die Ehe war bisher kinderlos. Rösner, acht Jahre älter als Juliette, hatte bei der Heirat den Namen seiner Frau angenommen, war zum Stellvertreter des Firmenchefs aufgestiegen und hatte nach dessen frühem Unfalltod die Leitung des Unternehmens übernommen. Juliettes Mutter hatte sich nach dem Tod ihres Mannes ins Privatleben zurückgezogen und lebte überwiegend in Frankreich, wo die Familie ein großes Weinanbaugebiet besaß. Sie hielt vierzig Prozent am

Unternehmen, Juliette den gleichen Anteil und ihr Mann die restlichen zwanzig Prozent. Anders als ihre Freundin Franziska Schneider tauchte Juliette Kämmerer nur selten im gesellschaftlichen Leben der Osnabrücker High Society auf. Das Foto, das sie zusammen mit Franziska Schneider zeigte, war eines der wenigen, die Hella im Internet fand.

Hella suchte vergeblich nach einer Telefonnummer und entschloss sich schließlich, in der Unternehmenszentrale anzurufen. Nachdem sie am Empfang erklärt hatte, warum sie Alexander Kämmerer sprechen wollte, wurde sie ins Vorzimmer des Firmenchefs durchgestellt. Sie erklärte ein zweites Mal, wer sie war und wen sie sprechen wollte. Die Dame bat um Geduld, meldete sich nach einer Weile zurück und verband Hella mit dem Assistenten der Geschäftsleitung.

»Herr Dr. Kämmerer ist im Moment beschäftigt. Sie können mir gern Ihr Anliegen vortragen, ich würde es …«

»Sie haben schon verstanden, wer hier in der Leitung ist?«, unterbrach Hella ihn.

»Selbstverständlich, Frau Hauptkommissarin. Ich kann Sie aber leider nicht zu Dr. Kämmerer durchstellen. Er ist in einem Meeting und wird anschließend zu einem wichtigen Termin unterwegs sein. Wenn Sie mir Ihr Anliegen schildern, würde ich mich gern darum kümmern.«

»Arbeitet Juliette Kämmerer ebenfalls im Unternehmen?«

»Nein.«

»Können Sie mir die Telefonnummer von Frau Kämmerer geben?«

»Tut mir leid, ich bin nicht berechtigt, die Daten herauszugeben. Ich kann Ihr Anliegen aber gern …«

»Vergessen Sie den Anruf einfach. Vielen Dank für Ihre Mühe.« Hella legte auf. Ihr nächster Anruf galt Holger Reschke, der sich wunderte, dass Hella ihn ein weiteres Mal anrief.

»Ich suche nach der Telefonnummer von Juliette Kämmerer. Können Sie mir da helfen?«

Reschke lachte. »Was meinen Sie, was bestimmte Telefonnummern für ein gehütetes Geheimnis sind. Diese Nummern sind quasi Gold wert.«

»Haben Sie die Nummer?«

»Nein, tut mir leid.«

»Können Sie mir die Nummer besorgen?«

»Unter Umständen ...«

Hella stöhnte innerlich auf. Sie hatte gewusst, dass der Stadtmagazin-Redakteur sein Wissen nicht ohne Gegenleistung herausgeben würde. »Was möchten Sie wissen?«

»Mir ist klar, dass Sie mir keine Details Ihrer Ermittlungen verraten dürfen, aber vielleicht geben Sie mir einen kleinen Tipp. Ich habe mich vorhin über Sie informiert und in der Presse nichts gefunden, was auch nur im Entferntesten mit Emit Juliette Kämmerer zu tun haben könnte.«

»Wir ermitteln nicht nur auf dem Festland.«

»Sie sprechen von den Ostfriesischen Inseln?«

Hella schwieg.

»Geht es um ein schwerwiegendes Verbrechen?«, fragte Reschke weiter.

»Was denken Sie?«

»Es muss schon etwas Relevantes sein, wenn Sie sich solche Mühe geben, bestimmte Personen zu identifizieren. Vielleicht Mord?«

Hella schwieg und hörte, wie jemand am anderen Ende der Leitung die Tastatur benutzte.

»Juist? Hat da nicht Franziska Schneider ein Ferienhaus?«

»Sie sind gut informiert«, sagte Hella.

Reschke ließ sich Zeit, bevor er sich wieder äußerte. »Okay, ich versuch's. Vermutlich soll ich keinen Staub aufwirbeln?«

»Sollten wir das in unseren Berufen nicht immer vermeiden, Herr Reschke?«

Der Redakteur lachte. »Bin ich somit offiziell zum Hilfssheriff ernannt?«

»Rufen Sie mich an, wenn Sie weitere Informationen haben?«, fragte Hella, ohne auf seine Frage zu antworten.

»Wenn Sie das nächste Mal etwas gesprächiger sind …«
Hella seufzte theatralisch. »Herr Reschke, das Thema hatten
wir doch schon. Melden Sie sich, wenn Sie etwas haben. Ich bin
vierundzwanzig Stunden erreichbar.«
»Ich tue mein Bestes, Frau Hauptkommissarin.«
Kaum hatte Hella aufgelegt, klopfte es an der Tür, und Lars
und Alina betraten ihr Büro.
»Können wir?«, fragte Lars, als er bereits vor Hellas Schreib-
tisch stand.
Hella nickte und zeigte auf die Stühle.
»Roland hat gerade angerufen. Er konnte dich nicht erreichen. Die DNA unter Katrin Ohles Fingernägeln ist zugeordnet
worden.«
»Bent Harmsen?«
Lars und Alina nickten gleichzeitig.
»Nicht nur das. Die Kollegen haben Ohles Fingerabdrücke
in Harmsens Wohnung gefunden. Und das nicht nur an der
Türklinke. Sie sind quasi überall verstreut im Zimmer. Entweder
hat sie Harmsens Sachen *auch* durchsucht, oder *nur* sie hat sie
durchsucht.«
Hella nickte nachdenklich, griff nach ihrem Handy und
wählte die Nummer der Gerichtsmedizin in Oldenburg. Kurz
darauf wurde sie mit Dr. Wolters verbunden.
»Frau Brandt. Haben Sie noch eine Frage zur letzten Obduktion?«
»Wir haben eine Verdächtige, bei der DNA des Opfers unter
den Fingernägeln gefunden wurde. Haben Sie Kratzspuren bei
Bent Harmsen gefunden?«
»Liegt Ihnen der vollständige Obduktionsbericht noch nicht
vor?«
»Nein, leider nicht.«
»Es gab Kratzspuren am Hals des jungen Mannes. Diese
waren allerdings mehrere Tage alt. Aus diesem Grund habe ich
sie in unserem Gespräch auch nicht erwähnt.«
»Wie alt?«

»Vier oder fünf Tage. Die Details finden Sie wie immer im Bericht.«

»Vielen Dank, Frau Dr. Wolters.«

Hella berichtete vom eben Gehörten. »Es gibt also keine frischen Kratzspuren.«

»Es reicht auch, wenn Katrin Ohle Harmsen intensiv berührt hat, vor oder nachdem sie ihn erschlagen hat«, sagte Lars. »Die Fingerabdrücke in Harmsens Wohnung nicht zu vergessen.«

»Okay, beides sind weitere Indizien, die auf ihre Täterschaft hinweisen«, sagte Hella. »Aber sie reichen nicht aus, um die Richter zu überzeugen, Katrin Ohle für lange Zeit in die Psychiatrie einzuweisen oder, sollte sie doch zurechnungsfähig sein, für viele Jahre in die JVA zu schicken.«

»Gab es nicht schon Indizienprozesse mit weniger, bei denen es auch gereicht hat?«, fragte Lars.

»Wollen wir es wirklich darauf ankommen lassen und später von vorn anfangen?«, erwiderte Hella.

Alina hob die Hand. »Vielleicht können wir das noch zurückstellen. Ich habe vorhin lange mit unserer Inselkollegin gesprochen.«

Hella sah zu Lars, der nickte.

»Es hat sich eine Zeugin gemeldet, die einen Streit zwischen Bent Harmsen und Olaf Schmidt beobachtet hat. Sie war am Strand spazieren, als sie auf die beiden stieß. Weder Harmsen noch Schmidt haben die Zeugin zunächst bemerkt, deshalb konnte sie ein paar Wortfetzen aufschnappen, die die Kollegin Wessels dann logisch zusammengesetzt hat. Es ging offensichtlich bei dem Streit um Drogen. Bent Harmsen hat seinem Freund gedroht, ihn auffliegen zu lassen. Olaf Schmidt ist dann wohl auf Harmsen losgegangen und hat nur von ihm abgelassen, weil er die Zeugin bemerkt hat. Das war zumindest ihr Eindruck.« Alina zog ein Blatt aus einer Mappe. »Die Kollegin hat ein Protokoll geschrieben und unterzeichnen lassen.«

20

»Holthaus!«, bellte die Stimme des Staatsanwalts durchs Telefon.

»Guten Tag, Herr Dr. Holthaus. Hella Brandt, es gibt Neuigkeiten zum Fall Bent Harmsen.«

Hella berichtete dem Staatsanwalt von den DNA-Spuren unter Katrin Ohles Fingernägeln und dem Fund ihrer Fingerabdrücke in Bent Harmsens Wohnung.

»Es scheint sich ja alles auf die junge Dame zuzuspitzen«, kommentierte Dr. Holthaus den Bericht. »Insofern sollten wir den Fall bald abschließen können.«

»Es gibt noch einige Unklarheiten. Bisher können wir Frau Ohle nicht nachweisen, dass sie sich mit Bent Harmsen am Hammersee getroffen hat. Die DNA unter den Fingernägeln stammt vermutlich von einem Kontakt drei oder vier Tage vor dem Tötungsdelikt.« Hella berichtete von dem mündlichen Bericht der Gerichtsmedizinerin.

»Nun gut, das ist zunächst mal eine Vermutung. Der junge Mann kann sich die Kratzspuren auch von einer anderen Person zugezogen haben. Sagten Sie nicht, dass es Streit zwischen den Geschäftspartnern gegeben habe? Und was ist mit diesem mutmaßlichen Dealer? Ich denke nach wie vor, dass wir auf dem richtigen Weg sind.« Er legte eine kurze Pause ein. »Was nicht heißt, dass ich den Fall abschließen will. Selbstverständlich ermitteln wir, solange es nötig ist.« Die letzten vier Worte hatte Holthaus besonders betont. »Für eine SoKo sehe ich im Moment aber keinen Bedarf. Sie machen so weiter wie bisher und klären die restlichen offenen Fragen.«

»Ich halte es für notwendig, dass wir Niklas Beier und Olaf Schmidt nach Aurich vorladen.« Sie berichtete von der Zeugenaussage, die Olaf Schmidt belastete, und von den neuen Erkenntnissen über Niklas Beiers Vergangenheit.

Holthaus stöhnte theatralisch. »Frau Hauptkommissarin, ist das bei der momentanen Beweislage gegen Frau Ohle tatsächlich notwendig? Sollten wir uns nicht lieber darauf konzentrieren, den Fall gerichtsfest zu machen?«

»Beide Männer haben nach meiner Einschätzung nicht die volle Wahrheit gesagt. Herr Beier hat die Befragung an der Stelle abgebrochen, an der es um sein Alibi ging. Ja, ich halte es für dringend geboten, die beiden Herren vorzuladen.« Hella legte eine Kunstpause ein. »Ich möchte mir später nicht vorwerfen lassen, dass wir relevante Spuren nicht weiterverfolgt haben. Sie wissen selbst, wie schnell die Presse davon Wind bekommt, sollten wir vor Gericht scheitern.« Sie hatte bewusst »wir« gesagt, um dem Staatsanwalt nicht das Gefühl zu geben, sie würde ihn unter Druck setzen.

Holthaus schwieg eine Weile. »Gut, sagen wir, Sie haben noch eine, allenfalls zwei Wochen. Bis dahin sollte es möglich sein, den Fall abzuschließen. Die beiden jungen Männer werde ich für Freitagnachmittag vorladen. Sind wir so weit durch?«

Hella verschwieg Holthaus bewusst, dass es einen weiteren Ermittlungsstrang nach Osnabrück gab. Unterstützung konnte sie in dieser Sache ohnehin nicht von ihm erwarten, solange sie keine eindeutigen Indizien vorlegen konnte. Im Gegenteil, vermutlich würde er ihre Ermittlungen unterbinden, wenn er den Namen Kämmerer hörte.

»So weit sind wir fertig«, sagte Hella und verabschiedete sich von dem Staatsanwalt.

Am Nachmittag erreichte Hella einen befreundeten Anwalt aus Oldenburg, der auf Vertragsrecht spezialisiert war. Sie schilderte ihm die ihr bekannten Bedingungen von Bent Harmsens Vertrag und fragte nach den Aussichten, solche nachträglich zu ändern.

»Um das wirklich beurteilen zu können, müsste ich den konkreten Vertrag kennen«, sagte der Anwalt. »Allerdings hört es sich an, als wäre da durchaus etwas zu machen. Ob dort wirklich sittenwidrige Bedingungen vereinbart wurden, hängt allerdings von so vielen Faktoren ab, dass du meine Einschätzung mit Vorsicht genießen musst. Ich sage mal so, eine Klageandrohung bewirkt manchmal Wunder. Viele Vertragspartner einigen sich lieber im Vorfeld, als sich auf einen langen, teuren und nicht vorhersehbaren Rechtsstreit einzulassen. Klagen kann teuer werden.« Er hielt kurz inne. »Hilft dir das weiter?«

»Ja, vielen Dank, Robert. Wenn ich mal wieder in Oldenburg bin, schaue ich bei dir vorbei.«

»Das wollte ich gerade vorschlagen. Du weißt ja, wo du mich findest.«

Kaum hatte Hella das Gespräch beendet, schaute Lars bei ihr im Büro vorbei. »Hast du gerade Zeit?«

Hella winkte ihn herein, Lars setzte sich zu ihr an den Schreibtisch. »Ich habe mich doch zu Mittag mit Jakob Jensen getroffen.«

»Erzähl!«

»Eigentlich wollte ich in einem lockeren Gespräch nach Widersprüchen in seiner Aussage suchen. Du weißt, ich hatte das Gefühl, dass er uns nicht die ganze Wahrheit gesagt hat. Du erinnerst dich sicher, dass er Bent wie Katrin als Freund bezeichnet hat und bedauerte, dass er quasi in der Mitte zerrieben wurde.«

»Ja, so weit ist das bei mir präsent.«

Lars nickte. »Ich bin da noch mal in die Details gegangen. Wann Katrin Ohle in den letzten Monaten bei ihm gewesen sei und was sie genau gewollt habe.« Er holte sein Handy raus. »Ich habe das Gespräch übrigens aufgenommen. Inoffiziell sozusagen, als Protokollhilfe.«

»Lösch es danach gleich wieder«, mahnte Hella. »Ich weiß, hin und wieder mache ich das auch, und Alina habe ich es auch schon empfohlen, aber wir müssen vorsichtig sein.«

»Mache ich. Jensen hat auch nichts bemerkt. Also, die Treffen mit Katrin. Plötzlich sind aus dem einen Treffen drei geworden. Das letzte Mal hat er vor einigen Wochen mit ihr zusammengesessen.«

»Hat er bei der ersten Befragung definitiv nur von einem gesprochen?«, fragte Hella.

Lars wiegte den Kopf hin und her. »Nein, aber es klang ziemlich deutlich danach. Vielleicht kann ich jetzt noch kurz etwas einschieben. Ich habe nach dem Gespräch mit Jensen noch einmal mit Katrins Schulfreundin gesprochen. Das ist die, die mir erzählt hat, dass Katrin auch ein Auge auf Jensen geworfen hatte. Und siehe da, mein Bauchgefühl war richtig. Da war noch mehr, als sie mir beim ersten Mal erzählt hat. Jensen war ebenfalls an Katrin interessiert. Die hat sich darüber geärgert, da er ihr zuvor die kalte Schulter gezeigt hat. Jensen hatte da ja noch eine andere Freundin. Anscheinend hat sie dann ein wenig mit Jensen gespielt und ihn dafür genutzt, an Bent Harmsen ranzukommen.«

Hella räusperte sich und wollte sich zu dem Gehörten äußern, aber Lars hob die Hand und kam ihr zuvor. »Ich weiß, das hört sich nach den üblichen Teeniegeschichten an, aber ich denke, da steckt mehr dahinter. Uns hat Jensen bei der Befragung erzählt, er wäre quasi derjenige gewesen, der Katrin mit Bent verkuppelt hat.«

Hella wiegte den Kopf hin und her. »So ganz überzeugt bin ich noch nicht.«

»Ich ja auch nicht. Leider wusste ich von dieser Dreiecksgeschichte heute Mittag noch nichts, sonst hätte ich es angesprochen. Ich werde mich noch einmal mit ihm treffen.«

Hella schüttelte den Kopf. »Wir sollten das lieber in einer offiziellen Befragung hier bei uns machen.«

Lars machte eine Notiz und fuhr fort. »Worauf ich eigentlich hinauswollte, sind zwei Sachen: erstens die unterschiedliche Anzahl der Treffen mit Katrin Ohle und zweitens Jensens Reaktion, als ich ihm erzählt habe, dass Katrin festgenommen und in die Psychiatrie eingewiesen wurde. Er war weder erschrocken, noch hat er nach den Gründen gefragt. Nein, er schien sich eher beruhigt zurückzulehnen. Entweder hat er ihr gewünscht, dass es so endet, oder er ist froh, dass wir sie festgenommen haben und der

Richter sie in die Psychiatrie gesteckt hat.« Lars hob schützend die Arme. »Ich weiß, meine Interpretation ist mehr als spekulativ. Ich wollte dir meinen Eindruck nur nicht vorenthalten.«

»Du meinst, er trägt ihr immer noch nach, dass sie ihn hat abblitzen lassen? Beziehungsweise im anderen Fall, er hat selbst was mit dem Tod von Bent Harmsen zu tun und ist froh, dass wir uns auf Katrin eingeschossen haben?«

»Ja, so ähnlich fühlt sich das für mich an.«

»Im ersten Fall gehen uns seine Emotionen nichts an, solange er Katrin nicht dazu angestiftet hat, Bent zu erschlagen. Im zweiten Fall sehe ich kein Motiv. Oder glaubst du, er hat sich jetzt, nach Jahren, an seinem Freund gerächt? Das wäre tatsächlich ausgesprochen spekulativ.«

»Jensen hatte am Montag Urlaub. Das hat er uns schon bei der ersten Befragung gesagt. War er vielleicht zu einem Kurztrip auf Juist und hat sich mit Bent Harmsen getroffen?«

»Lars, wo ist das Motiv? Eifersuchtsdrama nach so vielen Jahren? Jakob Jensen hatte während der ganzen Zeit Kontakt zu Bent Harmsen. Er hat ihn auf Juist besucht, sie haben sich hin und wieder in Wittmund zu einem Bier getroffen, und plötzlich kommt er auf die Idee ... Ja, was für eine?«

»Ich weiß, dass mein Verdacht hinten und vorn nicht passt. Noch nicht! Aber haben wir das nicht schon einige Mal gehabt? Eine abwegige Vermutung, die sich später, wenn alle Informationen offenliegen, als vollkommen logisch erweist?«

»Was schlägst du vor?«, fragte Hella, die Lars nicht vollkommen ausbremsen wollte.

»Wie du schon vorgeschlagen hast, ich bestelle ihn für morgen Vormittag ein und werde ihn nochmals befragen. Es geht mir um sein Alibi für Montag. Sollte er kein nachweisbares haben, überprüfe ich, ob er auf Juist war. Wenn beides zu nichts führt, gebe ich Ruhe.«

Hella nickte. »Der Staatsanwalt hat uns eine Woche gegeben, im besten Fall zwei. Mehr als einen Tag kannst du für deinen Verdacht nicht einsetzen.«

Lars stand auf. »Das reicht mir.«

Hella sah Lars hinterher. Hatte Lars' Theorie etwas mit Alina zu tun? Wollte Lars unbewusst zeigen, was in ihm steckte, und war dabei übers Ziel hinausgeschossen? Sie hatten mehrere vielversprechende Ansätze. Neben dem Verdacht gegen Katrin Ohle standen Niklas Beier und Olaf Schmidt in Verdacht, Streit mit Bent gehabt zu haben. Zusätzlich gab es die mysteriöse Jule, von der sie bisher nicht einmal die Identität herausgefunden hatten. Sich zusätzlich auf Jakob Jensen zu konzentrieren, würde ihre Kräfte übersteigen. Mehr als einen Tag hatte Hella Lars nicht geben können. Oder hatte sie etwas übersehen? Nein, Lars' Bauchgefühl war bisher allenfalls durch geringe Widersprüche in Jensens Aussagen begründet.

Hella räumte ihren Schreibtisch auf und rief Leon an.

»Hey, wie sieht's aus bei dir?«, fragte er.

»Verworren, was den Fall angeht. Ich habe ja auf Juist ein paar Überstunden gesammelt und dachte mir, dass ich heute etwas eher nach Hause fahre. Wo seid ihr?«

»Jella war müde und hält noch ein kurzes Schläfchen. Sprich, sie wird wohl heute Abend etwas länger aufbleiben. In zwanzig Minuten wecke ich sie auf.«

»Gut, kurz danach bin ich da.«

»Klingt fantastisch. Bis gleich.«

21

Am Montagabend gegen einundzwanzig Uhr klingelte Hellas Handy. Sie saß mit Leon in der Küche und suchte mit ihm für ihren Sommerurlaub Ferienhäuser im Internet. »Beruflich?«, fragte Leon. »Jetzt noch?« Hella warf einen Blick aufs Display. Holger Reschkes Nummer wurde angezeigt. »Kann ich kurz rangehen? Es könnte wichtig sein.« Als Leon nickte, stand Hella auf und nahm das Gespräch im Gehen an.

»Darf ich noch so spät stören?«, fragte der Redakteur des Stadtmagazins. Im Hintergrund waren Stimmen und Musik zu hören.

»Haben Sie etwas herausgefunden?«, fragte Hella.

»Ich kann auch morgen wieder anrufen«, entgegnete Reschke, der Hellas leicht verschnupften Unterton gemerkt zu haben schien.

Hella verkniff sich eine Bemerkung und schlug sanftere Töne an. »Kein Problem. Erzählen Sie!«

»Es war nicht leicht, und die Handynummer der Dame, von der wir sprachen, habe ich auch nicht bekommen. Die ist absolut unerreichbar. Aber zumindest weiß ich jetzt, dass sie …« Er brach ab, Hella hörte, dass die Hintergrundgespräche lauter wurden. »Ich muss grad mal einen etwas ruhigeren Ort finden. Ich bin auf einer Vernissage.« Es dauerte einige Sekunden, bis sich Holger Reschke wieder meldete. »So, ich glaube, jetzt kann ich sprechen. Sind Sie noch da?«

»Ja, Herr Reschke.«

»Okay, also, Frau Kämmerer ist in Frankreich bei ihrer Mutter. Dort besitzt die Familie ein großes Anwesen. Unter der Hand wird gemurmelt, dass es der Mutter gesundheitlich nicht so gut geht, womit letztlich gemeint ist, dass ihre Tage gezählt sind. Nun gut, Juliette Kämmerer ist auf jeden Fall zu ihr geeilt.«

»Wissen Sie, seit wann sie in Frankreich ist?«

»Meine Quelle meinte, dass sie am Montag letzter Woche geflogen ist. Wohl nach Bordeaux und dann mit dem Wagen weiter. Und bevor Sie fragen, weder ich noch meine Quelle wissen, wann sie zurückerwartet wird.«

»Kennen Sie den genauen Ort des französischen Anwesens?«

»Nein, leider auch nicht. Aber das sollte rauszufinden sein.«

Holger Reschke legte eine kurze Pause ein. »Ich hätte da noch etwas ...«

»Worum handelt es sich?«

»Um die Telefonnummer des Festnetzanschlusses der Kämmerer-Villa hier in Osnabrück.«

Hella wartete. Ihr war klar, dass Reschke von ihr Zugeständnisse für weitere Informationen erwartete.

»Haben Sie noch einmal über unseren kleinen Deal nachgedacht?«, fuhr er fort.

»Ich dachte, wir wären handelseinig?«

Reschke lachte. »Schöne Formulierung, Frau Hauptkommissarin. Können wir uns vielleicht auf einen Zeitplan einigen?«

»Was genau stellen Sie sich vor?«

»Ich bekomme zwei Tage vor meinen Kollegen die Informationen. Natürlich werde ich nur das veröffentlichen, was dann später ohnehin durch Ihre Pressestelle herausgegeben wird. Vielleicht mit dem ein oder anderen kleinen Detail, nach dem meine Kollegen noch eine Weile suchen müssen.«

»Ich kann Ihnen nicht versprechen, dass es überhaupt eine Story gibt. Wir verfolgen zahlreiche Spuren, von denen ...«

»Das weiß ich doch alles, Frau Brandt«, unterbrach Reschke Hella. »Und wenn es nichts zu berichten gibt, dann ist das halt so. Ich wäre aber ausgesprochen verschnupft, wenn es die Story doch gäbe und ich nicht die Chance bekäme, sie vorab zu platzieren.«

»Zwei Tage ... sollte es eine offizielle Pressemitteilung geben.«

»Hört sich gut an.« Reschke nannte ihr die Telefonnummer.

»Sollte ich noch etwas in Erfahrung bringen, schicke ich Ihnen eine WhatsApp-Nachricht.«

Zurück in der Küche sah Leon sie fragend an.

»Ein Informant, der mehr in der Nacht lebt als am Tag.«

»Kommt ihr denn voran?«

Leon hatte bisher noch nicht nach ihrer Arbeit gefragt. Inzwischen schien es zwischen ihnen eine stillschweigende Vereinbarung zu geben, Hellas Arbeit nur in Ausnahmefällen anzusprechen. »Der Staatsanwalt möchte den Fall möglichst schnell abschließen. Er fixiert sich sehr auf die Ex-Freundin. Sie ist inzwischen in Oldenburg in der Psychiatrie. Der Staatsanwalt hält sie für die Täterin.«

»Psychiatrie? Wird sie dann überhaupt verurteilt?«

»Sollte sie Bent Harmsen erschlagen haben und letztlich nicht zurechnungsfähig sein, wird sie freigesprochen. Aber vermutlich wird das Gericht, sollte sie die Täterin sein, gleichzeitig die Einweisung in die forensische Psychiatrie anordnen.«

»Verstehe. Also keine richtig gute Perspektive.«

»Wenn sie uns nichts vorgespielt hat, braucht sie dringend professionelle Hilfe. Wie lange sie dort behandelt werden würde, hängt von ihrem Krankheitsbild ab.«

»Und du meinst, sie war es nicht?«

»Wir müssen ihr die Tat beweisen. Meinungen zählen da nicht. Wir können sie im Moment nicht vernehmen, sie kann sich nicht verteidigen. Das macht die Ermittlungen schwierig.«

»Eine ziemliche Verantwortung, die da auf euren Schultern lastet«, sagte Leon nachdenklich.

»Das ist genau das, was mir Kopfzerbrechen macht. Ich will doppelt und dreifach klären, ob sie etwas mit dem Tod von Bent zu tun hat oder eben nicht.« Sie seufzte und grinste dann. »Lass uns weiter nach Ferienhäusern suchen.«

Nach ihrem kurzen morgendlichen Meeting fuhr Alina nach Norden, um sich dort persönlich mit einer Kollegin zu unterhalten, die sich in der Drogenszene auskannte. Lars hatte Jakob Jensen vorgeladen und erwartete ihn um zehn Uhr.

Hella wählte die Telefonnummer in Osnabrück, die sie am Abend zuvor von Holger Reschke bekommen hatte.

»Anschluss der Familie Kämmerer«, sagte eine, der Stimme nach zu urteilen, junge Frau.

Hella stellte sich vor und bat darum, mit Juliette Kämmerer sprechen zu können.

»Frau Kämmerer ist nicht im Haus. Ich kann ihr gern ausrichten, dass Sie angerufen haben. Können Sie mir noch einmal Ihren Namen nennen?«

»Hella Brandt, Hauptkommissarin der Kriminalpolizei Wittmund.«

»Danke. Ich habe Ihre Nummer notiert.«

»Wann erwarten Sie Frau Kämmerer zurück?«

»Tut mir leid, Frau Brandt. Darüber kann ich Ihnen keine Auskunft geben.«

»Ist Herr Kämmerer im Haus?«, fragte Hella. »Ich würde ihn gern sprechen.«

»Einen Augenblick, bitte.« Die Verbindung wurde gehalten, und nach einigen Minuten wurde Hella durchgestellt.

»Kämmerer«, bellte eine männliche Stimme.

»Guten Tag, Herr Kämmerer. Hella Brandt von der Kriminalpolizei Wittmund. Ich würde gern Ihre Frau sprechen. Können Sie mir sagen, wann Sie sie zurückerwarten?«

»Um welche Angelegenheit handelt es sich?«

»Wir führen Ermittlungen zum Tod eines jungen Mannes durch. Wir würden Ihre Frau gern als Zeugin befragen.«

»Tod? Wittmund? Was soll meine Frau damit zu tun haben?«

»Wie gesagt, es geht um eine Zeugenaussage. Ihre Frau hält sich hin und wieder auf Juist auf?«

»Ich wüsste nicht, was das die Polizei angehen würde.«

Alexander Kämmerer hatte akzentuiert und mit einer Stimme gesprochen, die keinen Widerspruch zu dulden schien.

»Wann erwarten Sie Ihre Frau zurück?«

»Sie ist nicht vor Ort und wird auch die nächsten Tage nicht hier sein. Kann ich sonst noch etwas für Sie tun?«

»Dann würde ich Sie um die Handynummer Ihrer Frau bitten.«

»Tut mir leid, Sie werden sich gedulden müssen, bis meine Frau zurück ist. Sollte sie dann mit Ihnen sprechen wollen, wird sie sich bei Ihnen melden. Im Übrigen handelt es sich bei der Nummer, die Sie angerufen haben, um eine Geheimnummer. Ich würde Sie bitten, in Zukunft einen anderen Weg zu wählen, sollte es noch Unklarheiten geben. Einen guten Tag, Frau Hauptkommissarin Brandt.«

Alexander Kämmerer beendete das Gespräch, ohne dass Hella noch einmal zu Wort kam. Sie seufzte leise und legte das Handy auf den Tisch.

Kämmerer hatte nicht verwundert geklungen, als Hella von Juist gesprochen hatte. Zuvor hatte er sich direkt zu Wittmund geäußert. War er vorbereitet gewesen? Kämmerer war gegen Ende des Gesprächs sehr deutlich geworden. Er hatte ihr untersagt, ein weiteres Mal die Telefonnummer zu nutzen, und ihr kaum Hoffnung gemacht, dass sie in absehbarer Zeit mit seiner Frau sprechen konnte. Warum war er so abweisend gewesen? Warum hatte er nicht nachgefragt, wer der junge Mann sei, wegen dem sie ermittelte? Warum war er überhaupt ans Telefon gekommen? Hella würde die Handynummer von Juliette Kämmerer brauchen, um überhaupt mit der Frau in Kontakt treten zu können.

Lars schickte eine Nachricht. Jakob Jensen war eingetroffen. Hella würde der Befragung per Laptop beiwohnen. Pünktlich um zehn Uhr schaltete Lars die Kamera ein. Als Erstes bot er Jakob Jensen etwas zu trinken an, der Mann bat um Mineralwasser.

»Die Todeszeit von Bent Harmsen ist inzwischen ermittelt

worden. Von daher muss ich Sie jetzt noch nachträglich fragen, wo Sie sich am Montag zwischen elf und fünfzehn Uhr aufgehalten haben.«

Jakob Jensen sah erschrocken auf. »Brauche ich ein Alibi?«

»Das ist reine Routine. Wir müssen abklären, wo sich Personen aufgehalten haben, die Bent auf der einen oder anderen Weise nahegestanden haben.«

Jakob Jensen zögerte, schien etwas sagen zu wollen, schwieg aber schließlich.

»In der ersten Befragung sagten Sie uns, dass Sie am Montag letzter Woche frei hatten«, fuhr Lars fort. »Ist das richtig?« Jakob Jensen nickte. »Erinnern Sie sich, wo Sie sich aufgehalten haben?«

»Geschlafen. Ich habe lange geschlafen. Das mache ich immer, wenn ich mal einen Tag freihabe.«

»Wann sind Sie aufgestanden?«

»Keine Ahnung.« Jakob Jensen schien sich wieder etwas gefangen zu haben. Er richtete sich auf und sah direkt in Lars' Richtung. »Das ist eine Woche her, wie soll ich da noch die genaue Zeit wissen?«

»So ungefähr. War es vor zehn oder nach zehn?«

»Vor zehn, glaube ich.« Er hielt inne. »Was soll das Ganze hier überhaupt? Bin ich etwa jetzt verdächtig, etwas mit Bents Tod zu tun zu haben? Das ist doch lächerlich.«

»Niemand verdächtigt Sie«, beruhigte Lars ihn. »In dem Fall würden Sie als Beschuldigter hier sitzen. Was Sie nicht tun.«

Jakob Jensen zog seine Augenbrauen zusammen. »Trotzdem …«

»Waren Sie allein an diesem Morgen?«, fragte Lars unbeirrt weiter.

»Wie meinen Sie das?«

»Hat vielleicht jemand bei Ihnen übernachtet oder Sie am Morgen besucht? Zum Beispiel zum Frühstück.«

»Weder noch«, sagte Jakob Jensen mit ärgerlicher Miene.

»Was haben Sie anschließend gemacht?«

»Geduscht, wie jeden Morgen. Gefrühstückt, wie jeden Morgen. Dann war ich einkaufen. Und nein, ich bin niemandem begegnet, der mich kennt. Zumindest habe ich niemanden gesehen. Vielleicht können wir ja in der Zeitung einen Aufruf starten.« Jakob Jensen hielt beide Arme weit auseinander. »Am besten so groß: ›Wer hat Jakob Jensen am Montag im Supermarkt gesehen? Bitte sofort melden.‹«

»Herr Jensen, Sie sollten sich nicht über die Polizei lustig machen. Das steht Ihnen weder zu, noch verbessert es Ihre Situation.«

»Wollen Sie mir drohen? Was heißt hier verbessern? Ist meine Situation etwa schlimm?«

»Jetzt beruhigen Sie sich. Wir bringen das hier schnell zu Ende, und Sie können gehen. Ist das in Ordnung?«

Jensen rollte mit den Augen und stöhnte theatralisch. »Was wollen Sie jetzt noch wissen?«

»Sie waren also einkaufen. Wo?«

»Im Edeka-Markt um die Ecke. Brauchen Sie die Adresse?«

»Nein, das ist in Ordnung«, sagte Lars ruhig. »Was haben Sie anschließend gemacht?«

»Nichts. Musik gehört, gechillt. Keine Ahnung. Am frühen Nachmittag habe ich einen Spaziergang gemacht. Auf dem Deich in Richtung Neuharlingersiel. Mache ich öfter.«

»Wann waren Sie wieder zu Hause?«

»Irgendwann. Vielleicht um vier am Nachmittag. Danach bin ich im ›La Bella‹ was essen gegangen. Das Lokal sollten Sie eigentlich kennen. Ist ja nicht weit von hier.«

»Kenn ich, da hole ich mir manchmal etwas.«

»Ich hab mich da mit einem Freund getroffen. Reicht das als Alibi?«

Lars fragte nach dem Namen des Freundes, Jakob Jensen antwortete mürrisch.

»Wann haben Sie Katrin Ohle zum letzten Mal getroffen?«

Jakob Jensen hob den Kopf und schaute über Lars hinweg. »Habe ich Ihnen das nicht schon alles erzählt?«

»Schon, allerdings haben Sie unterschiedliche Angaben gemacht. Beim ersten Gespräch sagten Sie, dass Sie im letzten Jahr Katrin Ohle nur einmal getroffen und mit ihr einen Kaffee getrunken haben.«

Jakob Jensen nickte. »Stimmt ja auch. Das war irgendwann letztes Jahr im Frühjahr. März oder April, schätze ich mal.«

»Aber bei unserem letzten Gespräch haben Sie zugegeben, dass Sie Katrin mehrmals getroffen hatten«, sagte Lars.

»Ja, ich hatte die weiteren Male vergessen. Und? Kann doch passieren. Es war wohl tatsächlich dreimal. Aber jedes Mal war es das gleiche Thema, deshalb habe ich das wohl verwechselt. Katrin ist einfach bei mir in der Wohnung aufgetaucht. Was sollte ich machen? Sie abweisen? Ein Häufchen Elend war sie zu der Zeit. Nun gut, ich habe sie halt reingelassen. Immerhin waren wir mal befreundet, und sie schien jedes Mal verzweifelter. Himmel, ich habe ihr einen Kaffee oder Tee gemacht und mir ihr Gejammer angehört. Irgendwann ist sie dann von allein gegangen. Fertig.«

»Wann genau haben Sie sie das letzte Mal getroffen?«

»Getroffen?« Jakob Jensen schüttelte ärgerlich den Kopf. »Wir haben uns nicht getroffen. Was legen Sie mir da in den Mund? Sie ist ohne Einladung bei mir aufgetaucht. Nicht mal angerufen hat sie vorher.«

»Und wann ist sie das letzte Mal bei Ihnen aufgetaucht?«, fragte Lars ruhig weiter.

»Hab ich Ihnen das nicht schon gesagt? Genau weiß ich das nicht mehr, aber es ist schon einige Wochen her. Ich war jedes Mal froh, wenn sie wieder weg war. Ich schreibe mir doch nicht im Kalender auf, wann wir uns gesehen haben.«

»Nein, vermutlich nicht«, stimmte ihm Lars zu. »Aber Sie können doch den letzten Besuch sicher zeitlich eingrenzen. War es vor zwei Wochen oder vor drei oder vier?«

Jakob Jensen fuhr sich mit der Hand durch sein nach hinten gekämmtes Haar. »Ist das jetzt wirklich so wichtig?«

»Gut, gehen wir mal von Februar aus. Somit ist Ihr Treffen zwei Monate her. Katrin kam also wieder unangemeldet?«

»Ja, das habe ich doch schon gesagt.«

»Tagsüber oder abends?«, fragte Lars ruhig weiter.

»Nicht abends, das muss nach der Arbeit gewesen sein. Also irgendwann ab sechzehn Uhr dreißig.«

»Wie lange ist sie geblieben?«

»Nicht sehr lange.«

»Eine Stunde, zwei oder drei?«

Jakob Jensen schien kurz davor zu sein, aufzuspringen und den Raum zu verlassen. Sein Gesicht war rot angelaufen, und er atmete flach. »Das weiß ich nicht mehr.« Er schob das halb volle Glas zur Seite und zog es wieder zu sich her.

»Worüber haben Sie mit Katrin gesprochen?«

»Bent, was sonst. Ich habe ihr klar gesagt, dass sie ihn sich aus dem Kopf schlagen soll. Und dass er eine andere hat, mit der er glücklich ist.«

»Wie hat Katrin reagiert?«

»Sie hat mir nicht geglaubt. Wie immer.« Jakob Jensen schien sich jetzt etwas beruhigt zu haben. Er atmete tief durch und trank einen Schluck Wasser.

»Wann waren Sie das letzte Mal auf Juist?«

»Warum wollen Sie das denn jetzt wissen?«

Lars ließ sich Zeit mit der Antwort. »Herr Jensen, können wir uns darauf einigen, dass ich die Fragen stelle und Sie sie beantworten?«

Jakob Jensen antwortete nicht.

Lars wiederholte seine Frage.

Jakob Jensen stand auf. »Tut mir leid, ich muss jetzt zur Arbeit. Mir wird das hier zu blöd. Wenn Sie noch Fragen haben, wenden Sie sich an meinen Anwalt.«

22

»Die Sache stinkt ja wohl zum Himmel!« Lars stand bei Hella im Büro. »Frage ich danach, wann er auf Juist war, und er …«

»Jetzt beruhige dich erst mal. Jensen hätte dir keine deiner Fragen beantworten müssen. Dass er gerade zu dem Zeitpunkt abgebrochen hat, ist kein Indiz dafür, dass er etwas mit dem Tod von Bent Harmsen zu tun hat.«

»Ja, ich bin ganz ruhig.« Lars zog sich einen Stuhl vor und setzte sich mit einem tiefen Seufzer. »Jetzt sag doch mal ehrlich, was du von Jensen hältst. Nach meiner Befragung, meine ich. Du hast ihn ja auch das erste Mal live erlebt. So reagiert doch niemand, der nichts mit der ganzen Sache zu tun hat.«

Hella nickte. »Ja, Lars, er hat nicht wie erwartet reagiert. Die Frage ist jetzt, warum. Und ja, er hat auch zugegeben, dass er viel näher an Katrin Ohle dran war, als er es uns bisher verraten hat.«

»Sag ich doch«, murmelte Lars.

»Trotzdem kann das eine Menge Ursachen haben. Vielleicht macht er sich Vorwürfe, dass er nicht ausreichend für seine Freunde, sprich Bent und Katrin, da war. Er war am Schluss genervt von Katrin, wir wissen nicht, welche Auswirkungen das hatte. Vielleicht hat er etwas zu ihr gesagt, das die ganze Angelegenheit noch schlimmer gemacht hat. Vielleicht hat er sich geweigert, ihr aktiv zu helfen, aus ihrem Wahn herauszukommen. Vielleicht hat er auch geahnt, was für eine Gefahr Katrin Ohle sein könnte, und er hat nichts unternommen. Nichts davon wäre strafbar beziehungsweise für unseren Fall relevant.«

»Oder er war zur fraglichen Zeit auf Juist«, sagte Lars. »Du stimmst mir doch zu, dass ich das überprüfen muss?«

»Selbstverständlich, Lars. Sollte es wirklich so sein, muss er irgendwo übernachtet haben. Oder er ist frühmorgens mit dem

Flugzeug geflogen und dann mit der Fähre zurück oder wieder mit dem Flugzeug.«

»Oder er ist mit der Schnellfähre gekommen und mit der großen Fähre zurück. Das wäre dann aber sehr sportlich.« Lars stand auf. »Ich überprüfe das, und wenn nichts dabei herauskommt, stelle ich die Recherche erst mal zurück.«

Hella nickte. »Okay. Sag, sind die Handydaten von Bent Harmsen schon da? Katrin Ohles Daten dauern sicher noch.«

»Muss ich schauen. Ich sag dir sofort Bescheid.«

Hella griff nach ihrer Jacke und verließ ihr Büro. Lars hatte sie zuvor informiert, dass Bent Harmsens Telefondaten eingetroffen seien und er dabei sei, sie zu sichten. Hella lief über den Hinterausgang des Kommissariats auf den Schlosspark zu. Der kleine Park mit altem Baumbestand und einem Ententeich war nicht für längere Spaziergänge geeignet, reichte aber für eine kurze Auszeit. Soweit es das Wetter zuließ, kam Hella hier ein- bis zweimal am Tag vorbei. Beim Gehen konnte sie besser ihre Gedanken ordnen und war schon manches Mal auf Zusammenhänge gestoßen, die sie vorher nicht gesehen hatte.

Die zentrale Frage, die Hella seit Tagen durch den Kopf ging, war die nach der Zeit von Freitag bis Montag. Warum und wo hatte sich Bent Harmsen aufgehalten? Nach ihren bisherigen Recherchen hatte er die Insel nicht verlassen, hatte sich aber auch nicht in seiner kleinen Obergeschosswohnung aufgehalten. Gleichzeitig war sein Handy seit Freitag ausgeschaltet gewesen. Lars hatte Hella bestätigt, dass der letzte verzeichnete Anruf auf Bent Harmsens Handy am Donnerstagabend eingegangen war. Das Gespräch hatte nur wenige Minuten gedauert. Lars versuchte gerade, die bisher unbekannte Nummer einer Person zuzuordnen.

Für Hella war inzwischen klar, dass Bent Harmsen sich versteckt haben musste. Auf einer so kleinen Insel war das ein schwieriges Unterfangen. Wenn sie weiter davon ausgingen, dass der junge Mann nicht allein untergetaucht war, deutete alles auf die mysteriöse Jule hin. Sie schien zehn und mehr Jahre älter als Bent zu sein, hatte vermutlich ausreichend Mittel zur Verfügung und lebte nicht auf Juist. Trotzdem schienen sich Bent und Jule hier mehrfach getroffen haben. War Bent während der drei bis vier Tage mit der Frau zusammen gewesen, und war dies eins ihrer *normalen* Treffen gewesen, bei denen sie sich immer von der Öffentlichkeit zurückgezogen hatten und allenfalls spätabends oder in der Nacht spazieren gegangen waren? Aber warum hatte er dann sein Handy ausgestellt? Wäre es nicht viel unauffälliger gewesen, wenn Bent erreichbar gewesen wäre? Sollte Bent sich am Hammersee mit jemandem verabredet haben, wie hatte er das Treffen dann vereinbart, wenn er sein Handy nicht benutzt hatte?

Hella hatte den Park einmal durchquert und setzte gerade zu einer neuen Runde an, als sich ihr Handy bemerkbar machte. Lars meldete sich. »Wo bist du? Ich stehe hier vor deinem Büro.«

»Ich mache einen kurzen Gang durch den Schlosspark. Gibt es etwas Wichtiges?«

»Katrin Ohle hat Bent unzählige Male in den letzten drei Monaten angerufen. In der Woche vor seinem Verschwinden gab es zehn Gespräche. Die meisten waren …«

»Lars, ich bin in fünf Minuten bei dir«, unterbrach Hella ihn. Sie bog ab in den kleinen Seitenweg, der auf das Kommissariat zuging, und eilte ins Gebäude hinein.

»Und?«, fragte Hella, als sie vor Lars' Schreibtisch Platz genommen hatte.

»Wir waren bei den Anrufen von Katrin Ohle. Bent hat nur einmal länger mit ihr gesprochen. Sieben Minuten. Die anderen Gespräche waren immer nach ganz kurzer Zeit wieder beendet. Fünf bis zwanzig Sekunden. Da kann es sich also nur um einen kurzen Wortwechsel gehandelt haben.«

»Wann war das längere Gespräch?«

»Das passt zu den Angaben von Ohles Vermieterin. Sie muss an dem Tag nach Juist gekommen sein.«

»Am Montag gab es …«

»Nein, das hatte ich dir doch schon gesagt. Ab Freitag hat Bent Harmsen kein Gespräch mehr angenommen. Er hat am Donnerstag ab zweiundzwanzig Uhr fast eine Stunde mit jemandem gesprochen. Die Nummer konnte ich noch nicht zuordnen.«

»Hast du dort schon angerufen?«

»Nein, das wollte ich erst mit dir absprechen.«

»Wie häufig hat Bent mit dieser Person telefoniert?«

»Ich habe die gesamte Liste nur überflogen, habe aber die Telefonnummer schon häufiger gesehen. Es waren jedes Mal längere Gespräche.« Lars hielt inne. »Ob das diese Jule ist?«

»Versuch als Erstes, den Namen herauszubekommen.«

»Ich habe dem Provider schon eine Anfrage per Mail geschickt«, sagte Lars. »Augenblick …« Er wechselte auf dem Laptop in sein Mailprogramm. »Das ging aber fix.« Lars öffnete die Mail und las sie durch. »Geheimnummer. Ohne Beschluss läuft nichts. Soll ich das in die Wege leiten?«

»Im Moment noch nicht. Ich werde es so versuchen. Schick mir die Nummer zu.«

»Mach ich«, sagte Lars. »Weshalb ich dich eigentlich angerufen habe … Rat mal, wer noch häufiger in den letzten Wochen auftaucht?«

»Jakob Jensen?«

Lars grinste breit. »Treffer! Sie haben mehrfach telefoniert. Das letzte Mal übrigens an besagtem Donnerstag. Zehn Minuten. Es wird immer enger für den jungen Mann. Ich würde gern eine Abfrage machen, wo Jensens Handy am Montag eingeloggt war. Kann ich den Beschluss beim Staatsanwalt beantragen?«

Hella schüttelte den Kopf. »Mit welcher Begründung? Das geht niemals durch. Weitere auffällige Nummern?«

»Lara Matthiesen hat in der Woche vor Bents Tod mehrfach mit ihm telefoniert. Zweimal länger. Einmal zehn Minuten und später fast eine halbe Stunde. Die anderen Gespräche waren extrem kurz. Ich vermute, dass es hier nur um Terminabsprachen oder Ähnliches ging.«

»Niklas und Florian?«

»Florian selten, Niklas fast nie. Dann habe ich noch die Eltern von Bent in der Liste und drei weitere Nummern, die ich schon identifiziert habe. Das waren Lokale auf Juist, und einmal hat er mit seiner Vermieterin gesprochen. Wie gesagt, das waren die letzten drei Monate.«

Hella stand auf. »Du bleibst also an Jakob Jensen dran. Ich kümmere mich um die andere Nummer.«

Seit einer Viertelstunde saß Hella in ihrem Büro und starrte ihr Handy an. Sollte sie die Nummer anrufen oder lieber zunächst die Daten vom Provider abwarten? Würde der Anschlussbesitzer vom Provider informiert, wenn eine Behörde die Daten verlangte? Die Wahrscheinlichkeit war bei einer Geheimnummer relativ groß. Hätte sie dann überhaupt noch eine Chance, mit der Person zu sprechen? Was wäre, wenn Juliette Kämmerer hinter der Nummer steckte? Würde der Staatsanwalt weitere Ermittlungen dulden? Sie hatten bisher keine Beweise, dass sich Juliette Kämmerer zur fraglichen Zeit auf Juist aufgehalten hatte. Selbst die regelmäßigen Telefongespräche ließen sich mit Juliette Kämmerers Interesse an einem Surfkurs erklären oder mit einer harmlosen Freundschaft.

Hella griff nach dem Handy und tippte gerade die Nummer ein, als eine WhatsApp von Holger Reschke eintraf. Er hatte das Weingut der Familie Kämmerer gefunden und die dazugehörige private Telefonnummer herausbekommen. Hella bedankte sich und legte das Handy zurück auf den Schreibtisch. Würden ihre Französischkenntnisse ausreichen, um nach Juliette Kämmerer zu fragen? Sie schlug sicherheitshalber die Sätze im Internet nach und wählte daraufhin die Nummer.

Eine junge weibliche Stimme meldete sich und fragte auf Französisch, wer am Apparat sei. Hella nannte ihren Namen, verschwieg aber ihr Anliegen und fragte nach Juliette Kämmerer. Es entstand eine kurze Pause, bevor die Frau am anderen Ende der Leitung um etwas Geduld bat. »Juliette Kämmerer«, meldete sich schließlich eine klare, deutliche Stimme.

»Guten Tag, Frau Kämmerer«, antwortete Hella. »Ich bin Hauptkommissarin bei der Polizei Wittmund und rufe aus Deutschland an.«

»Ja?«, sagte Juliette Kämmerer nach einer sekundenlangen Pause.

»Sie sind häufiger auf Juist?«

»Woher weiß ich, dass Sie wirklich von der Polizei sind?«

»Haben Sie Internet im Haus?«

»Ja, warum?«

»Suchen Sie sich bitte die Nummer des Polizeikommissariats in Wittmund heraus und fragen Sie nach mir. Hauptkommissarin Hella Brandt.«

»Auf Wiederhören, Frau Brandt«, sagte Juliette Kämmerer unvermittelt und beendete das Gespräch.

Hella wartete eine Viertelstunde, ohne dass ihr Festnetzanschluss klingelte. Schließlich stand sie auf, öffnete das Fenster und atmete die frische Frühlingsluft ein. Als sie zurück zum Schreibtisch ging, um den Staatsanwalt um einen Beschluss zu bitten, klingelte ihr Telefon.

»Eine Frau Kämmerer für Sie«, sagte die Kollegin aus der Telefonzentrale und stellte das Gespräch durch.

»Danke für den Rückruf, Frau Kämmerer«, sagte Hella. »Darf ich ...?«

»Warum rufen Sie an?«, unterbrach Juliette Kämmerer sie.

»Sie halten sich hin und wieder auf Juist auf?«

»Meine Freundin hat dort ein Ferienhaus. Ich begleite sie manchmal.«

»Sie kennen Bent Harmsen?«

Wieder dauerte es eine Weile, bis ihre Gesprächspartnerin antwortete. »Ja.«

»Sie haben ihn am vorletzten Wochenende getroffen?«

Hella hörte, wie Juliette Kämmerer schwer atmete. »Warum fragen Sie das alles?«

»Nennt Herr Harmsen Sie Jule?«, fragte Hella weiter. Sie vermutete, dass Juliette Kämmerer das Gespräch beenden würde, wenn sie sie über den Tod von Bent Harmsen informierte.

»Warum stellen Sie diese ganzen Fragen?« Juliette Kämmerer hatte leise gesprochen, ihre Stimme klang brüchig.

»Wir ermitteln in einem Tötungsdelikt.«

»Wer?«, fragte Juliette Kämmerer flüsternd und mit flehendem Unterton.

»Es tut mir leid, Ihnen mitteilen zu müssen, dass wir Bent Harmsen am Dienstag letzter Woche tot aufgefunden haben.«

»Tot? Das kann …« Juliette Kämmerer brach ab.

Hella hörte ein leises Schluchzen, bevor die Leitung unterbrochen wurde.

23

»Und sie hat bisher nicht wieder zurückgerufen?«, fragte Alina, nachdem Hella von dem Gespräch mit Juliette Kämmerer berichtet hatte.

Sie saßen am nächsten Vormittag zu dritt in Hellas Büro, um sich auszutauschen und das weitere Vorgehen zu besprechen. »Nein, bisher nicht.«

»Vermutlich gehört ihr die geheime Handynummer«, sagte Lars und erzählte von den Daten des Handyproviders.

»Und was bedeutet das jetzt für uns?«, fragte Alina. »Die beiden waren also ein Paar und haben es bisher geheim gehalten?«

Hella nickte. »Danach sieht es aus. Allerdings können wir das noch nicht nicht nachweisen. Ich habe aber inzwischen den Beschluss beantragt, damit der Provider den Namen herausgibt.«

»Also kommt auch der Ehemann mit ins Spiel«, sagte Alina. »Hast du nicht vorhin gesagt, dass er nur über einen kleinen Anteil an der Firma verfügt?«

»Ja, soweit die Informationen im Internet aktuell sind.«

»Was wäre passiert, wenn sich Frau Kämmerer von ihrem Mann getrennt hätte?«, fragte Alina weiter. »Er wäre finanziell der Dumme gewesen, oder? Das ist doch ein klassisches Motiv.«

»Wir werden sehen«, sagte Hella. »Lass uns zunächst zusammentragen, was ihr habt.«

In diesem Augenblick klingelte Alinas Handy. Nach einem Blick aufs Display nahm sie das Gespräch an. »Hallo, Frau Wessels. Wir sitzen hier gerade zu dritt zusammen. Darf ich Sie laut stellen?« Alina legte das Handy in die Mitte des Tisches. Hella und Lars begrüßten die Kollegin.

»Guten Tag zusammen. Ich habe vor einer Stunde einen Anruf aus dem Strandhotel ›Kurhaus‹ bekommen. Sie erinnern sich sicher, wir sind da einmal zu dritt dran vorbeigegangen.«

»Ja, natürlich«, sagte Alina. »Dieses große, nobel aussehende Hotel am Strand.«

»Genau das. Eine Servicekraft hat mich angerufen. Ich bin dann ins Hotel gegangen und habe mit ihr gesprochen. Sie ist sich sicher, dass sie Bent Harmsen am Montagvormittag ein Frühstück aufs Zimmer gebracht hat. In den Tagen zuvor hat das Frühstück allerdings eine etwa fünfunddreißigjährige Frau angenommen.«

Hella nickte. »Das passt gerade sehr gut. Sie haben sicher im Hotel nach dem Namen der Frau gefragt?«

»Ja, selbstverständlich. Es hat etwas Überredungskraft gekostet, aber ich habe dann den Namen bekommen und erfahren, dass die Suite von Freitag bis Dienstag unter dem Namen Christina Lammers gebucht worden war. Angegeben hat sie eine Adresse in Osnabrück.« Imke Wessels nannte Straße und Hausnummer.

»Ist Frau Lammers im Hotel bekannt?«, fragte Hella.

»Nein, das war laut der Geschäftsführerin ihre erste Buchung. Sie hatte übrigens nicht angegeben, dass sie zu zweit in der Suite sind.«

»Haben Sie zufällig das Foto …?«

»Ja, ich hatte es dabei«, unterbrach Imke Wessels Hella. »Es ist die Frau auf dem Foto, das ich den beiden jungen Männern vorlegen sollte. Wissen Sie schon, wie die Frau tatsächlich heißt?«

Hella musste unwillkürlich schmunzeln. Imke Wessels war bereits klar, dass der im Hotel hinterlegte Name der Frau falsch sein musste. »Ja, den haben wir. Es ist eine Freundin von Franziska Schneider aus Osnabrück. Ganz so falsch lag ich also nicht.«

»Freut mich! Wenn ich noch etwas für Sie tun kann, sagen Sie einfach Bescheid.«

»Danke, Frau Kollegin. Ich melde mich bei Ihnen, sobald es etwas Neues gibt.«

Alina nahm das Handy wieder an sich. »Also ein Liebeswochenende im Luxushotel.«

Hella wiegte mit dem Kopf hin und her. »Sie waren dort zum ersten Mal. Ich denke, die beiden haben sich vorher im Ferienhaus von Franziska Schneider getroffen.«

»Und warum jetzt im Hotel?«, fragte Lars. »Die Gefahr, hier entdeckt zu werden, war doch viel größer.«

Hella nickte. »Dafür muss es einen Grund geben ...«

»... den wir noch nicht kennen«, ergänzte Alina den Satz.

»Das kann doch alles auch ganz harmlos sein«, sagte Lars. »Vielleicht haben sich die beiden Frauen gestritten, und deshalb konnte Juliette Kämmerer dieses Mal nicht ins Haus. Wer würde Bent schon in einer Suite für vierhundert Euro pro Nacht vermuten?«

»Okay, kehren wir zu den Fakten zurück«, schlug Hella vor. »Juliette Kämmerer war vermutlich seit Freitag auf Juist, hat dort eine Suite im Nobelhotel bewohnt und sich unter falschem Namen registriert. Mit hoher Wahrscheinlichkeit war Bent Harmsen während der drei beziehungsweise vier Tage mit von der Partie, wurde aber offiziell nicht angemeldet. Weiter können wir davon ausgehen, dass sie sich das Essen aufs Zimmer haben kommen lassen. Da es bisher keine weiteren Meldungen auf unseren Zeitungsaufruf hin gab, haben sich die beiden mit hoher Wahrscheinlichkeit tagsüber in der Suite aufgehalten. Vom Hotel aus führt ein direkter Bohlenweg zum Strand. Da sie schon zweimal abends beziehungsweise nachts am Strand gesehen wurden, haben sie vielleicht auch da die Nähe zum Strand für kleine nächtliche Ausflüge genutzt.«

»Für mich klingt das alles danach, als hätten sie sich versteckt«, sagte Alina. »Bent Harmsen hatte die ganze Zeit sein Handy ausgeschaltet. Hatte er Angst, dass sie darüber geortet werden konnten?«

»Das klingt jetzt aber sehr nach Agentenfilm«, warf Lars ein. »Aber gut, gehen wir einmal davon aus, dass ihr recht habt. Warum hätten die beiden dort und nicht wie üblich im Ferienhaus unterkriechen sollen? An einen Streit der beiden Frauen glaube ich übrigens nicht.«

»Sie sind aufgeflogen«, schlug Alina vor.

»Das wäre eine Möglichkeit, an die ich auch schon gedacht habe«, sagte Hella. »Wie sind sie aufgeflogen? Wenn der Ehemann, an den wir ja alle in erster Linie denken, auf Juist war und die beiden sozusagen in flagranti erwischt hat, würden sie sich ja wohl kaum wieder auf Juist treffen. Und das auch noch heimlich.«

»Und dann noch für so lange Zeit«, sagte Alina.

»Ohne die Dame werden wir das wohl nicht klären können«, warf Lars ein. »Und die ist in Frankreich, und selbst wenn sie zurück ist, wird vermutlich nur ihr Anwalt für sie sprechen. Eine Affäre ist ja nun mal nicht strafbar. Oder glaubt einer von euch, dass Juliette Kämmerer Bent getötet hat?«

Hella räusperte sich leise. »Wenn Frau Kämmerer, wie mein Informant in Osnabrück herausgefunden hat, am Montag nach Frankreich geflogen ist, muss sie irgendwann früh am Tag oder schon am Sonntag die Insel verlassen haben. Da es sich offensichtlich um einen Notfall gehandelt hat, wird sie entweder per Flugzeug die Insel verlassen haben oder per Schnellfähre. Beides lässt sich nachprüfen. Ich spreche nachher mit Imke Wessels. Sie kann das vor Ort recherchieren. Wenn wir das wissen, schauen wir weiter.«

»Okay«, sagte Lars. »Soll ich dann berichten?« Als Hella nickte, fuhr er fort. »Ich bin ja Jakob Jensen auf der Spur.« Er grinste. »Kleiner Scherz. Zu den Fakten: Jakob Jensen ist am Montag mit der Schnellfähre nach Juist gekommen.« Lars sah triumphierend in die Runde. »Wie ihr wisst, gibt es zwei Linien. Eine davon wird von einem der Wirte auf Juist betrieben. Den habe ich erreicht, er war selbst am Steuer und bestätigte mir, dass ein junger Mann bei der ersten Fähre mit an Bord war. Ich habe ihm dann das Foto von Jensen gemailt, und ...«, Lars schnipste mit den Fingern, »... bingo! Er hat ihn eindeutig wiedererkannt. Ankunft auf Juist um zehn Uhr dreißig. Zurückgefahren ist er nicht mit der Schnellfähre.« Er klappte seinen Laptop auf und öffnete, wie schon mehrere Male während der letzten halben Stunde, sein Mailprogramm. Schließlich reckte er die geballte Faust. »Er ist um fünfzehn Uhr dreißig mit dem Flugzeug zurück aufs Festland.«

Hella und Alina sahen ihn sprachlos an.

»Ich wusste doch, dass er mich angelogen hat«, fuhr Lars fort. »Was sagt ihr nun?«

»Ich bin ehrlich überrascht«, gab Hella zu. »Bitte auf jeden Fall die Kollegin Wessels darum, vor Ort ein Protokoll unterzeichnen zu lassen.«

»Was wollte Jensen auf der Insel?«, fragte Alina.

»Ich gehe davon aus, dass er erheblich tiefer in dem Konflikt zwischen Ohle und Harmsen steckt, als er bisher zugegeben hat. Da er in den Tagen zuvor keinen telefonischen Kontakt mit seinem Freund gehabt hat, vermute ich mal, dass er Katrin Ohle zu Hilfe gekommen ist. Wie er es letztlich geschafft hat, sich mit Harmsen am Hammersee zu verabreden, weiß ich noch nicht. Vielleicht ist er ihm zufällig über den Weg gelaufen, und sie haben einen längeren Spaziergang gemacht.«

»Zum Hammersee?«, sagte Alina. »Vom Hauptdorf am Strand entlang sind das mindestens fünf Kilometer. In dem weichen Sand brauchst du dafür zwei Stunden. Über die Straße wären sie vielleicht schneller, aber hätte sie da nicht jemand gesehen?«

Lars stöhnte theatralisch. »Ich gebe ja zu, die Idee mit dem Spaziergang ist nicht so ganz schlüssig. Aber er war auf Juist. Für diese paar Stunden war das sicher kein touristischer Ausflug, oder?«

»Nein, davon dürfen wir nicht ausgehen«, sagte Hella. »Ich schlage vor, du beschäftigst dich weiter mit Jensen, ich lasse ihn vom Staatsanwalt vorladen. Es wäre am einfachsten, wenn er auch schon am Freitag mit den beiden anderen in Aurich auflaufen würde.«

Lars nickte. »Ja, die gleiche Idee hatte ich auch.«

Hella stand auf und ging zu ihrem Schreibtisch, von wo aus sie den Staatsanwalt Dr. Holthaus anrief. Nach einem kurzen Bericht bat sie ihn darum, Jakob Jensen ebenfalls für Freitag vorzuladen.

»Bei Ihnen scheinen sich ja gerade die Verdächtigen zu sammeln. Hatten wir uns nicht darauf geeinigt, uns auf Frau Ohle zu konzentrieren?«

»Wir gehen davon aus, dass Jakob Jensen sich mit Katrin Ohle auf Juist getroffen hat. Von daher ...«

»Schon gut«, unterbrach Holthaus sie. »Ich werde dem jungen Mann die Vorladung direkt zustellen lassen. Bei welcher Bank arbeitet er?«

Zurück am Besprechungstisch schenkte sich Hella Tee nach. »Wo waren wir stehen geblieben?«

»Ich kümmere mich weiter um Jensen.« Lars schaute in sein Notizheft. »Ich hatte ja noch den Auftrag, die Surfer zu durchleuchten, vor allem Niklas Beier. Um es kurz zu machen, ich habe nichts Relevantes mehr gefunden. Auffällig war, wie häufig Florian die Beiträge von Lara Matthiesen auf Facebook und Instagram gelikt und häufig sogar kommentiert hat. Umgekehrt übrigens genauso, auch wenn Florian erheblich seltener etwas gepostet hat.«

»Mein Verdacht war ja auch, dass zwischen den beiden etwas laufen könnte. Allerdings ist das jetzt nicht unbedingt ein Beweis dafür. Wenn Florian die Beiträge likt, sind sie deshalb noch nicht unbedingt ein Paar«, warf Alina ein.

»Stimmt, deshalb habe ich diese Auffälligkeit in den sozialen Netzwerken auch nicht als relevant eingestuft.«

»Und wenn sich Lara Florian zuwenden würde«, fügte Alina hinzu, »wäre das doch auch kein großes Thema. So etwas passiert doch immer wieder, ohne dass es ein wirklich großes Drama ist.«

»Das hätte schon einen massiven Streit ausgelöst«, warf Hella ein. »Ich werde Niklas Beier noch einmal nach seiner Freundin befragen. Wir werden sehen, wie er reagiert.«

»Bist du so weit fertig?«, fragte Alina, an Lars gewandt. Als er nickte, öffnete sie ihren Laptop. »Ich habe mir ein paar Notizen gemacht.« Sie schaute noch einmal auf den Bildschirm. »Ich habe mit mehreren Kollegen in Emden und Norden gesprochen, die Olaf Schmidt alle kannten. Sie bescheinigten ihm eine ausgesprochen professionelle – wenn ich diesen Begriff hier einmal verwenden darf – Arbeitsweise. Er ist vorsichtig und, wie einer der Kollegen meinte, nicht so dumm, wie er gern allen vormachen möchte. Der Kollege schätzte ihn im Gegenteil als überdurchschnittlich intelligent ein. Zwei der Kollegen gehen fest davon aus, dass Schmidt sozusagen im mittleren Management des ostfriesischen Drogenhandels mitmischt. Durch seinen ständigen Wechsel zwischen Insel und Festland scheint er sich geschickt immer wieder aus der Schusslinie zu ziehen. Vermutet wird, dass der Verkauf auf Juist nur ein Nebenverdienst ist und sein eigentliches ...«, Alina schrieb Anführungszeichen in die Luft, »Einsatzgebiet auf dem Festland liegt.«

»Bei Mama in der Dachgeschosswohnung zu hausen ist also nur Tarnung?«, fragte Lars.

»Genau! Schmidt soll sich in Emden eine luxuriöse Dreizimmerwohnung gemietet haben. Offiziell wohnt dort jemand anderes, allerdings meinten die Emder Kollegen, dass es seine ist und sie von ihm bezahlt wird.«

»Das ist ja ein Ding!«, murmelte Lars. »Und was genau heißt ›mittleres Management‹ im Drogenhandel?«

Hella wunderte sich über Lars' Reaktion. Offensichtlich hatten er und Alina am Abend nicht über den Fall gesprochen. Wahrscheinlich war es eine ihrer Absprachen, um Privates und Berufliches strikt auseinanderzuhalten.

»Die gleiche Frage habe ich auch gestellt«, sagte Alina. »Es gibt die großen Händler, die ausschließlich die Drogen ins Land bringen und hier an die regionalen Größen weiterverkaufen. Auch diese regionalen Größen sind keine Straßendealer, sie haben nicht einmal eine direkte Verbindung zu ihnen. Da kommt dann sozusagen der Großhandel ins Spiel. Bei einem dieser Verteiler scheint Olaf Schmidt beschäftigt zu sein. Seine genaue Funktion kennen die Kollegen nicht. Ohnehin bin ich gebeten worden, die Informationen vorsichtig einzusetzen. Sprich: Sie sind an ihm dran und wollen nicht, dass er unnötig aufgescheucht wird.«

Lars rollte mit den Augen. »Vermutlich geht es bei uns um Mord. Wir werden ihn wohl kaum verschonen, damit die Kollegen in Emden ihn in aller Ruhe hochnehmen können.«

»So war das auch nicht gemeint, Lars«, sagte Alina. »Natürlich werden wir ihn vernehmen, aber solange es sich vermeiden lässt, sollten wir nicht auf die Informationen, die ich bekommen habe, zu sprechen kommen. Definitiv nachzuweisen ist Schmidt im Moment doch auch noch nichts.«

»Ich halte die Informationen für sehr wertvoll«, sagte Hella. »Wenn Bent Harmsen erfahren hat, dass sein Freund so tief in Drogengeschäfte verwickelt ist, dann stand für Olaf Schmidt schon einiges auf dem Spiel.«

»Wie sollte er das erfahren haben?«, fragte Lars. »Selbst Alina hat es nur unter der Hand gesagt bekommen.«

»Sie haben sich laut Zeugenaussage wegen seiner Drogengeschäfte gestritten«, sagte Alina. »Vielleicht hat Bent nur von den Inselgeschäften Wind bekommen, trotzdem kann Schmidt Angst gehabt haben, dass die Sache größere Kreise zieht.«

»Okay, teilen wir uns auf. Lars bereitet die Befragung von Jakob Jensen vor, du, Alina, kümmerst dich um Olaf Schmidt, und ich werde mir etwas zu Niklas Beier überlegen. Ihr habt bis übermorgen Zeit. Dann besprechen wir die einzelnen Strategien.« Sie schaute in die Runde. »Einverstanden?«

24

Hella starrte seit Minuten auf ihr Handy. Seit ihrem Anruf in Frankreich wartete sie darauf, dass Juliette Kämmerer sich wieder meldete. Sie hatte bewusst darauf verzichtet, ein weiteres Mal anzurufen, aber inzwischen zweifelte sie an ihrer Strategie. Seufzend griff sie nach dem Telefon und tippte die Nummer von Juliette Kämmerers Handy ein. Zögernd näherte sich ihr Finger dem grünen Button. War es doch besser, noch zu warten? Hella schloss die Augen und versuchte, sich Juliette Kämmerer vorzustellen. Wie würde sie an ihrer Stelle reagieren, wenn sich die Polizei ein zweites Mal meldete? Würde sie den Anruf entgegennehmen? Hella schüttelte den Kopf. Nein, diese Frau ließ sich nicht zu etwas nötigen. Sie wechselte zum SMS-Account und schrieb eine Nachricht.

Liebe Frau Kämmerer, ich bin Hella Brandt von der Wittmunder Kriminalpolizei. Wir haben gestern kurz miteinander gesprochen. Gern würde ich mit Ihnen über Bent reden. Sicher haben Sie auch noch Fragen, die ich Ihnen natürlich beantworten möchte. Sie können mich jederzeit erreichen.
Mit herzlichen Grüßen Hella Brandt

Hella wartete gespannt eine Viertelstunde, ohne dass Juliette Kämmerer eine Reaktion zeigte. Weder rief sie an, noch schrieb sie zurück. Hella setzte sich mit ihrem Stellvertreter zusammen, ging die Fortschritte in den aktuellen Fällen durch und diskutierte mit ihm über die Einstellung eines Ermittlungsverfahrens.

»Eure Ermittlungen sind ja sehr arbeitsintensiv«, bemerkte Torsten Peters. »Ist absehbar, wie lange sie laufen?«

»Der Staatsanwalt hat uns nur noch die nächste Woche gegeben. Er will Ergebnisse.«

»Wenn nichts Relevantes mehr hinzukommt, schaffen wir das.«

»Okay, ansonsten muss ich auf Lars oder Alina verzichten. Am Freitag haben wir drei Befragungen in Aurich. Ich hoffe, dass wir danach einen Riesenschritt nach vorn machen.«

»Bis dahin kriegen wir das allemal gebacken.«

»Danke, Torsten.«

Am frühen Nachmittag klingelte Hellas Handy. Das Display verriet ihr, dass Imke Wessels sie zu erreichen versuchte.

»Moin, Frau Wessels«, begrüßte Hella sie.

»Nach einigem Hin und Her habe ich jetzt die Bestätigung, dass Frau Kämmerer am vorletzten Montag kurz nach elf Uhr mit aufs Festland geflogen ist. Sie war der einzige Gast in der Maschine. Protokoll ist unterschrieben, es kommt gleich per Mail und später anschließend das Original auf dem Postweg.«

»Der Flug dauert nur einige Minuten, oder?«

»Ja, das geht schnell. Ich bin auch schon ein paarmal geflogen.«

»Danke, Frau Kollegin. Das hilft mir weiter.«

»Haben Sie bereits mit Juliette Kämmerer gesprochen?«

»Gestern, aber nur kurz. Ich hoffe, dass sie mich noch einmal anruft. Vermutlich ist sie immer noch in Frankreich.«

»Sie kann nicht die Täterin sein, oder?«

»Nein, sie musste ja auch noch zum Flugplatz fahren, also wird sie sich spätestens um zehn Uhr am Vormittag von Bent Harmsen verabschiedet haben. Ich schließe Frau Kämmerer als Täterin aus.«

»Umso ungewöhnlicher ist es, dass sie sich nicht meldet.«

»Der Schock, vielleicht auch die Angst, dass jemand aus ihrem Umfeld etwas mit Harmsens Tod zu tun haben könnte.«

»Wenn ich irgendwie helfen kann, sagen Sie mir Bescheid.«

»Danke! Sie haben uns schon über die Maßen geholfen.«

»Habe ich gern getan. Grüßen Sie mir Ihre Kollegin.«

Hella stand auf und lief im Büro herum. Warum rief Juliette

Kämmerer sie nicht zurück? Solange sie in Frankreich war, hatte Hella keinen Zugriff auf sie. Selbst in Deutschland würde sie sie nicht zu einer Aussage zwingen können.

Als ihr Handy klingelte, eilte Hella zurück zu ihrem Schreibtisch. Auf den ersten Blick sah sie, dass Juliette Kämmerer anrief, und nahm das Gespräch an.

»Hella Brandt.«

»Guten Tag«, sagte eine leise weibliche Stimme. »Juliette Kämmerer am Apparat.«

»Guten Tag, Frau Kämmerer. Vielen Dank, dass Sie zurückgerufen haben.«

»Was ist Bent denn …? Was ist passiert?«

»Sind Sie noch in Frankreich, Frau Kämmerer?«

»Ja.«

»Herr Harmsen ist tot am Hammersee auf Juist aufgefunden worden. Nach unseren bisherigen Erkenntnissen ist er am Tag Ihrer Abreise dort getötet worden.«

»Wer?«, presste Juliette Kämmerer leise hervor.

»Das wissen wir noch nicht, Frau Kämmerer.«

»Warum?«

»Auch das wissen wir noch nicht. Darf ich Ihnen ein paar Fragen stellen?«

Juliette Kämmerer antwortete nicht.

»Frau Kämmerer! Sind Sie noch in der Leitung?«

»Ja.«

»Wir wissen bisher nicht, wo sich Herr Harmsen von Freitag bis Montag aufgehalten hat. War er mit Ihnen zusammen in der Suite des Strandhotels?«

Juliette Kämmerer antwortete mit einem leisen, kaum hörbaren »Ja«.

»Sie haben nur selten die Suite verlassen. Ist das richtig?«

»Ja.«

»In den Monaten davor haben Sie sich, wenn Sie auf der Insel waren, im Haus Ihrer Freundin Franziska Schneider getroffen?«

»Ja.«

»Warum waren Sie dieses Wochenende im Hotel?«

»Da war jemand. Ein Mann. Er ist mir gefolgt.«

»Auf Juist? Ist dieser Mann Ihnen auf Juist gefolgt?«

»Das weiß ich nicht. Aber in Osnabrück. Und beim Flugplatz habe ich ihn auch gesehen.«

»Sie sprechen von dem Flugplatz in der Nähe von Norddeich?«

»Ja.«

»Und dann haben Sie beschlossen, sich im Hotel ein Zimmer zu nehmen?« Hella mied normalerweise Suggestivfragen im Umgang mit Zeugen, aber bei Frau Kämmerer hatte sie das Gefühl, als könnte sie jeden Augenblick das Gespräch abbrechen. Hella wollte vorher so viel Informationen bekommen wie nur möglich.

»Ja. Ich hatte Angst.«

»Erinnern Sie sich, was für ein Fahrzeug Ihr Verfolger hatte?«

»Das war ein dunkler Mercedes. Nicht neu, ein altes Modell. Ich kenne mich da nicht so aus.«

»Haben Sie sich das Kennzeichen gemerkt?«

»Nein, aber es war eine Osnabrücker Nummer.«

»Haben Sie den Mann auf Juist noch einmal gesehen?«

»Nein.«

»Ich muss das jetzt leider fragen, Frau Kämmerer. Ihre Beziehung zu Bent Harmsen haben Sie geheim gehalten, oder?«

»Niemand weiß etwas. Ich habe es niemandem gesagt.«

»Nicht einmal Ihrer Freundin Franziska Schneider?«

Juliette Kämmerer schwieg.

»Frau Kämmerer, sind Sie noch in der Leitung?«

»Ja.«

»Haben Sie Ihrer Freundin von Bent erzählt?«

»Ja. Aber sie weiß nicht, wer Bent ist …«, Juliette Kämmerer schluchzte auf, »… wer Bent war.«

»Sonst wusste niemand von Ihrer Beziehung?«

»Nein, wir waren sehr vorsichtig.«

»Frau Kämmerer, werden Sie sich noch länger in Frankreich aufhalten?«

»Meinen Sie, dass mein Ma…« Juliette Kämmerer brach mitten im Satz ab.

»Die Ermittlungen laufen noch. Wir haben mehrere Verdächtige im Fokus.« Normalerweise hielt Hella sich mit Äußerungen zu den Ermittlungen strikt zurück, hatte aber hier das Gefühl, Juliette Kämmerer entgegenkommen zu müssen. Weder wollte sie sie in Gefahr bringen, sollte ihr Mann tatsächlich etwas mit dem Tod von Bent Harmsen zu tun haben, noch wollte sie ihre Angst verstärken und damit ihren weiteren Aufenthalt in Frankreich herausfordern.

»Dieser Niklas?«, fragte Juliette Kämmerer.

»Frau Kämmerer, ich darf Ihnen leider keine Details zu den Ermittlungen weitergeben. Hat Bent mit Ihnen über Niklas Beier gesprochen?«

»Er hatte Angst vor ihm. Bent wollte aufhören, mit der Surfschule, meine ich. Wir wollten uns …« Wieder brach Juliette Kämmerer mitten im Satz ab und schluchzte leise.

Hella wartete, bis sie sich beruhigt hatte. »Wollten Sie sich von Ihrem Mann trennen, Frau Kämmerer?«

»Bent und ich, wir wollten ein eigenes Leben leben, zusammen mit …« Dieses Mal fing sie laut an zu weinen.

Hella ließ ihr Zeit. Schließlich hörte sie ihre Gesprächspartnerin tief durchatmen.

»Es tut mir leid, ich bin vollkommen erschöpft.«

»Das verstehe ich. Darf ich Sie zu einem späteren Zeitpunkt wieder anrufen, um Sie auf dem Laufenden zu halten?«

»Ja.« Juliette Kämmerer atmete jetzt schnell und flach. »Wissen Sie … wann die … Beerdigung ist?«

»Nein, Frau Kämmerer, aber ich vermute, dass sie in der nächsten Woche sein wird.«

»Wann genau?«, fragte Juliette Kämmerer, der Hella anhörte, wie schwer ihr jedes Wort fiel.

»Ich erkundige mich gern für Sie und melde mich dann bei Ihnen. Ist das in Ordnung?«

»Ja. Auf Wiederhören, Frau ...«

»Brandt, Hella Brandt. Bis bald, Frau Kämmerer.«

25

»Hey!«, sagte Leon, als Hella ihn erreicht hatte. »Schon im Auto? Dann bist du ja heute früh da.«

»Leider nein, ich bin auf dem Weg nach Norddeich.«

»Aber …«

»Nein, es geht nicht nach Juist. Ich muss am Flugplatz etwas recherchieren. Aber vor neunzehn Uhr werde ich wohl nicht zu Hause sein.« Hella horchte, ob Leon etwas dazu sagen würde, und fügte dann schnell hinzu: »Dafür bleibe ich dann morgen früh etwas länger.«

»Alles gut, Hella. Jella schläft im Moment. Ich lasse sie einfach etwas länger schlummern, dann ist sie noch wach, wenn du kommst.«

»Das klingt gut. Gib der kleinen Maus ein Küsschen von mir. Ich beeile mich.«

Hella hatte nach dem Gespräch mit Juliette Kämmerer beim Flugplatz in der Nähe von Norddeich angerufen und erfahren, dass die Parkplätze kameraüberwacht seien und die Aufnahmen von besagtem Freitag noch nicht gelöscht.

Hinter Esens wurde der Verkehr weniger. In Dornum bog Hella Richtung Norden ab und fuhr die letzten zwanzig Kilometer parallel zur Küste. Wenige Kilometer vor Norddeich wies ein Schild auf den Flugplatz hin. Sie stellte ihr Auto auf dem nahen Parkplatz ab und ging die letzten Meter bis zum Flugplatzgebäude zu Fuß.

Nachdem sie sich durchgefragt hatte, stand sie kurze Zeit später im Büro des Geschäftsführers. Der große blonde Mann kam lächelnd auf sie zu und schüttelte ihr die Hand.

»Kriminalpolizei. Das haben wir hier eher selten.« Bodo Sönkens zeigte auf eine Sitzgruppe. »Wollen wir uns setzen?«

Auf dem Tisch stand bereits ein aufgeklappter Laptop, den Sönkens zu sich herzog. »Ich habe bereits die Aufnahmen vom vorletzten Freitag herausgesucht.« Er hielt kurz inne. »Darf ich vorher bitte Ihren Ausweis sehen?«

Hella reichte ihm das Dokument, er musterte es und sah auf. »Eigentlich darf ich die Daten nicht ohne richterlichen Beschluss herausgeben. Aber Sie sagten am Telefon, dass es sehr dringend ist?«

»Ich kann Ihnen folgenden Vorschlag machen: Ich sichte das Videomaterial, und Sie bekommen spätestens übermorgen den Beschluss nachgereicht.«

»Gefahr im Verzug?«, fragte er schmunzelnd.

»Sozusagen.«

Bodo Sönkens räusperte sich. »Die Sache ist die, im Grunde genommen hätten die Aufnahmen schon gelöscht sein müssen. Aber das wissen Sie ja besser als ich. Es gab offensichtlich einen technischen Defekt, der die automatische Löschung verhindert hat. Ich hoffe doch, dass ich dadurch keine Schwierigkeiten bekomme?«

»Ich denke, es wird nicht notwendig sein, dass das Material an den Staatsanwalt geht. Vielleicht sollten wir in diesem Fall auf den Beschluss verzichten?«

»Ein guter Vorschlag.« Er schob den Laptop zu ihr über den Tisch. »Ich habe die vier Stunden, von denen Sie am Telefon sprachen, schon herauskopiert.« Er stand auf. »Darf ich Ihnen noch etwas zu trinken bringen lassen?«

Die nächste halbe Stunde ging Hella die Aufnahmen im Schnelldurchgang durch, bis sie schließlich einen dunklen Mercedes älteren Baujahres entdeckte. Sie hielt die Aufnahme an und vergrößerte sie. Das Nummernschild begann mit OS für Osnabrück, die folgenden Buchstaben und Zahlen waren aber nur schwer zu erkennen. Hella spulte Sekunde um Sekunde weiter und vergrößerte zwischendurch das Bild, bis sie eine ausreichend scharfe Aufnahme gefunden hatte.

Sie griff zum Handy und bat Lars darum, das Kennzeichen zu überprüfen. Wenige Minuten später rief er zurück.

»Marco Weitsch. Ich habe ihn bereits gegoogelt. Er ist ein Privatschnüffler, selbst gebastelte Homepage mit wenigen Infos. Dreiundvierzig Jahre, wohnhaft in Osnabrück.«

»Privatdetektiv?«, fragte Hella.

»So steht es hier im Internet. Ich kann gern noch weiterrecherchieren. Wo bist du eigentlich?«

»Flugplatz Norddeich.« Hella fasste mit wenigen Worten das zweite Gespräch mit Juliette Kämmerer zusammen. »Es könnte sein, dass ich morgen direkt nach Osnabrück fahre, um mit diesem Privatdetektiv zu sprechen. Von daher wäre es gut, wenn du noch ein paar Informationen zu ihm sammeln könntest.«

»Ich schick dir alles, was ich finde, per Mail zu.«

»Danke, Lars!«

Hella zog sich das Video auf einen Datenstick und verabschiedete sich von Bodo Sönkens. Auf der Fahrt zurück rief sie im Osnabrücker Polizeipräsidium an und wurde zu einem Oberkommissar durchgestellt.

»Matthias Stark, hallo, was kann ich für Sie tun, Frau Kollegin?«

»Hallo, Herr Stark. Gut, dass ich noch jemanden bei Ihnen erreiche.«

»Wohl wahr. Ich bin wahrscheinlich der Einzige, der noch nicht zu Hause gemütlich im Sessel sitzt und sein Bierchen trinkt.«

»Sie haben von dem Fall auf Juist gehört?«

»Klar. Passiert ja nicht jeden Tag, dass auf so einer kleinen Insel jemand gewaltsam getötet wird. Sie leiten die Ermittlungen?«

»Richtig. Ich verfolge eine Spur, die zu einem Privatdetektiv nach Osnabrück führt. Marco Weitsch. Ich würde ihn morgen gern vor Ort befragen und benötige Unterstützung von Ihnen oder einem Ihrer Kollegen.«

»Weitsch! Ein schmieriger Typ. Durch und durch. Ich hatte mal mit ihm zu tun. Einer von denen, die die Aufnahmeprüfung in unseren Klub nicht geschafft haben.« Er hielt inne. »Wann wären Sie hier in Osnabrück?«

Hella stöhnte innerlich auf. Ihr war eingefallen, dass sie Leon versprochen hatte, am nächsten Morgen etwas später zu fahren. Für die Fahrt würde sie über zwei Stunden brauchen. Wenn Sie am Nachmittag rechtzeitig zur Besprechung zurück sein wollte, würde sie früh aufbrechen müssen.

»Elf Uhr«, sagte Hella.

»Kein Thema. Ich kann Sie begleiten. Sie sollten allerdings morgen noch mit meinem Chef sprechen. Er ist ab acht Uhr im Büro.«

»Das klingt prima! Bis morgen, Herr Kollege.«

Hella rief als Nächstes den Staatsanwalt an, berichtete kurz von einer Spur nach Osnabrück, die mit einem Privatdetektiv zu tun habe.

»Osnabrück? Sie sind sicher, dass sich der Aufwand lohnt?«

»Das kann ich Ihnen morgen Nachmittag sagen. Wir sehen uns dann am Freitag, Dr. Holthaus.«

In Neßmersiel fuhr Hella auf einen Parkplatz und rief ihre Mails ab. Lars hatte einige Informationen zusammengestellt. Sie klickte auf die Handynummer des Privatdetektivs und wartete. Nach dem zehnten Klingelton nahm jemand das Gespräch an.

»Detektei Weitsch!«, hörte sie eine hohe Männerstimme.

»Spreche ich mit Herrn Marco Weitsch?«, fragte Hella mit verstellter Stimme.

»Am Apparat. Was kann ich für Sie tun, Gnädigste?«

»Ich brauche … also mein Mann …« Sie brach ab und schluchzte leicht.

»Jetzt beruhigen Sie sich mal. Es geht also um Ihren Mann. Ist das richtig?«

»Ja. Ich habe da …« Hella brach wieder ab. »Können wir uns vielleicht morgen sehen? Ich könnte zu Ihnen ins Büro kommen. Ginge es um elf Uhr dreißig? Es ist wirklich dringend.«

»Da muss ich in meinem Terminkalender nachschauen«, sagte der Privatdetektiv gewichtig. Er ließ sich ein paar Sekunden

Zeit und meldete sich dann wieder. »Nun gut, ich müsste einen anderen Termin umlegen, aber wenn es wirklich so dringend ist.«

»Oh, das ist wunderbar, Herr Weitsch.« Hella raschelte mit Papier und sprach dann leise ins Handy. »Ich muss jetzt aufhören. Auf Wiederhören.«

»Bis morgen, Gnädigste.«

Hella verkniff sich eine Antwort und startete den Motor.

Leon umarmte sie. »Langer Tag, hm? Rein in die gute Stube!« Jella kam in den Flur gewackelt, stieß einen Freudenschrei aus, als sie Hella bemerkte, und lief auf sie zu. Sie hob sie hoch, drehte sich einmal mit ihr um sich selbst und drückte ihr einen Kuss auf die Stirn. »Ich hab dich vermisst, mein Schatz!«, sagte sie lachend und stellte ihre Tochter auf dem Boden ab.

»Hast du Hunger?«, fragte Leon. »Ich könnte uns schnell Nudeln machen. Pesto habe ich schon im Kühlschrank.«

Hella nickte und schenkte sich in der Küche ein Glas Wein ein, dann sank sie auf einen der Stühle. Jella war hinter ihr hergelaufen und stand jetzt mit ausgebreiteten Armen vor ihr. Sie hob sie hoch und setzte sie auf ihren Schoß. Gemeinsam sahen sie Leon zu, wie er das Essen vorbereitete.

»Ich muss noch was beichten.«

Leon wandte sich zu ihr um. »Was denn?«

»Morgen Vormittag. Ich wollte doch etwas länger bleiben, aber jetzt muss ich nach Osnabrück, um da jemanden zu befragen.«

»Kein Problem. Zwei Tage noch, dann ist Wochenende. Was hältst du davon, wenn wir Tina und Hannes in Hamburg besuchen? Klar, die Fahrt ist anstrengend, aber wenn ich fahre und wir zwischendurch Pausen machen? Was meinst du? Ihre Tochter ist fast im gleichen Alter, und wir haben die drei immer noch nicht besucht.«

»Eine so lange Tour haben wir uns noch nicht zugetraut. Meinst du, Jella macht das mit?«

»Klar, sie fährt gern Auto. Und wenn du hinten sitzt und dich mit ihr beschäftigst, klappt das schon.«

»Dann sollten wir aber Freitagabend fahren. Jella schläft dann einfach im Sitz. Wenn alles gut geht mit den Befragungen in Aurich, bin ich auch am frühen Nachmittag wieder zu Hause.«

Leon goss die Nudeln ab und stellte sie auf den Tisch. »Klingt doch gut. So machen wir das!«

Hella lag wach im Bett, Leon schlief neben ihr. Sie ging einmal mehr die einzelnen Ermittlungsstränge des Falls durch, angefangen bei Katrin Ohle über Niklas Beier, Olaf Schmidt und Jakob Jensen bis hin zum Umfeld von Juliette Kämmerer. Eine solch große Zahl an Verdächtigen hatte sich bisher in noch keinem großen Fall ergeben. Sie beschlich das Gefühl, dass sie und ihr Team den Wald vor lauter Bäumen nicht mehr wahrnahmen. Hatten sie sich in zu viele Einzelheiten verbissen, um das wirkliche Motiv zu sehen oder auch nur zu erahnen?

Lars' Favorit Jakob Jensen hatte sich zwar durch seine Lügen verdächtig gemacht, aber Hella glaubte nicht, dass er direkt etwas mit Bent Harmsens Tod zu tun hatte. Er war für sie viel zu kurz auf der Insel gewesen, um seinen Freund zu finden und mit ihm zum Hammersee zu gelangen. Auch beim Motiv reichte Hella eine seit Jahren gärende Eifersucht nicht aus. Jakob Jensen würde ihnen am Freitag erklären müssen, was er an diesem Tag auf der Insel getrieben hatte.

Katrin Ohle war Hella weiterhin ein Rätsel. Entweder war sie ernsthaft psychisch krank oder eine begnadete Schauspielerin. Sollte die psychische Erkrankung nur gespielt worden sein, um nicht verurteilt zu werden, verstand Hella aber nicht, warum sie nicht nach der Tat von der Insel geflohen war. Bisher konnten sie ihr nicht nachweisen, dass sie sich zur besagten Zeit am Hammersee aufgehalten hatte, auch wäre die Spurenlage eine andere gewesen, wenn Katrin Ohle sich nach der Tat gründlich gereinigt hätte. Die Puzzleteile passten hier nicht zusammen.

Vermutlich stammte das Vaginalsekret auch nicht von ihr, sondern von Juliette Kämmerer.

Niklas Beier hatte ein finanzielles Motiv, das allerdings aus Hellas Sicht nicht ausreichend stark war, um zur Tötung seines Geschäftspartners zu führen. Die einzige Variante, die sich Hella vorstellen konnte, bestand in einer Eifersuchtstat. Hatte Beier gespürt, dass seine Freundin eine Affäre mit einem anderen Mann hatte und auf Bent Harmsen getippt? Hatte Bent abgestritten, mit Lara etwas angefangen zu haben, was wiederum Beier so wütend gemacht hatte, dass es zu dem Schlag auf den Kopf gekommen war? Das Szenarium lag im Bereich des Möglichen, war aber nicht sehr wahrscheinlich.

Olaf Schmidt hielt Hella für wesentlich gefährlicher. Er hatte viel zu verlieren und schien ausreichend kriminelle Energie zu haben, um seinen Freund zu töten. Wäre er allerdings nicht geschickter vorgegangen? Eine Tat auf dem Festland, wo er anschließend die Leiche von Bent Harmsen hätte verschwinden lassen können, wäre die bessere Variante gewesen.

Welche Rolle spielte Juliette Kämmerer? Wenn Hella sie richtig verstanden hatte, waren sie und Bent kurz davor gewesen, ihre Beziehung öffentlich zu machen. Hatte Bent deshalb mit dem Gedanken gespielt, der Surfschule den Rücken zu kehren? Juliette Kämmerer war vermögend, wäre es für Bent überhaupt wichtig gewesen, seine Einlage in der Surfschule zurückzuverlangen? Hatten die beiden Liebenden nicht ganz andere Fragen zu klären gehabt? Und Juliette Kämmerers Umfeld? Wie hätte ihr Ehemann auf eine Trennung reagiert? Hätte das für ihn das Aus im Unternehmen bedeutet? Juliette Kämmerer hatte auf Hella nicht den Eindruck einer toughen Geschäftsfrau gemacht. Sie schien über die Nachricht so verstört gewesen zu sein, dass sie selbst nach Tagen kaum über ihre große Liebe sprechen konnte.

Sollte Juliette Kämmerer mit ihrer Vermutung, dass sie observiert worden war, recht behalten, würde ihr Ehemann in den Fokus der Ermittlungen geraten. Hella konnte sich lebhaft ausmalen, wie der Staatsanwalt darauf reagieren würde. Holthaus war stets darauf bedacht, niemandem von Rang und Namen auf die Füße zu treten.

Hella drehte sich zum wiederholten Mal auf die andere Seite und schloss die Augen.

26

Hella stand früh auf, duschte und bereitete das Frühstück vor.
»Guten Morgen!« Leon kam auf sie zu und umarmte sie.
»Ich wollte doch das Frühstück machen.«
»Du bist den ganzen Tag hier, und ich habe schon ein fürchterlich schlechtes Gewissen. Lass mich doch auch ein wenig mithelfen.«
Leon küsste sie. »Nicht wenn deine Tage so stressig sind wie im Moment. Es kommen auch wieder ruhigere Zeiten. Das war doch immer so.«
Hella seufzte. »Das hoffe ich zumindest.« Sie atmete tief durch. »Meinst du, ich kann Jella schon wecken?«
»Klar, die Kleine freut sich doch. Ich springe schnell unter die Dusche und kümmere mich dann hier um den Rest.«
Jella strahlte Hella an, als sie ins Zimmer kam. Sie schien schon eine Weile wach zu sein, hatte sich aber nicht gemeldet. Sie hob sie aus dem Bettchen und setzte sie auf die Wickelkommode. »Deine Windel ist ja so schwer, dass ich dich kaum noch tragen kann.«
Jella juchzte, als sie sie kitzelte. Sie beugte sich zu ihrer Tochter hinunter und küsste sie auf die Nase.

Hella fuhr schweren Herzens in Richtung Osnabrück. Sie hatte die eineinhalb Stunden mit den beiden genossen, war sich aber zu jeder Minute bewusst gewesen, dass ihre Gedanken immer wieder zum aktuellen Fall abgedriftet waren. Sie hatte jedes Mal gegen ihr schlechtes Gewissen angekämpft und jedes einzelne Mal verloren.
Hella bog auf die Hauptstraße ab und beschleunigte. Zum wiederholten Mal in den letzten zwei Wochen fragte sie sich, wie lange sie die tägliche Trennung von ihrer kleinen Tochter aushalten würde. Als Leiterin des Polizeikommissariats würde

sie ihre Arbeitszeit nur schwer reduzieren können. Durch den Umzug nach Wittmund würde sie täglich bis zu einer Stunde Fahrtzeit sparen, aber Leon und sie hingen an der Bauernkate, der Umgebung und auch an ihrer Freundin Gesa. Leon hatte sich bereits bei der Bank nach einem Darlehen erkundigt und vorsichtig bei den Hauseigentümern vorgetastet, ob sie das Haus verkaufen würden. Sein Plan war, auf dem Hintergrundstück zwei oder sogar drei Zimmer anzubauen, um auf Dauer ausreichend Platz für die ganze Familie zu haben. Bisher hatte er noch nicht von einem zweiten Kind gesprochen, aber beiden war unausgesprochen klar, dass sie sich bald entscheiden mussten.

Mit einem lauten Seufzer zwang Hella sich, sich auf den Tag zu konzentrieren. Sie wählte die Nummer, die Matthias Stark ihr durchgegeben hatte. Sein Chef war bereits informiert und segnete den Einsatz ab.

Ihr nächster Anruf galt ihrem Stellvertreter Torsten Peters, dem sie mitteilte, dass sie voraussichtlich erst am späten Nachmittag ins Kommissariat zurückkommen würde. Er stellte sie zu Alina durch, mit der Hella kurz über den aktuellen Stand sprach, bevor sie sie zu Lars weitervermittelte.

»Danke erst mal für deine Recherchearbeiten zu Weitsch. Ich bin jetzt auf dem Weg nach Osnabrück.«

»Dann hoffe ich mal, dass du gut durchkommst. Roland Radmeier hat mich übrigens gerade eben informiert, dass sie keine DNA an dem Stein gefunden haben. Er konnte dich wohl nicht erreichen.«

»Mist! Darauf hatte ich gehofft. Gibt es denn noch einen Treffer auf Bents Kleidung?«

»Ja, das war die zweite Info, die er loswerden wollte. Sie haben drei unterschiedliche DNA-Spuren gefunden. Eine ist mit der des Vaginalsekrets identisch. Die ja vermutlich von Frau Kämmerer stammt. Übrigens ist die zusätzliche DNA von einer Frau, die andere von einem Mann.«

»Kannst du Roland darum bitten, dass er Katrin Ohles DNA damit abgleicht?«

»Habe ich ihm schon gesagt. Er hofft, dass er heute oder morgen die Ergebnisse vorliegen hat. Im schlimmsten Fall kann er uns erst Anfang der nächsten Woche ein Ergebnis präsentieren, sagt er.«

»Danke, Lars. Ich melde mich, wenn ich wieder aus Osnabrück losfahre. Es könnte sein, dass Alina und du heute etwas länger bleiben müsst.«

»Kein Problem, bis später!«

Matthias Stark machte seinem Namen alle Ehre. Er war mindestens einen Kopf größer als Hella, hatte breite Schultern und eine kräftige Statur. Er reichte Hella die Hand, als er zu ihr ins Auto gestiegen war.

»Viel Verkehr?«

Hella nickte. »Ein Unfall kurz nach Vechta. Sorry, ich wollte eigentlich früher da sein.«

»Kein Thema! Da steckt man nicht drin. Immerhin sind Sie durchgekommen.«

»Wir können uns auch duzen, wenn Sie möchten.«

Hellas Kollege grinste. »Klar, ich bin Matthias.«

»Hella!«

Matthias Stark wies auf eine Kreuzung. »Da müssen wir gleich rechts und dann eine Weile geradeaus.«

Während sie durch die Stadt fuhren, erläuterte Hella ihrem Osnabrücker Kollegen den Fall. Kurz vor ihrem Ziel wandte sich Hella an Matthias Stark. »Noch Fragen?«

»Familie Kämmerer? Da müssen wir vorsichtig sein, das ist dir schon klar, oder?« Er zeigte auf einen freien Parkplatz. »Da kannst du parken.«

Hella fuhr rückwärts ein und stellte den Motor ab. »Ob der Privatdetektiv etwas mit der Familie zu tun hat, steht ja noch gar nicht fest.«

»Wäre schon komisch, wenn nicht. Aber gut, mal sehen, was wir aus ihm rauskriegen.« Er nickte mit dem Kopf in Richtung eines heruntergekommenen Mietshauses. »Da wohnt er in der ersten Etage. Büro und privat in einem. Ich habe mich heute früh noch mit einem Kollegen unterhalten, der ihn besser kennt als ich. Er hat ihn eine Ratte genannt, eine elende Ratte, um genau zu sein.«

Hella schaute auf die Uhr.»Klingt vielversprechend ... Wollen wir? Wir sind schon ein paar Minuten über der Zeit.«

»Klar.« Matthias Stark öffnete die Autotür und stieg aus. Hella folgte ihm. Als sie auf dem Bürgersteig nebeneinander hergingen, fragte er:»Du redest? Ich bin sozusagen der Bodyguard?«

Hella schmunzelte.»Wenn es nicht vorangeht, wären ein paar klare Worte von dir vielleicht nicht schlecht.«

»Gebongt!« Er grinste breit.»Den Part beherrsche ich perfekt. Keine Ahnung, warum die Leute immer meinen, ich wäre schnell mit der Faust bei der Sache. Aber manchmal ist es schon hilfreich.«

Sie standen inzwischen vor der Tür, Hella drückte auf den Klingelknopf mit der Bezeichnung»Detektei Weitsch«. Kurz darauf brummte der Türöffner, Matthias Stark drückte die Tür auf und ließ Hella den Vortritt.

Marco Weitsch öffnete Hella die Tür, der Mann reichte Hella gerade bis zur Schulter, die Knöpfe seines Hemdes machten den Eindruck, als wenn sie jeden Moment aufspringen würden. Als Hellas Blick für eine Sekunde auf den deutlich vorstehenden Bauch gerichtet war, zog Weitsch sein Jackett vorn zu.

Hella zeigte ihm ihren Ausweis und stellte sich und Matthias Stark vor. Marco Weitsch schüttelte ärgerlich den Kopf.»Keine Zeit, ich bekomme jeden Augenblick Mandantenbesuch.«

Hella machte einen Schritt nach vorn.»Der ist abgesagt. Dürfen wir reinkommen?« Sie wartete nicht auf Weitschs Antwort und drückte den Privatdetektiv leicht zur Seite, um den Flur betreten zu können. Matthias Stark folgte ihr.

»Stopp mal! Ich habe doch gesagt ...«

»Wo ist Ihr Büro?«, fragte Stark mit seiner tiefen Männerstimme und sah Weitsch dabei durchdringend an.

»Verflucht, was soll dieser Überfall? Sie sollten wissen …«
»Die Erste rechts?«, unterbrach Stark ihn.
Bevor Weitsch etwas sagen konnte, hatte Hella die Tür ge-
öffnet. In dem Raum standen ein alter Holzschreibtisch, ein
Regal mit unzähligen Ordnern und eine kleine Sitzecke mit
vier Stühlen.
»Sag ich doch«, brummte Stark und ging als Erster in
Weitschs Büro, zog einen Stuhl vor und wartete, bis Hella und
Marco Weitsch ihm gefolgt waren.
»Kaffee oder so brauchen wir nicht«, sagte Stark und setzte
sich an den Tisch.
»Wollen Sie sich nicht setzen?«, fragte Hella, die neben
Marco Weitsch stand.
»Und dann? Bevor ich weiß, was dieses Überfallkommando
zu bedeuten hat, mache ich gar nichts.« Er warf einen wütenden
Blick zu Matthias Stark. »Damit das mal klar ist.«
»Juist«, sagte Hella. »Sie kennen die Insel?«
Marco Weitsch schluckte schwer. »Wer kennt die nicht. Wird
das jetzt hier so eine beschissene Prüfung? Die Grundschule
habe ich schon hinter mir.«
Hella zog ein Foto von Bent Harmsen aus der Tasche. »Ken-
nen Sie diesen jungen Mann?«
Weitsch riss Hella das Foto aus der Hand und musterte es.
Für einen Augenblick erstarrte er, fing sich aber schnell wieder.
»Nie gesehen!«, murmelte er und reichte Hella das Foto zurück.
»Wollen Sie sich trotzdem bitte setzen?«
Widerwillig zog Weitsch einen Stuhl vor.
Hella folgte ihm. »Wann waren Sie das letzte Mal auf der
Insel Juist?«
»Keine Ahnung! Ich stehe nicht so auf diesen Inselquatsch.«
Hella legte ihm ein zweites Foto vor. Auf dem Bild war
Weitschs Mercedes auf dem Parkplatz des Flugplatzes zu sehen.
»Ja und? Mein Auto. Wahnsinnig interessant.«
Hella zog ein weiteres Foto aus ihrer Mappe, auf dem
Weitschs Mercedes vor dem Flugplatzgebäude stand.

»Und?«, blaffte Marco Weitsch Hella an. »Das ist mein Job. Ich observiere nun mal Menschen, und diese Menschen fahren mal hier-, mal dahin.«

»Sie erinnern sich an den Tag?«

»Bockmist, verdammter! Woher soll ich das jetzt noch wissen? Das ist wahrscheinlich ewig her.«

»Noch nicht einmal zwei Wochen.« Hella nannte ihm das genaue Datum, an dem das Video aufgenommen worden war.

»Wenn Sie das sagen.«

»Wer war Ihr Auftraggeber, wen haben Sie observiert?«

Weitsch rollte mit den Augen. »Sind Sie vollkommen bescheuert? Schon mal was von Datenschutz gehört?« Er hatte sich halb aufgerichtet, war aber wieder auf den Stuhl zurückgesunken, nachdem Matthias Stark sich leicht nach vorn gebeugt hatte.

»Sie lesen Zeitung?«, fragte Hella weiter.

»Jetzt wird's mir allmählich zu doof. Wo kommen Sie eigentlich her? Ich habe Sie noch nie in Osnabrück gesehen.«

»Wittmund. Ich bin die Leiterin des Kriminalkommissariats, und wir ermitteln in einem Tötungsdelikt auf Juist.« Sie legte ihm einen Zeitungsartikel der »Osnabrücker Nachrichten« vor, den sie am Abend zuvor aus dem Internet gezogen hatte.

»Wann waren Sie das letzte Mal auf Juist?«, fragte Hella ein weiteres Mal.

»Keine Ahnung!«, donnerte Marco Weitsch ihr entgegen.

Matthias Stark räusperte sich laut. »Wir können das jetzt auf die einfache Art machen. Du rückst mit der Wahrheit raus, oder wir nehmen dir nicht nur die Bude hier auseinander, sondern dein ganzes Leben.« Er schlug mit der Faust auf den Tisch. »Mord, Weitsch. Schon mal was davon gehört? Du bist so was von am Arsch, wenn du jetzt nicht auspackst. Du kriegst hier in Osnabrück keinen Fuß mehr auf den Boden, das garantiere ich dir. Und eine Anklage wegen Beihilfe zum Mord ist dir auch sicher.« Er fixierte ihn. »Oder ist da noch mehr zu holen?«

Marco Weitsch schwieg.

Hella hob beschwichtigend die Hand in Richtung ihres Osnabrücker Kollegen. »Ich denke, Herr Weitsch wird mit uns sprechen.« Sie machte eine Pause und wartete, bis Weitsch sie ansah. »Sie haben also eine Person observiert und sind ihr bis zum Flugplatz Norddeich gefolgt. Was passierte dann?« Weitsch zögerte lange, bevor er zu sprechen begann. »Was schon, sie ist geflogen. Und ja, nach Juist.«

»Sie haben sich auch einen Flug gebucht?«

»Nein.«

»Sie haben mit Ihrem Auftraggeber gesprochen?« Suggestivfrage, fuhr es Hella durch den Kopf.

Weitsch schwieg.

»Hat Ihr Auftraggeber Sie aufgefordert, die Observation auf Juist weiterzuverfolgen?«

»Und wenn?« Marco Weitsch hatte sich aufgerichtet und sah sie jetzt mit wütendem Blick an. »Ich habe gegen kein Gesetz verstoßen.«

»Sie waren also auf Juist. Habe ich Sie da richtig verstanden?«

»Ja, verdammt.«

»Wie sind Sie dort hingekommen?«

»Mit der Fähre.«

»Wer ist die Person, die Sie observiert haben?«

Marco Weitsch funkelte Hella an. »Das wissen Sie doch längst.«

»Okay, hören wir mit diesen Spielchen auf. Sie haben Juliette Kämmerer observiert.«

Marco Weitsch zuckte mit den Schultern. »Kann sein, kann nicht sein.«

»Sind Sie ihr zum ersten Mal bis nach Juist gefolgt?«

»Das war mein erster Aufenthalt auf dieser Insel.«

»Haben Sie Frau Kämmerer schon zuvor observiert?«

Wieder erhielt Hella nur ein Schulterzucken. Sie nahm es als Bestätigung und stellte die nächste Frage: »Sie kennen diesen Mann?« Sie legte erneut Bent Harmsens Foto auf den Tisch.

»Wo Sie jetzt so nett fragen, es könnte tatsächlich sein, dass ich ihm einmal in Osnabrück oder Umgebung begegnet bin.«
Hella horchte auf. »Bei einer Ihrer Observationen?«
»Ich bin so viel unterwegs, daran erinnere ich mich nun wirklich nicht.«
»Wann haben Sie Juist wieder verlassen?«
Marco Weitsch zog den ausgedruckten Zeitungsartikel, der immer noch auf dem Tisch lag, zu sich her. »Ich vermute, dass der Artikel von diesem jungen Mann handelt?«
Hella nickte.
»Wann ist er gestorben?«
»Am Montag im Laufe des Tages.«
»Dann muss ich Sie leider enttäuschen. Ich bin am Sonntag zurück nach Osnabrück gefahren. Die Fähre ging am frühen Nachmittag.« Er stand auf, zog einen Ordner aus dem Regal und nahm aus einer Plastikhülle einen Fahrschein heraus. »Den brauche ich aber noch.«
Hella fotografierte den Schein von beiden Seiten und gab ihn zurück.
»Und bevor Sie fragen, ich habe mich am Sonntagabend mit einem Kumpel getroffen. Den Namen kann ich Ihnen geben. Am Montag war ich gegen Mittag in einem Restaurant essen. Auch mit einem Freund. Das Lokal hatte eigentlich zu, er hat mich eingeladen. Quasi ein Dinner zu zweit.« Weitsch grinste. »Nein, es war ein Arbeitsessen. Er hatte mich engagiert.«
Hella schrieb sich die Namen und Daten der beiden Personen auf. Schließlich zog sie ein Plastikröhrchen aus der Tasche. »Ich bräuchte von Ihnen eine Probe. Sie kennen das sicher aus Filmen, einfach einmal ...«
»Netter Versuch.« Weitsch grinste breit. »Ich gebe Ihnen doch nicht meine DNA, um sie in Ihre dämliche Datenbank einzuspeisen. Da müssen Sie schon mit so einem Wisch vom Gericht kommen. Ich kenne meine Rechte.«
Hella lächelte. »Das war eine Bitte, Herr Weitsch. Nicht mehr und nicht weniger.« Sie hielt kurz inne und schob ihm noch ein-

mal das Foto von Bent Harmsen über den Tisch. »Diesen jungen Mann haben Sie also in Osnabrück oder in der Umgebung von Osnabrück bei Ihrer Observation von Juliette Kämmerer zum ersten Mal gesehen?«

Marco Weitsch nickte, zuckte aber im nächsten Augenblick zusammen und hob abwehrend die Hand. »Sie legen mir hier Dinge in den Mund, die ich nie gesagt habe.«

Hella warf ihrem Osnabrücker Kollegen einen Blick zu. »Also ich habe das deutlich so verstanden.«

»Absolut!«, sagte Matthias Stark nickend. »Das Thema ist durch, Weitsch. Klar hast du das vorhin bestätigt.«

»Himmel! Ja, ich habe ihn mit ihr gesehen.«

»Dann wäre das so weit geklärt«, nahm Hella den Faden auf. »Werden wir auf Juist Zeugen finden, die Sie nach diesem jungen Mann gefragt haben?«

»Nicht mein Problem. Und wenn Sie es immer noch nicht kapiert haben: Ich bin Privatdetektiv, und hin und wieder frage ich Menschen nach bestimmten Sachen. Das gehört zu meinem Job.« Er lachte kurz auf. »Tun Sie doch auch, oder?«

»Werden wir Ihre DNA in der Wohnung dieses jungen Mannes finden?«, fragte Hella, die vermutete, dass der Privatdetektiv in Bent Harmsens Wohnung eingebrochen war.

»Sind wir jetzt fertig?«, fragte Weitsch in herablassendem Ton.

»Wann haben Sie Ihrem Auftraggeber Bericht erstattet?«

»Kein Kommentar.«

In diesem Augenblick machte sich Hellas Smartphone bemerkbar. Hella griff nach dem auf dem Tisch liegenden Handy und las die Nachricht von Lars. Anschließend reichte sie das Handy weiter an Matthias Stark.

»Manches Mal übertrumpft die Wissenschaft unsere Arbeit vor Ort«, sagte Hella, an Marco Weitsch gerichtet.

Weitsch rollte mit den Augen. »Was labern Sie da?«

Matthias Stark stand auf. »Wir müssen Sie leider bitten, mit uns aufs Präsidium zu kommen.«

»Träum weiter, Alter.« Marco Weitsch stand auf und deutete mit der Hand auf die Tür. »Zeit für euch, zu gehen, würde ich mal sagen.«

27

Hella sah auf die Uhr. Mit viel Glück würde sie Wittmund gegen achtzehn Uhr erreichen. Als sie auf der Autobahn war, wählte sie Lars' Nummer.

»Und?«, fragte er ohne Begrüßung.

»Weitsch hat die Aussage verweigert. Die Durchsuchung seiner Geschäfts- und Privaträume läuft gerade. Der Kollege hier vor Ort, Matthias Stark, hat alles in der Hand.«

»Wahnsinn! Das war ja ein Timing. Tut mir übrigens leid, dass ich diese Vorstrafe nicht schon gestern bei der Recherche entdeckt habe. Weitsch hieß früher Müller und hat dann den Namen seiner Frau, heute Ex-Frau, angenommen.«

»Ich weiß«, sagte Hella. Marco Weitsch war mit achtzehn zu einer zweijährigen Bewährungsstrafe verurteilt worden. Er hatte seine Ex-Freundin in ihrer Wohnung überfallen und vergewaltigt. Roland Radmeier hatte die in Bent Harmsens Wohnung gefundene DNA mit der bundesweiten Datenbank abgeglichen und die Übereinstimmung entdeckt. »Weitsch wird wohl nach der Durchsuchung wieder auf freien Fuß gesetzt. Die Zeugen haben bestätigt, dass er sich am Sonntag beziehungsweise am Montag in Osnabrück aufgehalten hat.«

»Und wenn die gekauft sind?«

»Der Kollege Stark wird sich darum kümmern. Im Moment sieht es danach aus, als habe Weitsch nichts mit dem Tod von Bent Harmsen zu tun. Zumindest nicht direkt.«

»Du meinst, jemand anders ist in seinem Auftrag nach Juist und hat sich um Harmsen gekümmert?«

»Wohl eher nicht, aber er könnte seinen Auftraggeber frühzeitig informiert haben, der dann wiederum aktiv geworden sein könnte.«

»Aber für wahrscheinlich hältst du das nicht, oder?«

»Nein, im Moment nicht.«

»Hoffentlich kommst du gut durch. Alina und ich warten hier auf dich.«

Der Verkehr lockerte sich hinter Osnabrück auf, Hella erhöhte die Geschwindigkeit und ging noch einmal den Tag in Gedanken durch. Marco Weitsch war dafür verantwortlich, dass sich Juliette Kämmerer verfolgt gefühlt und die Tage auf Juist nicht im Haus ihrer Freundin, sondern im Hotel verbracht hatte. Bent war sogar so weit gegangen, dass er sein Handy ausgestellt hatte, weil er vermutlich Angst gehabt hatte, dass der Verfolger ihn lokalisieren könnte. Warum hatte Juliette Kämmerer die Fahrt nach Juist nicht abgebrochen, wenn sie Weitsch entdeckt hatte? Sie musste ihn in den Tagen oder Wochen zuvor schon in Osnabrück bemerkt haben und sich darüber klar gewesen sein, dass sie verfolgt wurde.

Hella rief Imke Wessels an und fragte, wann Frau Kämmerer die Suite in diesem Strandhotel gebucht hatte.

»Eine Woche vor ihrem Eintreffen«, sagte die Inselpolizistin. »Hatte ich Ihnen das nicht mitgeteilt?«

»Vermutlich habe ich nicht gefragt. Vielen Dank, Frau Kollegin. Ich informiere Sie morgen, was bei den Vernehmungen von Beier und Schmidt herausgekommen ist.«

Hella fragte sich, warum Juliette Kämmerer trotz der Observation nach Juist gefahren war. Was war so dringend gewesen, dass sie Bent Harmsen unbedingt persönlich hatte treffen müssen? Hatten sie an diesem Wochenende endgültig entscheiden wollen, wie es weitergehen würde? Oder waren noch andere, wichtigere Gründe Thema gewesen?

Wieder einmal beschlich Hella das Gefühl, dass sie etwas übersehen hatte. Bisher hatten sie viele Verdächtige, aber niemand von ihnen würde wissen, wo Bent Harmsen sich während der Tage versteckt hatte. Nur einmal war er unvorsichtig gewesen und hatte ein Frühstück entgegengenommen, nachdem Juliette Kämmerer abgereist war. War es Bent zu dem Zeitpunkt egal gewesen, ob ihn jemand entdeckte? Hatten Juliette und er beschlossen, das Versteckspiel aufzugeben und mit offenen Karten zu spielen? Wann hatte Bent die Suite endgültig verlassen, und wo war er anschließend hingegangen? Da seine Vermieterin ihn am Montag nicht gesehen hatte, musste Bent direkt vom Hotel aus zum Hammersee gegangen sein. Oder war er in der kurzen Zeit, als Meta Bruhn einkaufen war, in seiner Wohnung gewesen? Wie war es zu dem Treffen gekommen? Er hatte sich nicht per Handy verabredet. Hatte er vom Festnetzapparat in der Suite telefoniert?

Kurz vor Oldenburg geriet Hella in einen kurzen Stau, der sich aufgrund von Brückenarbeiten aufgebaut hatte, kam aber anschließend gut durch und hielt kurz vor achtzehn Uhr auf dem Parkplatz des Polizeikommissariats in Wittmund.

Lars und Alina warteten bereits in ihrem Büro. Erschöpft sank Hella auf einen der Stühle und nahm dankbar den angebotenen Kaffee entgegen. Nach einer kurzen Pause berichtete sie ausführlich, was sich in Osnabrück ergeben hatte.

»Der Kollege hat mich vor einer halben Stunde im Auto erreicht«, beendete Hella den Bericht. »Sie haben einen Laptop bei Weitsch gefunden, für den er keine Erklärung hatte. Da er mit einem Juist-Sticker beklebt war, können wir wohl davon ausgehen, dass er Bent Harmsen gehört hat. Ein Handy ist nicht gefunden worden.«

»Unterlagen über den Auftraggeber?«, fragte Lars.

»Ein Vertrag ist nicht gefunden worden, aber in den Kontoauszügen hat Kollege Stark eine Zahlung von dem Unternehmen der Familie Kämmerer gefunden. Viertausend Euro mit dem Vermerk ›Anzahlung‹.«

»Wow! Gibt es denn Aufzeichnungen darüber, wie lange er die Frau schon observiert hat?«

»Über acht Wochen, meint Matthias Stark. Vermutlich gibt es auch Berichte oder Aufzeichnungen auf Weitschs Computer, aber das braucht Zeit. Ich bin mir auch nicht sicher, ob uns das weiterbringt.«

»Und Bents Laptop? Da findet sich ja vielleicht etwas Interessantes für uns«, sagte Alina.

Hella nickte. »Sobald sie das Passwort geknackt haben, bekommen wir die Dateien geschickt. Der Kollege glaubt nicht, dass das schon morgen sein wird.«

»Wollen wir die Vernehmungen dann lieber verschieben?«, fragte Lars. »Unter Umständen finden sich auf dem Laptop Hinweise, wer Streit mit Bent Harmsen gehabt hat.«

Hella schüttelte den Kopf. »Nein, die Zeit läuft uns davon. Der Staatsanwalt würde die Verzögerung nur dazu nutzen, um den Fall abzuschließen. Wir sollten jetzt für morgen die Strategie bei den drei Vernehmungen besprechen, und anschließend gehen wir nach Hause. Morgen wird ein anstrengender Tag.«

Leon massierte Hella den Rücken. »Du bist vollkommen verspannt.«

»Die lange Autofahrt und … Ich komme einfach nicht weiter. Kennst du das? Man sucht nach einem Begriff, den man sozusagen plastisch vor Augen hat, aber der Kopf ist wie leer geblasen. Nichts.«

Leon massierte weiter, Hella stöhnte leise vor Schmerzen. »Ich werde alt. Vielleicht sollte ich mir einen anderen Job suchen.«

»Und todunglücklich werden?«

Hella drehte sich zu Leon um und küsste ihn. »Das nicht, aber vielleicht würde mir was fehlen.« Sie seufzte leise. »Ich weiß auch nicht, warum ich so gern in den Niederungen menschlicher Beziehungen herumgeistere.«

»Dein Gerechtigkeitssinn?«

»Mag sein, aber trage ich wirklich dazu bei, mehr Gerechtigkeit in diese Gesellschaft zu bringen? Wir sind fokussiert auf die Tat, und sobald diese vermeintlich aufgeklärt ist, endet unsere Arbeit. Wir überlassen die Menschen einem Justizsystem, das doch nur vorgibt, sich um jeden Einzelnen zu kümmern. Eigentlich sollte die Arbeit erst anfangen, wenn wir den Täter oder die Täterin überführt haben.«

»Ich erinnere mich da an deinen Fall auf Spiekeroog, der vermeintlich nie aufgeklärt wurde.«

Hella schmunzelte. »Eigentlich ist das ein dunkler Fleck in meiner Vita. Aber zumindest einmal bin ich über meinen Schatten gesprungen und habe ... Ach, egal. Was verschwende ich hier unsere wertvolle Zeit mit meinem Gejammer?« Sie zog Leon zu sich und küsste ihn zärtlich auf den Mund.

Staatsanwalt Holthaus reichte Hella die Hand und nickte Alina und Lars zu. »Gleich mit der ganzen Mannschaft unterwegs?«

»Guten Morgen, Herr Dr. Holthaus. Ja, wir sind in Wittmund Teamplayer.« Hella machte eine kurze Pause und tat so, als wenn sie sich über ihre Formulierung wundern würde. »So nennt man das doch heutzutage, oder?«

»Sie wollen aber nicht zu dritt ...?«

»Nein, natürlich nicht. Wir wechseln uns ab. Ist Herr Beier schon vor Ort?«

»Er sitzt zusammen mit seinem Anwalt im Vernehmungsraum.« Holthaus wies mit der Hand den Flur entlang. »Wollen wir dann?«

Der Staatsanwalt eröffnete die Vernehmung und gab das Wort an Hella weiter.

»Auch von meiner Seite einen guten Morgen, Herr Beier.«

Niklas Beier nickte mit verschlossener Miene.

»Beginnen wir bei Ihrem Verhältnis zu Bent Harmsen.«

Niklas Beiers Anwalt, ein Mann um die sechzig mit schütterem grauem Haar und Bauchansatz, beugte sich leicht vor. »Mein Mandant hat schon bei der Befragung auf Juist ausreichend Stellung zu diesem Punkt bezogen. Um es noch einmal zusammenzufassen: Das Verhältnis war gut, mein Mandant und Herr Harmsen waren Geschäftspartner. Auf der Basis hat sich die Beziehung der beiden Männer auch abgespielt. Es gab keinerlei Anlass zu emotionalen Auseinandersetzungen, schon allein deshalb, weil die Geschäftsbeziehungen in einem umfangreichen Vertragswerk geregelt worden waren.«

»Danke, Herr Kollege«, sagte Holthaus mit einem geschäftsmäßigen Lächeln. »Wie wäre es im Interesse aller Beteiligten, wenn sich Ihr Mandant selbst den Fragen stellt?«

»Soweit sie relevant sind, gern.«

Hella räusperte sich leise und wandte sich an Niklas Beier.

»Haben Sie jemals mit Bent Harmsen über eine Auflösung seines Vertrages gesprochen?«

Niklas Beier warf einen fragenden Blick zu seinem Anwalt. Der nickte ihm auffordernd zu. »Ja, Bent wollte seine Beteiligung an der Surfschule beenden.«

»Was hätte das in der jetzigen betrieblichen Situation für die Surfschule bedeutet?«.

»Nicht viel. Wir hätten einen neuen Partner oder eine Partnerin gesucht, und Bent wäre nach Vorgabe des Vertrages ausgeschieden. Das wäre sein gutes Recht gewesen.«

Niklas Beiers Worte klangen wie einstudiert. Er schien sich gut auf die Vernehmung vorbereitet zu haben.

»Wann haben Sie das letzte Mal mit Bent Harmsen gesprochen?«, stellte Hella die nächste Frage.

Niklas Beier zögerte kurz, richtete sich dann auf. »Das war am Donnerstag vor Bents Tod. Wir haben alle zusammengesessen und den Einsatzplan für die nächsten Wochen besprochen.«

»Kam bei diesem Gespräch Bents Wunsch zur Sprache?«

»Ja.«

»Wie haben Sie reagiert?«

»Ich hatte Bent schon bei mehreren Gesprächen dargelegt, dass es seine Entscheidung wäre. Ich war nicht erfreut über die Entwicklung, aber da Bent nicht umzustimmen war, musste ich seine Entscheidung akzeptieren.«

»Wir haben eine Zeugin, die einen Streit zwischen Ihnen und Bent Harmsen beobachtet hat.«

Niklas Beiers Anwalt hob die Hand. »Wieso ist hierzu kein Protokoll in den Unterlagen zu finden?«

»Die Frau hat sich erst gestern am späten Nachmittag auf unseren Aufruf in der Juister Online-Zeitung gemeldet«, sagte Hella und schob dem Anwalt das Protokoll über den Tisch, das Imke Wessels ihnen am frühen Morgen gemailt hatte.»Sie hat im April Urlaub auf der Insel gemacht und einen Surfkurs belegt.«

Der Anwalt überflog das Protokoll.»Ich bitte um eine kurze Unterbrechung.«

Holthaus stand auf. Hella und Alina folgten ihm. »Cleverer Schachzug, Frau Hauptkommissarin«, sagte Holthaus mit anerkennendem Blick.»Seit wann wussten Sie von der Zeugin?« Als Hella zur Antwort ansetzte, hob Holthaus die Hand.»Lassen Sie es lieber, ich will es gar nicht wissen.«

Wenige Minuten nachdem sie den Raum verlassen hatten, kehrten sie zurück.

»Mein Mandant bestätigt die verbale Auseinandersetzung zwischen ihm und Herrn Harmsen«, begann Beiers Anwalt. »Mein Mandant wurde vorsätzlich von Herrn Harmsen provoziert.« Der Anwalt pausierte kurz.»Auf einer sehr persönlichen Ebene, die mit dem eigentlichen Thema nichts zu tun hatte. Als Herr Harmsen ihn schließlich körperlich anging, hat mein Mandant sich zur Wehr gesetzt. Wir möchten allerdings betonen, dass diese kleine Rangelei kaum als Schlägerei oder eine ähnlich gewalttätige Auseinandersetzung anzusehen ist. Wie gesagt, mein Mandant hat die Schläge abgewehrt. Nicht mehr und nicht weniger.«

Holthaus räusperte sich. Er hatte in der Pause das Protokoll gelesen und wiegte jetzt den Kopf hin und her.»Herr Kollege, die Aussage der Zeugin scheint mir doch ausgesprochen klar zu sein. Sie kannte beide Männer persönlich, insofern kann es zu keiner Verwechslung gekommen sein.« Er zog das Protokoll heran.»Ich zitiere: ›Niklas Beier griff Bent Harmsen ohne Vorwarnung an und schlug ihn zu Boden.‹«

»Die Zeugin muss sich geirrt haben. Die beiden Männer sind fast gleich groß, haben mehr oder weniger die gleiche Haarfarbe und den gleichen kurzen Haarschnitt. Wie weit stand die Zeugin entfernt?«

»Zehn bis fünfzehn Meter«, sagte Hella für den eigentlich

angesprochenen Staatsanwalt. »Sie trägt keine Brille oder Kontaktlinsen, und ihr Gehör funktioniert meines Wissens auch einwandfrei.« Hella hatte noch am Morgen mit der Zeugin telefoniert, um einige Details mit ihr durchzugehen.

Der Anwalt schüttelte leicht verärgert den Kopf. »Die Entfernung reicht durchaus, um relativ ähnlich aussehende Personen zu verwechseln. Darüber hinaus hat sich diese harmlose Auseinandersetzung zwischen meinem Mandanten und Herrn Harmsen sechs Wochen vor der eigentlichen Tat abgespielt. Mehr ist dazu nicht zu sagen.«

»Würden Sie uns einen freiwilligen DNA-Abstrich geben?«, fragte Hella, an Niklas Beier gewandt.

Der junge Mann zuckte zusammen und sah Hilfe suchend zu seinem Anwalt.

»Mein Mandant lehnt das ab.«

»Gehen wir doch einmal die Woche vor Herrn Harmsens Tod durch«, sagte Hella unbeeindruckt. »Fangen wir beim Wochenende an.«

In der nächsten halben Stunde stellte Hella Fragen zu jedem einzelnen Tag. Niklas Beier antwortete bereitwillig, behauptete aber weiter, dass Bent Harmsens Ausscheiden aus der Surfschule nicht zur Sprache gekommen sei. Den entscheidenden Montag ließ Hella zunächst aus.

»Wir haben etwas in Ihrer Vergangenheit recherchiert«, sagte Hella unvermittelt. »Sie sind nur um ein Haar um einen Schulverweis herumgekommen?«

Niklas Beier wurde blass, sah zum wiederholten Mal zu seinem Anwalt, der beruhigend seine Hand auf Beiers Arm legte.

Der Anwalt lehnte sich entspannt zurück. »Was sollen irgendwelche Ereignisse, die viele Jahre zurückliegen, mit dem Tod von Herrn Harmsen zu tun haben?«

»Ich denke, Herr Beier kann meine Frage durchaus einordnen«, antwortete Hella und warf einen Blick zum Staatsanwalt.

Holthaus räusperte sich, zog ein Blatt aus seiner auf dem Tisch liegenden Mappe und reichte es Niklas Beier. »Das ist ein richterlicher Beschluss, der Sie dazu verpflichtet, einen DNA-Abstrich zu machen und sich darüber hinaus erkennungstechnisch behandeln zu lassen.«

Niklas Beier hatte den Beschluss inzwischen seinem Anwalt gereicht, der ihn überflog und Beier zunickte. Der junge Mann schluckte schwer und senkte den Blick.

»Kommen wir jetzt zum Montag vorletzter Woche«, sagte Hella. »Was haben Sie zwischen elf und sechzehn Uhr gemacht?«

Der Anwalt schob Beier ein beschriebenes Blatt zu. Niklas Beier holte tief Luft und richtete sich auf, bevor er ablas, wo er nach seiner Erinnerung wann gewesen war. Bis auf das Essen mit seiner Freundin konnte er keine Zeugen anbringen, die seine Version bestätigten.

Hella bohrte mehrmals nach, erhielt aber von Niklas Beier keine weiteren Antworten. Sein Anwalt wiederholte mit wachsender Gereiztheit die Aussagen seines Mandanten und ließ Hella bei der Verabschiedung deutlich merken, wie wenig er von ihr hielt.

28

»Hat Sie der Termin jetzt weitergebracht?«, fragte Holthaus, als sie kurze Zeit später zu viert auf dem Flur standen und auf Olaf Schmidt warteten.

»Da Herr Beier die Befragung auf Juist abgebrochen hat, blieb uns keine andere Wahl, als ihn vorzuladen«, sagte Hella. »Er ist nach wie vor einer der Hauptverdächtigen. Der DNA-Abgleich wird zeigen, ob er am Montag direkten Körperkontakt mit dem Opfer hatte. Wie Sie ja sicher gelesen haben, ist eine männliche DNA auf Bent Harmsens Kleidung gefunden worden.«

»Das ist mir durchaus bekannt, Frau Hauptkommissarin.« Der Staatsanwalt sah sich um. »Wo bleibt denn der nächste Kandidat?«

In diesem Augenblick kam eine junge Frau auf sie zu, begrüßte Holthaus und reichte ihm ein bedrucktes Blatt. »Der Anwalt von Herrn Schmidt hat sich soeben gemeldet. Herr Schmidt kann aus gesundheitlichen Gründen nicht zur Vernehmung erscheinen.«

Holthaus nickte. »Danke.«

»Ein ärztliches Attest?«, fragte Hella mit Blick auf das Blatt in der Hand des Staatsanwalts.

»So ist es. Für die nächsten zwei Wochen ist er krankgeschrieben.« Holthaus sah auf die Uhr. »Dann treffen wir uns hier in einer Stunde wieder.«

Lars kam mit einem Tablett, auf dem drei Tassen standen, zurück an ihren Tisch. Die drei Kommissare hatten sich ein Café in der Nähe der Polizeiinspektion gesucht.

»Bisher ist die Ausbeute mau«, sagte Lars. »Und Schmidt besorgt sich ein Attest und ist damit erst mal aus der Schusslinie. Kluger Schachzug.«

»Wir haben die DNA von Niklas Beier und seine Fingerab-drücke«, sagte Hella. »Sein Auftritt war nicht gerade souverän. Der Streit mit Bent scheint erheblich schlimmer gewesen zu sein, als er es zuvor zugegeben hatte. Er ist noch lange nicht aus dem Schneider.«

»Anwälte halt«, sagte Lars mit einer abwertenden Hand-bewegung.

»Ich denke, Jakob Jensen wird auch nicht allein kommen«, warf Alina ein.

»Aber wir haben gegen ihn erheblich mehr in der Hand als gegen Beier«, sagte Lars. »Und ja, mir ist klar, dass er das in-zwischen weiß, wenn er sich einen Anwalt genommen hat.«

Alina lächelte. »Genau!«

»Allerdings hat Jensen uns angelogen«, sagte Hella. »Das lässt sich nicht so einfach vom Tisch wischen.«

Lars nickte. »Trotzdem, im schlimmsten Fall verweigert er einfach die Aussage. Wenn nicht, wird er sich eine Story zu-sammengebastelt haben. Scheiß Anwäl…«

»Lars!«, fiel Hella ihm ins Wort. »Ich muss dir ja wohl kaum erklären, was einen Rechtsstaat ausmacht, oder?«

»Nein«, murmelte Lars beschämt.

Jakob Jensen betrat mit seiner Anwältin, einer Frau Mitte dreißig, den Vernehmungsraum. Nachdem der Staatsanwalt die einleitenden Worte gesagt hatte, schlug Lars sein Notiz-heft auf und warf Jakob Jensen einen triumphierenden Blick zu. »Vielen Dank, dass wir noch einmal miteinander sprechen können.«

Die Anwältin wandte sich an den Staatsanwalt. »Ich möchte im Namen meines Mandanten eine Erklärung abgeben.«

»Bitte!«, sagte Holthaus.

Die Anwältin räusperte sich leise. »Mein Mandant hat bei vorherigen Befragungen verneint, dass er in den letzten Wochen auf Juist war. Dieser Umstand war nicht korrekt wiedergegeben. Aus Angst, in eine Mordermittlung hineingezogen zu werden, hat mein Mandant den kurzen Aufenthalt auf Juist am Tag des Todes von Herrn Harmsen nicht erwähnt. Er bittet, seinen Fehler zu entschuldigen.«

Lars hielt kurz inne und wandte sich dann an Jakob Jensen.

»Wie war beziehungsweise ist Ihr Verhältnis zu Katrin Ohle?«

Jensen zögerte lange, bevor er durchatmete und nickte. »Wir sind nach wie vor gut befreundet. Ich habe versucht, Katrin von ihrer fixen Idee abzubringen, dass Bent an ihr wieder interessiert sei und sie noch eine Chance bei ihm hätte. Deshalb bin ich auch nach Juist gefa...«

»Entschuldigung«, unterbrach ihn Lars. »Ein Schritt nach dem nächsten. Wie häufig haben Sie sich mit Katrin Ohle in den letzten zwei bis drei Monaten getroffen?«

»Sieben- bis achtmal.« Jensen hatte leise gesprochen und dabei den Kopf gesenkt.

»Wo haben Sie sich getroffen?«

»In meiner Wohnung, einmal in Münster und an dem Montag auf Juist.«

»Ich frage Sie noch einmal: Wie ist Ihr Verhältnis zu Katrin Ohle? Haben oder hatten Sie in den letzten drei Monaten sexuellen Kontakt?«

Jakob Jensen nickte.

»Würden Sie bitte laut antworten?«, sagte Lars.

»Ja.«

»Wie häufig?«

»Dreimal.«

»Hat Frau Ohle Sie nach Münster eingeladen?«

»Nicht direkt«, murmelte Jensen.

»Sie haben sie also ohne Verabredung beziehungsweise Einladung aufgesucht?«

»Ja.«

»Wann war das?«

»Anfang März. Ihre Eltern haben mir gesagt, dass sie wieder in Münster sei, und da bin ich spontan zu ihr gefahren.«

»Hatten Sie sich zuvor in Wittmund getroffen?«

Jakob Jensen nickte. »Sie stand eines Tages vor meiner Tür, als ich am Nachmittag nach Hause kam.«

»Was war der Anlass für ihren Besuch?«

»Katrin hatte ihre Therapie abgebrochen und sich quasi ein Freisemester genommen.« Jensen atmete schwer. »Sie wollte mit mir über Bent sprechen. Ich habe ihr klipp und klar gesagt, wie es aussieht.«

»Wie hat Frau Ohle reagiert?«

»Sie hat mir nicht geglaubt. Ich habe ihr dann gesagt, dass sie doch nach Juist fahren solle, um mit Bent zu sprechen.«

Lars wartete eine Weile und stellte die nächste Frage, als Jensen nicht weitersprach. »Kam es bei diesem Besuch zu einem näheren Kontakt zwischen Ihnen beiden?«

»Nein, aber ich glaube, Katrin ist dann tatsächlich nach Juist gefahren und hat Bent auch dort getroffen.«

»Glauben oder wissen Sie das?«

»Katrin hat mir davon erzählt. Ja, sie war auf Juist.«

»Warum sind Sie nach Münster gefahren?«

Die Anwältin beugte sich leicht nach vorn. »Mein Mandant hat sich zu der Zeit Sorgen um seine Schulfreundin gemacht. Da er sie telefonisch nicht erreichen konnte, ist er am folgenden Wochenende zu ihr gefahren.«

»Wie und warum kam es zu dem sexuellen Kontakt an diesem Wochenende in Münster?«, fragte Lars weiter, ohne sich um die Anwältin zu kümmern.

»Wie das so ist«, antwortete Jakob Jensen. »Wir haben viel gequatscht, etwas Wein getrunken und dann …« Er brach mitten im Satz ab.

»Ich stelle mir schon die Frage, wieso Frau Ohle, die ja extrem auf Bent Harmsen fixiert war, plötzlich sexuellen Kontakt mit Ihnen haben wollte.«

»Das hat sich so ergeben.«

»Muss ich daraus schließen, dass im Grunde genommen keiner von Ihnen beiden diesen sexuellen Kontakt forciert hat?«

Jakob Jensen starrte Lars an. »Wie?«

»Dann formuliere ich es noch einmal um: Sie sind nicht oder nicht nur mit der Erwartung nach Münster gefahren, sexuellen Kontakt mit Frau Ohle zu haben?«

»Ich bitte Sie!«, grätschte Jensens Anwältin dazwischen. »Herr Jensen hat die Frage klar und deutlich beantwortet. Er hatte sich Sorgen um seine Schulfreundin gemacht und konnte sie telefonisch nicht erreichen. Das war seine Motivation, sich auf den Weg zu machen.«

»Danke für die Klarstellung, Frau ...« Lars sah auf die Visitenkarte, die die Anwältin zuvor verteilt hatte. »... Frau Grote.« Er wandte sich wieder Jakob Jensen zu. »Wie viele Nächte waren Sie in Münster?«

»Zwei.«

»War es ein harmonisches Wochenende, oder wie muss ich mir das vorstellen?«

»Harmonisch?« Jakob Jensen warf Lars einen irritierten Blick zu.

»Herr Dr. Holthaus«, brach es aus der Anwältin heraus. »Halten Sie das für eine zielführende Befragung?«

Der Staatsanwalt lächelte. »Liebe Kollegin, warten wir doch einfach ab. Herr Oberkommissar Mattes sollte durchaus in der Lage sein, zielführende Fragen zu stellen.«

»Danke«, sagte Lars an den Staatsanwalt gerichtet. Er lächelte Jakob Jensen an. »Wo waren wir stehen geblieben? Stimmt. Ihr Wochenende mit Katrin Ohle. Ich stelle meine Frage noch einmal anders. Ihre Zuneigung zu Frau Ohle überstieg oder übersteigt das Maß einer Freundschaft?« Lars hielt kurz inne. »Aus Ihrer Sicht, meine ich.«

Jakob Jensen zuckte mit den Schultern. »Katrin und ich haben uns ... sehr angefreundet.«

»Irgendwie bekomme ich das nicht zusammen. Bisher war ich davon ausgegangen, dass Frau Ohle Bent Harmsen hinterhergelaufen ist. Wie passt jetzt das, was Sie mir gerade erzählen, ins Bild?«

»Katrin ... sie hat starke Stimmungsschwankungen. Deshalb

ist sie auch in Therapie gewesen, und wahrscheinlich hat sie die auch zu früh abgebrochen.«

»Kommen wir zu den weiteren Zusammenkünften. Sie haben sich also nach diesem Wochenende mehrere Male in Wittmund getroffen?«

Jakob Jensen nickte.

»Und dort ist es wieder zu sexuellen Kontakten gekommen?«

Erneut nickte Jakob Jensen.

»Wann war Ihr letztes Treffen?«

»Kurz bevor Katrin nach Juist aufgebrochen ist. Ich wusste aber nichts davon. Als mir dann klar wurde, wo sie wahrscheinlich hin ist, bin ich ihr nachgefahren. Das war an dem Montag.«

»Sie wussten, wo sie bei ihren Juist-Aufenthalten übernachtete?«

»Ja. Sie hatte es mir einmal aufgeschrieben. Für alle Fälle, sozusagen.« Jakob Jensen holte tief Luft. »Ich habe sie auch auf ihrem Zimmer angetroffen.«

»Was ist dann passiert?«

»Wir haben geredet. Lange geredet. Aber Katrin wollte nicht mitkommen. Sie hat darauf bestanden, dass ich Juist wieder verlasse und …«, er schluckte schwer, »… und sie in Ruhe lasse.«

»Verstehe ich das richtig, Frau Ohle hat Sie rausgeworfen?«

»Wenn Sie es so ausdrücken wollen.«

»Sie sind um zehn Uhr dreißig auf Juist angekommen. Sagen wir … eine halbe Stunde später waren Sie bei Frau Ohle auf dem Pensionszimmer.«

»Ja, so ungefähr.«

»Wie lange sind Sie geblieben?«

Jakob Jensen zuckte mit den Schultern. »Genau weiß ich das nicht. Vielleicht waren es zwei Stunden, vielleicht auch mehr oder weniger.«

»Ist Frau Ohle auf dem Zimmer geblieben, als Sie sie verließen?«

»Ja, sie sagte, dass sie müde sei und schlafen wolle.«

»Und was haben Sie gemacht?«

»Ich war etwas durcheinander. Bin wohl durch den Ort gelaufen, habe irgendwo einen Kaffee getrunken, und als ich gemerkt habe, dass die Fähre schon weg war, habe ich es beim Flugplatz versucht. Die haben mich dann zu dem Shuttle vermittelt. Das ist so eine Art Taxi mit Pferd und Wagen. Das hat eine Weile gedauert, bis wir da waren, und dann … musste ich wieder warten. Auf dem Festland habe ich mir ein Taxi zum Fährhafen genommen, wo ja mein Auto stand, und bin dann zurück nach Wittmund.«

29

Hella stand in ihrem Büro an der Flipchart, auf die sie fünf Namen geschrieben hatte: »Katrin Ohle«, »Jakob Jensen«, »Olaf Schmidt«, »Niklas Beier« und »Juliette Kämmerer«. »So, wo stehen wir?«

»Wieder ganz am Anfang«, warf Lars mit resignierter Stimme ein.

Alina warf ihm einen leicht genervten Blick zu. »Sehe ich nicht so. Klar, wahrscheinlich haben wir uns alle mehr von dem Tag versprochen, aber wenn die Anwälte mit ins Spiel kommen, wird unsere Arbeit doch jedes Mal komplizierter. Was passiert jetzt eigentlich mit Olaf Schmidt? Kommt er damit durch?«

»Holthaus hat mit Schmidts Anwalt telefoniert und ihn so lange bearbeitet, bis der damit herausgerückt ist, wo Schmidt sich aufhält«, sagte Hella. »Ich war dabei, als er mit ihm telefoniert hat. Hätte nicht gedacht, dass er so hartnäckig sein kann. Kurz und gut: Kollegen aus Emden sind zu Schmidt unterwegs und werden vor Ort von ihm einen DNA-Abstrich machen.«

»Wenigstens etwas«, murmelte Lars.

»Sprich, wir haben von den drei Kandidaten ...«, Hella unterstrich Jensen, Schmidt und Beier mit einem roten Filzstift, »... die DNA und können sie mit der auf Bent Harmsens Kleidung abgleichen.«

»Die DNA kann auch Tage zuvor auf die Kleidung gekommen sein«, sagte Lars.

Hella wiegte den Kopf hin und her. »Möglich, allerdings sagt Roland, dass die männliche DNA häufiger vorkommt und er davon ausgeht, dass es mehr als eine kurze Umarmung war. Auch Dr. Wolters hat Hämatome gefunden, die auf eine Auseinandersetzung wenige Stunden vor dem Tod hindeuten.«

Lars seufzte. »Okay, das wusste ich noch nicht.«

»Sollte die DNA eines der drei Männer gefunden werden,

würde uns das schon weiterbringen«, sagte Hella. »Okay, gehen wir unsere Verdächtigen noch einmal durch.« Sie warf einen Blick in die Runde. »Jakob Jensen.«

Lars richtete sich auf. »Leider muss ich sagen, dass seine Erklärungen recht schlüssig klangen. Wir hatten ja schon vermutet, dass er mehr als nur ein alter Schulfreund von Katrin Ohle ist. Es ist mir zwar schleierhaft, warum er auf diese Frau steht, die ja ziemliche psychische Probleme zu haben scheint, aber das ist hier nicht das Thema.«

»Mir erschließt sich bei ihm auch kein Motiv«, warf Alina ein. »Warum sollte er auf die Insel fahren, sich mit Katrin Ohle treffen und sich anschließend auf die Suche nach Bent Harmsen machen? Auch vom zeitlichen Ablauf her würde das alles nicht passen.«

Hella griff nach einem blauen Filzstift und kreiste den Namen von Jakob Jensen ein. »Ich schließe mich an. Wenn seine DNA nicht auf Bents Kleidung gefunden wird, ist er raus.« Sie zeigte auf den nächsten Namen. »Olaf Schmidt.«

»Meine Baustelle«, sagte Alina. »Er hat ein Motiv, er war auf der Insel, unter Umständen wusste er sogar, wo Bent Harmsen zu finden war. Wir müssen auf den DNA-Abgleich warten.«

Hella nickte und umkreiste den Namen mit einem roten Filzstift. »Niklas Beier. Für ihn gilt im Grunde genommen das Gleiche wie für Schmidt. Motiv, Gelegenheit, kein Alibi.« Sie umkreiste auch diesen Namen mit dem roten Stift. »Auf mich wirkte seine Aussage ehrlich. Vermutlich ist Beier auch fest davon überzeugt, dass er mit dem Vertrag durchgekommen wäre. Aber auch hier müssen wir die DNA-Ergebnisse abwarten.«

»Was ist mit Katrin Ohle?«, fragte Lars. »Können wir sie bald noch einmal vernehmen?«

Hella schüttelte den Kopf. »Ich habe mit dem Staatsanwalt darüber gesprochen. Das Gutachten wird noch mindestens eine Woche in Anspruch nehmen, eher zwei. Erst danach wird Holthaus entscheiden, wie es weitergeht.«

»Also auch eine Sackgasse«, murmelte Lars.

»Bleibt Frau Kämmerer beziehungsweise der Auftraggeber des Privatdetektivs«, sagte Alina. »Ist der Laptop von Bent Harmsen schon geknackt?«

»Das scheint schwieriger zu sein als erwartet«, sagte Hella. »Kollege Stark recherchiert auch noch bezüglich dieses Privatdetektivs weiter. Eventuell haben wir da nächste Woche mehr Infos.«

Alina hob die Hand. »Auch hier haben wir ein Problem mit dem zeitlichen Ablauf. Sollte der Privatdetektiv tatsächlich nicht mehr auf Juist gewesen sein – und danach sieht es ja im Moment aus –, müsste ja jemand anderes sich mit Bent Harmsen getroffen haben. Wäre das wirklich so schnell möglich? Wie ist diese Person in Kontakt mit Harmsen gekommen? Wir haben keine Anrufe, eingehend oder abgehend, auf Bents Handy. Selbst der Privatdetektiv hat offensichtlich während seiner Tage auf Juist Harmsen beziehungsweise Frau Kämmerer nicht gefunden. Die beiden müssen sehr, sehr vorsichtig gewesen sein.«

»Ein konspiratives Treffen«, warf Lars ein. »Klingt nicht nach einem Liebeswochenende, oder?«

Hella setzte sich zu den beiden an den Tisch. »Darüber habe ich auch schon nachgedacht. Nach unserem bisherigen Informationsstand wurde Juliette Kämmerer schon Wochen vorher observiert, und irgendwann hat sie das auch mitbekommen. Warum ist sie trotzdem zu Bent Harmsen gefahren?«

»Sie müssen etwas Wichtiges zu besprechen gehabt haben«, meinte Alina. »Vielleicht ging es darum, ob Frau Kämmerer ihren Mann verlässt. Und es muss sehr aktuell gewesen sein, wenn Bent sich ein paar Wochen vorher in der Nähe von Osnabrück mit Juliette Kämmerer getroffen hat. Dabei hat ihn ja offensichtlich der Privatdetektiv auch fotografiert.«

»Ja, du hast recht. Es muss ein sehr drängendes Problem gewesen sein«, sagte Hella. »Die Frage nach der Trennung wird doch schon lange vorher im Raum gestanden haben.«

»Was genau hat denn Frau Kämmerer zu dir gesagt?«

Hella griff nach ihrem Notizbuch. »Ich habe mir gleich nach

den Gesprächen alles aufgeschrieben, was ich noch im Kopf hatte.« Sie blätterte die Seiten durch. »Hier. Sie sagte – so oder ähnlich –, sie und Bent wollten sich ein eigenes Leben aufbauen.« Hella schloss die Augen. »Aber da war noch etwas. Sie hat den Satz nicht zu Ende gesprochen. Ja, sie sprach davon, zusammen mit jemandem oder etwas ...« Hella schlug sich mit der flachen Hand vor den Kopf. »Warum habe ich das nicht gleich gesehen? Sie ist schwanger!«

»Das würde natürlich einiges ändern«, sagte Alina. »Wenn Frau Kämmerer gerade erst davon erfahren hatte, stand sie natürlich unter Zeitdruck. Vielleicht wollte sie das Bent auch nicht am Telefon erzählen.«

»Warum nicht?«, fragte Lars.

»Sie war sich nicht sicher, wie er reagieren würde«, sagte Hella. »Und es gab viel zu entscheiden. Keine Frau würde das in dieser schwierigen Situation am Telefon machen wollen.«

»Hat ihr Mann etwas davon geahnt?«, fragte Lars.

»Aus Eifersucht? Geht es zwischen den Kämmerers nicht eher um Geld?«, warf Alina ein.

Hella sah auf die Uhr. »Ich würde vorschlagen, dass wir ins Wochenende gehen. Im Moment können wir ohnehin nur auf den DNA-Abgleich warten.« Alina und Lars nickten. »Montagmorgen um elf Besprechung bei mir.«

Hella und Leon änderten ihren Plan fürs Wochenende und fuhren nicht zu ihren Freunden nach Hamburg. Hella bemühte sich, der Arbeit und dem aktuellen Fall nicht zu viel Platz in ihren Gedanken einzuräumen. Hin und wieder ertappte sie sich dabei, mögliche Tatverläufe durchzuspielen, und fragte sich anschließend, ob sie vor Jellas Geburt in ihrer Freizeit ebenso viel Kopfarbeit zugelassen hatte. Leon schien ihren inneren Kampf zu bemerken, sprach sie aber nicht auf ihre Arbeit an. Jella genoss Hellas Aufmerksamkeit und bestand hartnäckig darauf, dass Hella sich immer in ihrer Nähe aufhielt.

Am Sonntagabend saßen Hella und Leon lange in der Küche,

tranken Wein und sprachen über ihre Pläne für die Zukunft. Die Eigentümer des Hauses hatten sich bei Leon gemeldet und signalisiert, dass sie einem Verkauf grundsätzlich nicht abgeneigt waren. Das Angebot der drei Banken, bei denen Leon angefragt hatte, lag nur unerheblich über der Miete.

»Was bedeutet das jetzt alles?«, fragte Hella.

»Erst mal nichts. Wir müssen uns grundsätzlich entscheiden, ob wir uns tatsächlich vorstellen können, hier wohnen zu bleiben. Dann würden uns unsere Vermieter ihren Preis nennen, und wir fangen an zu rechnen. Vorgestern hatte ich einen Architekten hier, der ...«

»Das hast du mir gar nicht erzählt«, unterbrach Hella ihn.

»Du warst so beschäftigt mit deinem Fall, da wollte ich dich nicht rausreißen. Ein Kollege von der Arbeit hat ihn mir empfohlen. Er ist spezialisiert auf den Umbau von alten Häusern.«

»Und, was hat er gesagt?«

»Ein Anbau wäre technisch kein Problem. Er hatte auch schon gute Ideen, wie man das so gestalten könnte, dass es nicht als Fremdkörper daherkommt. Das wäre die eine Variante. Die zweite Möglichkeit wäre, bewusst einen neuen Akzent zu setzen. Keine Angst, er fängt noch nicht an mit der Planung. Das war nur ein Vorgespräch. Auf mich wirkte er übrigens sehr kompetent.« Leon griff ins Regal und zog eine Visitenkarte aus einem Stapel Unterlagen. »Du kannst dir ja mal seine Homepage anschauen. Da sind einige Beispiele drauf. Vorher, nachher. Echt interessant, was man so alles machen kann.«

Hella nickte nachdenklich. »Jetzt wird es also Ernst.«

Leon lächelte. »Ist es das nicht schon lange?«

»Ja, du hast recht.« Sie seufzte leise. »Allerdings bin ich mir unsicherer als zuvor, ob wir hierbleiben oder zum Beispiel nach Wittmund ziehen sollen.«

»Wie kommt's?«, fragte Leon erstaunt. »Ich dachte, wir hätten schon eine grundsätzliche Entscheidung für das Haus getroffen.«

»Ich weiß doch, Leon. Vielleicht liegt es daran, dass ich mir im Moment nicht so sicher bin, ob ich meinen Job behalten will.«

»Ja, vielleicht sollten wir die Entscheidung noch etwas rausschieben, bis du da Klarheit hast. Ich kann mir gut vorstellen, wie schwierig das für dich im Moment ist. Jella hier, du in Wittmund. Überstunden und die Last der Ermittlungen.«

»Ich könnte mich mehr in die Büroarbeit zurückziehen. Im Moment macht das überwiegend Torsten Peters.«

»Und was würde dein Kollege sagen?«, fragte Leon.

»Begeisterungssprünge würde er wohl nicht machen. Ihm liegt die administrative Arbeit, hat er gemeint. Mir war es ja ganz recht, weil ich mich nie darum gerissen habe.«

»Schwere Entscheidung.« Leon schenkte Wein nach und hob sein Glas. »Lass uns auf die Zukunft trinken. Egal wie sie sein wird, solange wir drei zusammen sind, ist alles okay.«

Hella beugte sich vor und küsste ihn. »Ich liebe dich, Leon!«

30

Der Montag begann mit einer kurzen Teamsitzung. Sie beschlossen, zunächst die Ermittlungsakte auf den neuesten Stand zu bringen und auf die Ergebnisse des DNA-Abgleichs zu warten, den Roland Radmeier für spätestens Mittwoch angekündigt hatte. Als Hella erfuhr, dass die Beerdigung von Bent Harmsen für Donnerstag angesetzt war, schrieb sie Juliette Kämmerer eine Nachricht mit dem Termin und dem Ort. Vier Stunden später meldete sich Frau Kämmerer mit einem kurzen »Danke!«. Kurz vor sechzehn Uhr machte sich Hella auf den Heimweg. Während der Fahrt machte sich in ihr der Gedanke breit, dass sie einen Tag nicht genutzt hatte, um in dem Fall weiterzukommen. Am Freitag hatte der Staatsanwalt noch einmal auf seinen Wunsch hingewiesen, dass die Ermittlungen zum Ende der Woche abgeschlossen werden müssten. Hella hatte vorsichtig angedeutet, dass die Zeit nicht reichen würde, was Holthaus nicht kommentiert hatte.

Der Dienstag begann wieder mit einer kurzen Teamsitzung, anschließend setzte sich Hella mit ihrem Stellvertreter zusammen und ging die offenen Ermittlungen durch. Als sie vorsichtig zum Thema Arbeitsverteilung wechselte, zeigte sich Torsten Peters sehr zufrieden mit dem momentanen Stand.

Hella machte ihren obligatorischen Spaziergang durch den Schlosspark, und als sie zurückkam, hielt Peters sie am Empfang zurück, bevor sie in ihr Büro gehen konnte.

»Vor ein paar Minuten hat eine Frau nach Ihnen gefragt. Ich wollte sie an jemand anderen vermitteln, aber sie hat darauf bestanden, nur mit Ihnen zu sprechen.«

Hella horchte auf. »Hat sie ihren Namen genannt?«

»Nein. Ich wollte Sie gerade fragen, da hat sie sich auch schon um...«

»Wie sah sie aus?«, unterbrach Hella ihren Kollegen.

»Nicht ganz so groß, schwarze Haare, sehr attraktiv.«

Hella wandte sich abrupt um und lief zurück zum Parkplatz des Kommissariats. Als sie die Autos ablief, kam ihr ein bordeauxroter MINI Cooper mit Osnabrücker Kennzeichen entgegen. Sie hob instinktiv die Hand und blieb mitten auf dem Weg stehen. Der Wagen hielt an, Hella ging zur Seitenscheibe und wartete, bis die Frau hinter dem Steuer die Scheibe heruntergefahren hatte.

»Frau Kämmerer«, begrüßte Hella die Frau, die sie von den Fotos wiedererkannt hatte. »Hella Brandt. Wir haben miteinander telefoniert.«

Die Frau zögerte kurz, nickte schließlich und fuhr ihren Wagen rückwärts in eine nahe Parklücke. Hella reichte ihr die Hand, als Juliette Kämmerer ausgestiegen war.

»Guten Tag, Frau Brandt«, sagte Juliette Kämmerer mit leiser, zurückhaltender Stimme. »Haben Sie ein paar Minuten Zeit für mich?«

»Selbstverständlich. Wollen wir in mein Büro gehen?«

»Wenn es sich vermeiden lässt, würde ich gern …« Sie brach ab.

»Wenige Meter von hier entfernt beginnt ein kleiner Park. Wenn Sie möchten, können wir natürlich auch ein paar Schritte gehen.«

Juliette Kämmerer lächelte sie erleichtert an. Hella wies ihr den Weg und lief neben ihr her. Bis sie den Park erreicht hatten, schwiegen sie.

»Danke für die Nachricht«, brach Juliette Kämmerer das Schweigen.

»Gern geschehen! Kommen Sie direkt aus Frankreich?«

Juliette Kämmerer nickte. »Ich bin die Nacht durchgefahren und habe noch ein paar Stunden in einem Hotel nahe der Autobahn geschlafen.«

»Die Beerdigung ist aber erst am Donnerstag.«

»Ich weiß.« Juliette Kämmerer lächelte mild. »Ich wollte

mit …«, sie holte tief Luft, »… also, ich wollte mit Bents Eltern sprechen.«

»Sie sind schwanger?«, fragte Hella mit leiser Stimme.

Juliette Kämmerer blieb abrupt stehen. »Woher wissen Sie das?«

»Ich habe es vermutet.«

Juliette Kämmerer nickte nachdenklich. »Entschuldigen Sie, ich hatte einen Augenblick vergessen, dass Sie Polizistin sind.«

Hella wies den Weg entlang. »Wollen wir weitergehen?«

»Darf ich Ihnen ein paar Fragen stellen?«, meinte Juliette Kämmerer mit zurückhaltender Stimme.

»Gern. Ich darf allerdings nicht zu allen Details der Ermittlungen etwas sagen.«

»Ja, das verstehe ich.« Juliette Kämmerer schwieg eine Weile, bevor sie stehen blieb. »Wie ist Bent gestorben?«

»Wir haben ihn am Ufer des Hammersees gefunden. Sie wissen, wo das ist?«

»Ja, wir waren mal da. Sehr frühmorgens.«

»Bent ist mit einem Stein erschlagen worden«, fuhr Hella fort.

»War er sofort tot?«

»Vermutlich ja«, log Hella.

»Wer hat das getan?«

»Das wissen wir noch nicht. Allerdings hoffen wir, durch die noch laufenden DNA-Untersuchungen weiterzukommen.«

Juliette Kämmerer schwieg die nächsten Minuten. Sie schien nicht bemerkt zu haben, dass sie inzwischen einmal den Schlosspark durchquert hatten und die zweite Runde liefen.

»Wir wollten zusammen nach Frankreich gehen. Warum ist Bent nur nicht gleich mitgekommen? Jetzt ist er tot.« Sie blieb wieder stehen. »Haben Sie diesen Niklas verhört?«

»Wir haben mit allen Menschen gesprochen, mit denen Bent in den letzten Monaten zu tun hatte. Und mehrmals mit Herrn Beier.«

»Er ist ein ziemlich gewalttätiger Kerl. Er hat Bent immer wieder gedroht, seit er sich aus der Surfschule zurückziehen wollte.«

»Wissen Sie, worum es in dem Streit genau ging?«, fragte Hella.

»Natürlich ums Geld. Bent hatte sechzigtausend Euro investiert. Die wollte er zurückhaben.«

»Frau Kämmerer, Sie sind sehr vermögend. Ich würde denken, dass dieser Betrag kein ...«

»Nein, natürlich nicht«, unterbrach Juliette Kämmerer Hella. »Ich habe Bent bekniet, dass er mein Geld nimmt. Aber er war zu stolz dazu. Er wollte selbst den Kredit zurückzahlen. Seine Eltern haben dafür gebürgt.« Ihr lief eine Träne über die Wange. »Er war so stolz. Und wofür? Wenn ich was habe, dann ist es Geld. Dieses verfluchte Geld.«

»Niklas Beier hat Bents Forderung abgelehnt?«

»Ja. Und die beiden anderen haben das gemacht, was dieser Mensch wollte. Sie haben Angst vor ihm, hat Bent gesagt.«

»Wissen Sie denn, was Bent vorhatte? Oder wollte er akzeptieren, dass ...?«

»Nein, das wollte er auf keinen Fall. Er wollte das Geld jetzt und nicht in ein paar Jahren. Er meinte, dass es die Schule dann nicht mehr geben würde und sein Geld verloren wäre.«

»Hatte Bent einen Plan, wie er an das Geld kommen würde?« Juliette nickte. »Ja. Aber ich weiß nicht, was er vorhatte. Er wollte es mir nicht sagen, und dann kam der Anruf aus Frankreich. Meine Mutter hatte einen Schlaganfall und lag im Krankenhaus. Ich bin sofort losgefahren.«

»Weiß Ihr Mann inzwischen Bescheid?«

»Nein, er denkt, dass ich noch in Frankreich bin. Ich habe nächste Woche einen Termin bei meinem Anwalt. Ich werde mich scheiden lassen.«

»Welche Auswirkungen hat das für Ihren Mann?«

Juliette schaute sie verwundert an. »Auswirkungen?«

»Ich meine, wirtschaftlicher Art.«

»Zunächst keine. Er wird weiter das Unternehmen leiten. Wir brauchen ihn, das Unternehmen braucht ihn.«

»Der Mann, der Sie verfolgt hat, war ein Privatdetektiv. Nach unseren Recherchen ist er von Ihrem Mann beauftragt worden.«

»Das habe ich mir bereits gedacht. Mein Mann ist ausgesprochen eifersüchtig und will unbedingt an unserer Ehe festhalten. Wir hatten schon einige Krisen, von daher weiß ich, wie er reagiert. Ich wollte einen Skandal vermeiden, solange es geht. Das war wohl ein Fehler.«

»Sie befürchten nicht, dass er etwas mit dem Tod von Bent zu tun haben könnte?«

»Nein, so weit würde er nicht gehen. Ich glaube es zumindest oder will es glauben. Aber im Moment bin ich mir mit nichts mehr sicher.«

»Wir wissen ja inzwischen, dass Sie und Bent in dem noblen Strandhotel übernachtet haben. Sie sind an dem Wochenende dem Privatdetektiv nicht mehr begegnet?«

Juliette Kämmerer schüttelte den Kopf. »Nein, wir sind kaum aus dem Zimmer gegangen, und wenn, sehr spätabends. Man kann vom Hotel direkt an den Strand laufen. Nein, bestimmt nicht. Wir brauchten unsere Ruhe und wollten niemandem begegnen.«

»Warum haben Sie Bent nicht angerufen, als sie unterwegs waren?«

»Ich hatte versehentlich sein Handy eingesteckt. Das habe ich aber erst gefunden, als ich schon auf dem Festland war.«

Sie hatten inzwischen die Runde durch den Park ein zweites Mal hinter sich gebracht. Juliette Kämmerer zeigte auf den Ausgang. »Haben Sie noch Fragen? Ich würde mir gern ein Hotel suchen.«

»Nein, vielen Dank, dass Sie zu mir gekommen sind.« Hella empfahl ihr ein Hotel und begleitete sie bis zum Auto.

»Sehen wir uns auf der Beerdigung?«, fragte Juliette Kämmerer.

»Wenn ich es irgendwie einrichten kann, werde ich kommen.«

»Und was heißt das jetzt?«, fragte Lars, als sie kurze Zeit später zu dritt zusammensaßen.

»Ich würde sagen, dass Niklas Beier wieder stärker in unseren Fokus rückt«, sagte Alina. »Wenn Bent so beharrlich auf sein Geld gepocht hat, wird er sich eine Strategie ausgedacht haben, mit der er Niklas Beier unter Druck setzen konnte.«

»Und die wäre?«, fragte Lars.

»Vielleicht hatte er etwas gegen ihn in der Hand.«

Lars schüttelte den Kopf. »Hätten wir das nicht gefunden? Wir haben jeden Stein umgedreht. Mir fällt auch nichts ein, was es gewesen sein könnte.«

»Lars hat recht«, sagte Hella. »Niklas Beier hat auch nicht den Eindruck gemacht, als wenn er sich unter Druck setzen lassen würde. Wir müssen etwas übersehen haben.«

»Warum hat er nicht einfach das Angebot seiner Freundin angenommen?«, warf Lars ein. »Sie sitzt doch auf vielen Millionen.«

»Hättest du das gemacht?«, fragte Alina. »Männer haben häufig Probleme damit, wenn ihre Frauen mehr verdienen. Und bei den beiden ist der Unterschied erheblich. Frau Kämmerer kommt zudem noch aus ganz anderen Kreisen, ist älter und reifer als Bent – das vermute ich zumindest. Dann die plötzliche Schwangerschaft, die beide gezwungen hat, sich viel schneller zu entscheiden als vermutlich geplant. Das alles muss erheblich Druck auf Bent ausgeübt haben. Also, ich verstehe ihn schon.«

»Nur bringt uns das jetzt keinen Schritt weiter«, murmelte Lars.

»Wie weit liegt der Hammersee von der Surfschule entfernt?«, fragte Hella unvermittelt.

Lars öffnete seinen Laptop, tippte etwas ein und wiegte den Kopf hin und her. »Am Strand entlang ist das ein guter Kilometer.«

»Wenn man schnell geht, schafft man die Strecke in zehn Minuten.«

»Wenn du joggst, sogar noch schneller«, sagte Alina.

»Hatte Bent eigentlich ein Fahrrad?«, fragte Hella. »Am Hammersee haben wir auf jeden Fall keines gefunden.«

Sie griff nach dem Handy und wählte Imke Wessels Nummer.

»Moin, Frau Kollegin. Hier ist Hella Brandt. Wir sitzen hier gerade zu dritt zusammen, und es kam die Frage auf, ob Bent ein Fahrrad besessen hat.«

»Ich habe ihn zumindest häufiger damit gesehen«, sagte Imke Wessels.

»Wer könnte wissen, wie es ausgesehen hat?«

»Ich könnte bei den Fahrradverleihen nachfragen. Die verkaufen häufiger Fahrräder, die sie aussortiert haben.«

»Ginge es gleich?«

»Klar, ich rufe da kurz an und melde mich wieder.«

Lars stand auf. »Dann hole ich uns mal einen Kaffee. Das Übliche für euch?«

Als Lars das Büro verlassen hatte, wandte sich Hella an Alina. »Alles gut bei euch beiden?«

»Denke schon. Wir versuchen, Berufliches und Privates zu trennen. Es klappt nicht immer, aber immer öfter. Meine Befürchtungen waren wohl etwas übertrieben.«

»Nein, es war wichtig, dass du deine Angst offen ausgesprochen hast. Ist doch prima, wenn ihr jetzt einen Weg findet, damit umzugehen.«

Alina nickte. »Ja, und ich hoffe, dass die Stimmung zwischen uns dreien so bleibt, wie sie ist. Und wenn wir noch den Fall lösen könnten …«

In diesem Augenblick klingelte Hellas Handy. Sie nahm das Gespräch direkt an.

»War einfach«, sagte Imke Wessels. »Bent hat sich ein gebrauchtes Fahrrad gekauft. Ich habe sogar ein Foto. Beim Verleih haben sie alle Räder archiviert, wegen der Versicherung.«

»Könnten Sie zu Bents Wohnung fahren und nach dem Fahrrad suchen? Und wenn es dort nicht ist, zur Surfschule?«
»Kein Problem. Das wird aber eine Weile dauern. Eine Stunde brauche ich schon.«
»Wir sitzen hier noch zusammen. Auf dem Handy erreichen Sie mich auch später noch.«

Als Hella gerade Wittmund hinter sich gelassen hatte, meldete sich Imke Wessels.
»Tut mir leid, es hat doch etwas länger gedauert.«
»Kein Problem. Haben Sie das Fahrrad gefunden?«
»Ja, es stand in der Nähe zum Strandübergang, also ist Bent Harmsen bei seiner letzten Fahrt – wann immer sie auch war – zur Surfschule unterwegs gewesen.«
»Haben Sie das Fahrrad sichergestellt?«
»Ja, es steht bei mir im Unterstand, den man abschließen kann.«
»Gut. Hören Sie, so, wie es im Moment aussieht, werde ich morgen nach Juist kommen. Können Sie für mich und Frau Becker eine Übernachtungsmöglichkeit buchen?«
»Kein Problem. Wie kommen Sie?«
»Wann fährt die Fähre?«
»Ich glaube, morgen ist sie relativ früh. Augenblick! Ja, ich hab's. Sie sollte um zehn Uhr in Norddeich abfahren. Eventuell bekommen Sie auch noch einen Platz auf der Schnellfähre. Soll ich das für Sie checken?«
»Das wäre lieb. Schreiben Sie mir einfach, wann wir fahren können. Ab acht Uhr können wir problemlos in Norddeich sein.«
»Alles klar. Bis morgen!«
Der nächste Anruf galt Alina, Hella bat sie, ihre Tasche für den nächsten Tag zu packen. »Du bekommst nachher noch die Abfahrtszeit der Fähre.«
»Was ist passiert?«
Hella berichtete von dem Fahrradfund in der Nähe der Surf-

schule. »Die Wahrscheinlichkeit ist groß, dass Bent Harmsen an dem Montag mit dem Fahrrad zur Surfschule gefahren ist. Was das bedeutet, brauche ich dir nicht zu sagen.«

»Nein. Wird Niklas Beier denn ohne Anwalt mit uns reden?«

»Lassen wir uns überraschen.«

31

»Mit dem Boot?«, fragte Alina, als sie auf dem Kai auf die Schnellfähre zugingen.

»Das wird etwas mehr schaukeln, aber wir kommen in der halben Zeit nach Juist«, sagte Hella schmunzelnd.

Fünf weitere Fahrgäste warteten bereits an der markierten Stelle. Hella und Alina betraten als Letzte die Schnellfähre, die Platz für zehn Personen bot.

»›Etwas mehr‹ war ja eine sehr positive Einschätzung«, murmelte Alina, nachdem sie nach zehn Minuten die geschützte Fahrrinne verlassen hatten. »Zumindest ist es ein Erlebnis.«

Sie schwiegen, bis der Hafen von Juist näher kam. Bereits von Weitem sahen sie die Uniform von Imke Wessels.

»Toughe Frau«, sagte Alina mit Blick auf die Inselpolizistin. »Aber ich weiß nicht, ob ich es auf so einer kleinen Insel lange aushalten würde.«

»Sie hat in den Jahren, bevor sie sich hier um den Job beworben hat, mehrmals in der Hauptsaison auf Juist gearbeitet. Von daher wusste sie, auf was sie sich einlässt.«

»Würdest du es hier aushalten? Ich meine, auf Dauer.«

»Für uns gibt es auf der Insel keinen Job, zumindest keinen dauerhaften. Von daher stelle ich mir diese Frage nicht.«

»Aber wenn ...«

»Doch, dann könnte ich mir das vorstellen. Durchaus.«

Die Schnellfähre legte an, Hella und Alina begrüßten Imke Wessels und gingen mit ihr zusammen zur Polizeistation.

»Sie konzentrieren sich jetzt auf die Surfschule?«, fragte die Inselpolizistin.

»Ja, auch wenn Olaf Schmidt dennoch Thema ist. Wir bekommen heute hoffentlich die DNA-Auswertung.« Hella hatte Roland Radmeier auf der Fahrt zur Insel eine Nachricht geschrieben und gefragt, ob es bereits Ergebnisse geben würde.

Der Abgleich von Katrin Ohles DNA mit den Spuren auf Bents Kleidung war negativ. Katrin Ohle hatte in den Tagen vor Bents Tod keinen unmittelbaren Kontakt zu ihm gehabt.

»Schmidt ist nicht auf der Insel«, sagte Imke Wessels. »Ich habe gestern kurz mit seiner Mutter gesprochen.«

»Er ist in seiner Emder Luxuswohnung«, sagte Hella lächelnd. »Und kuriert eine ihm attestierte Krankheit aus.«

»Wie bitte?«

Mit wenigen Worten erklärte Hella ihr die Lage. »Er scheint ein exzellenter Schauspieler zu sein, wenn er uns beide hinters Licht führen konnte.«

Imke Wessels schloss die Polizeistation auf. »Dann werde ich in Zukunft wohl ein wenig mehr auf ihn achten müssen.«

Hella und Alina stellten ihre Taschen ab, während Imke Wessels frischen Kaffee aufsetzte.

»Wie wollen Sie vorgehen?«, fragte die Inselpolizisten, als sie zusammen am Tisch saßen.

Hella trank einen Schluck Kaffee. »Die Surfschule ist nach wie vor in Betrieb?«

»Ja, ich war gestern nach dem Fahrradfund kurz vor Ort. Keine Angst, ich habe das Fahrrad nicht erwähnt. Niklas Beier habe ich nicht gesehen, aber Lara und Florian betreuten einen Kurs. Ich habe mich etwas mit Lara unterhalten.«

»Wie wirkte sie auf Sie?«

»Müde und abgekämpft. Was aber ja auch kein Wunder ist nach den ganzen Ereignissen.«

»Und Florian Jung?«

»Den habe ich nur kurz begrüßt. Er war gerade mit einer Gruppe auf dem Weg zum Wasser.« Imke Wessels rieb sich mit dem Finger über den Nasenrücken. »Schwer zu sagen, aber er schien noch angeschlagener zu sein als Lara.«

»Haben Sie Lara nach Niklas Beier gefragt?«

»Ja. Sie sagte, er wäre unterwegs im Dorf, um etwas zu besorgen. Das klang aber etwas nach Ausrede. Ich bin ihm im Dorf auch nicht begegnet.«

»Wo wohnen die beiden?«

»Ganz in der Nähe ihrer Surfer-Hütte. In Loog, in der Nähe des Küstenmuseums. Eine Dachgeschosswohnung. Ich kann Ihnen die Adresse aufschreiben.«

Hella nickte. »Wissen Sie, wann die Kurse normalerweise beginnen?«

»Gegen zehn Uhr, glaube ich. Aber das hängt wohl auch von den Gezeiten ab.«

Hella sah auf die Uhr. »Okay, wir können wieder Ihr Quad ausleihen?«

Imke Wessels legte einen Schlüssel auf den Tisch. »Steht vor der Tür.«

Auf halber Strecke zur Surfschule klingelte Hellas Handy. Sie hielt an und schaute aufs Display.

»Guten Morgen, Roland. Ist doch noch was reingekommen?«

»Genau! Deshalb rufe ich an.«

»Und?«

Roland schien mit den Fingern auf die Tischkante zu klopfen. »Trommelwirbel. Es wird spannend.«

»Mach schon, Roland. Wir stehen hier auf offener Straße.«

»Kein Treffer. Keine DNA passte zu den Spuren, die wir auf der Kleidung des Opfers gefunden haben.«

»Keine?«

»Sagte ich doch. Was ja nicht heißt, dass einer der drei nicht trotzdem der Täter war.«

»Das Ergebnis ist ganz sich…?«

»Hella!«, fiel Roland Radmeier ihr ins Wort. »Wie lange kennen wir uns? Würde ich dir ein nicht mindestens dreimal geprüftes Ergebnis vorlegen?«

»Entschuldige, Roland. Wir müssen weiter. Danke für deinen Anruf.«

Hella wandte sich zu Alina um. »Kein Treffer.«

»Was heißt das?«

»Vermutlich sind wir auf dem richtigen Weg. Eine männliche und zwei weibliche DNA-Spuren. Wir können davon ausgehen, dass Juliette Kämmerer eine der beiden Frauen ist. Also fehlt uns noch eine Frau und ein Mann.«

Alina zog die Augenbrauen zusammen. »Lara und Florian?«

Hella zuckte mit den Schultern und startete den Quad-Motor.

Hella klopfte an die Tür der Surfer-Hütte und öffnete sie. Florian Jung saß am Tisch und blätterte in einem Ordner.

»Guten Morgen, Herr Jung. Wir würden gern noch einmal mit Ihnen sprechen.« Hella betrat die Hütte, Alina folgte ihr.

Florian Jung stand auf. »Eigentlich ... also, ich habe gerade überhaupt keine Zeit.«

»Herr Jung, ist es Ihnen wirklich lieber, dass wir Sie nach Aurich vorladen?«

Er zögerte und schien mit sich zu ringen. »Was wollen Sie denn noch?«

Hella ging auf ihn zu und zog einen Stuhl vom Tisch. »Dürfen wir uns setzen?«

Florian Jung nickte.

»Wo sind Ihre Kollegen?«

»Lara ist am Wasser. Sie hat vier Schüler. Niklas kommt erst heute Nachmittag.«

Hella musterte Florian Jung. »Wie geht es Ihnen? Sie sehen erschöpft aus.«

»Wundert Sie das? Wir können uns nirgendwo mehr auf der Insel sehen lassen, ohne angegafft zu werden. Das ist Ihr Verdienst.«

Hella lächelte. »Wir machen nur unsere Arbeit. Vielleicht wäre es sinnvoll gewesen, wenn Sie alle drei früher die Wahrheit gesagt hätten.«

Florian Jung erschrak sichtlich. Seine Unterlippe zitterte leicht, er wandte das Gesicht ab, das noch mehr an Farbe verloren hatte. »Unsinn!«, presste er schließlich heraus.

»Nach Aussage von Herrn Beier gab es ziemlich Streit darum, ob beziehungsweise unter welchen Bedingungen Bent Harmsen aus der Firma ausscheiden kann.«

»Ich habe damit nichts zu tun. Wenn Niklas Streit mit Bent hatte, ist das einzig und allein seine Sache.«

»Sie sind zu viert gewesen«, sagte Hella. »Herr Beier hat doch nicht allein entschieden.«

»Trotzdem seine Baustelle. Er ist sozusagen für die Finanzen verantwortlich. Da ist es doch klar, dass sein Wort mehr gilt.«

»Sie hätten sich also eine Auszahlung von Bent Harmsens Einlage nicht leisten können?«

»Niklas hat gesagt, dass es so nicht klappt. Außerdem hat Bent doch den Vertrag unterschrieben. Der ist nun mal dafür da, dass man vorher alles regelt.«

»Mitgehangen, mitgefangen«, sagte Alina. »Meinen Sie das?«

»Was weiß ich«, murmelte Florian Jung.

»Hätten Sie nicht letztlich abgestimmt?«, fragte Hella. »Vier Stimmen. Wenn Sie und Frau Matthiesen dafü...«

»Wir waren aber nicht dafür. Weder Lara noch ich. Punkt. Und das wusste Bent auch. Wir sind im Moment nicht so gut aufgestellt, dass wir die Einlage aus der Portokasse zahlen könnten. Es reicht schon, dass wir jetzt monatlich tausend Euro an seine Eltern abdrücken müssen.«

»Sehen wir uns noch einmal den Montag an«, sagte Hella. »Wann waren Sie hier bei der Hütte?«

Die nächsten zehn Minuten gingen sie Stunde für Stunde durch, aber Florian Jung blieb bei seiner ursprünglichen Aussage und verwickelte sich auch nicht in Widersprüche.

»Sie haben also Bent Harmsen am Freitag vor seinem Tod zum letzten Mal gesehen?«, fragte Hella.

»Ja, das wissen Sie doch alles. Wie häufig soll ich das noch wiederholen? Ich habe mit Bents Tod nichts zu tun.«

»Wie ist Ihr Verhältnis zu Lara Matthiesen?«, fragte Alina.

Florian Jung rollte mit den Augen. »Auch das habe ich Ihnen schon gesagt. Wir arbeiten zusammen und sind befreundet.«

»Wir haben einen Zeugen, der Sie mit Frau Matthiesen gesehen hat«, sagte Alina nach einem kurzen Blick zu Hella.

Florian Jung lachte auf. »Lustig. Ja, es kommt vor, dass wir zusammen gesehen werden können. Und?«

»Sie sollen sich geküsst haben«, fügte Alina hinzu.

Hella ließ sich ihre Überraschung nicht anmerken. Sie wusste von keinem Zeugen, der die beiden in einer verfänglichen Situation beobachtet hatte, und vermutete, dass es keinen Zeugen gab.

»Auch das tun wir hin und wieder.«

»Es ging nicht um einen freundschaftlichen Kuss, Herr Jung«, sagte Alina. »Sie haben sich auf den Mund geküsst, lange und intensiv.«

»Dann lügt der Zeuge. Mehr kann ich dazu nicht sagen.«

Hella hatte den jungen Mann genau beobachtet. Nachdem Alina von einem Kuss gesprochen hatte, war er sichtbar erstarrt und hatte schwer geschluckt. Seine Augenlider hatten mehrfach nervös gezuckt, bis er sich aufgerichtet und Alina direkt angesehen hatte, um ihr zu antworten.

»Es ist eine Zeugin, und sie kennt Sie und Frau Matthiesen gut. Wir haben keinen Zweifel, dass sie die Wahrheit sagt.«

»Kennt uns gut?«, platzte es aus Florian Jung heraus. »Wer soll das denn sein?«

»Sie haben also kein Verhältnis mit Frau Matthiesen?«, meldete sich Hella zu Wort.

»Nein, verdammt«, antwortete Florian Jung mit gesenktem Kopf.

Die Tür wurde geöffnet, und Lara Matthiesen rief: »Warum hast du denn …?« Sie verstummte, als sie Hella und Alina sah.

Hella stand auf und ging ihr entgegen. »Guten Tag, Frau Matthiesen. Auch an Sie haben wir noch ein paar Fragen. Kommen Sie doch rein.«

Lara Matthiesen warf Florian Jung einen flehenden Blick zu, der zuckte kaum merklich mit den Schultern.

»Ich habe nichts mehr zu sagen«, sagte Lara Matthiesen in bemüht ruhigem Ton.

Hella zog einen Stuhl hervor und zeigte darauf. »Bitte!« Sichtbar widerwillig kam die junge Frau auf sie zu und setzte sich schließlich neben ihren Kollegen. »Was wollen Sie denn noch?«

»Wir haben erfahren, dass Bent Harmsen unmittelbar die Surfschule verlassen wollte. Dabei war ihm wichtig, dass er seine Einlage zeitnah zurückbekam. Wie standen Sie zu seiner Forderung?«

»Das wäre nicht gegangen«, sagte Lara Matthiesen leise.

»Aber vielleicht hätte es einen Kompromiss gegeben«, sagte Hella. »Er hätte nach und nach den Betrag zurückbekommen können. Sie hätten einen neuen Partner gefunden ... Dessen Einlage hätte man doch sicher für die Auszahlung nehmen können. Vermutlich hätte es auch noch andere Lösungen gegeben.«

»So weit waren wir noch gar nicht«, antwortete Florian für Lara. »Ja, vielleicht hätte es da eine Einigung gegeben, wenn ...« Er brach ab.

»Hat Bent versucht, euch beide umzustimmen?«, fragte Alina und duzte sie dabei. »Mit euren beiden Stimmen hättet ihr doch Niklas überstimmen können?«

»Und dann?«, fuhr Lara Matthiesen Alina an. »Dann hätte es nur noch mehr Streit gegeben. Ich bin mit Niklas zusammen, schon vergessen?«

»Nein, natürlich nicht«, sagte Alina. »Weiß Niklas denn inzwischen von eurer Affäre?« Alina sah zwischen Florian und Lara hin und her. »Wie lange wolltet ihr das noch geheim halten?«

»Was soll der Blödsinn?«, presste Florian Jung hervor.

»Stellen wir die Frage mal zurück«, griff Hella ins Geschehen ein. Sie wandte sich an Lara Matthiesen und legte ein Plastikröhrchen auf den Tisch. »An Bents Kleidung sind DNA-Spuren gefunden worden. Wir brauchen von Ihnen ...«, sie wandte sich Florian Jung zu, »... und von Ihnen einen DNA-Abstrich.«

»Warum?«, presste Lara Matthiesen mit aggressiver Stimme hervor.

»Wir suchen die Personen, die als Letztes intensiven, auch körperlichen Kontakt zu Bent Harmsen gehabt haben.«

»Sie können uns dazu nicht zwingen«, sagte Lara Matthiesen.

»Nein, im Moment nicht. Aber spätestens morgen früh bin ich mit einem richterlichen Beschluss wieder hier.«

Lara stand auf und hielt Florian die Hand hin. »Komm, wir gehen.«

Florian reagierte nicht auf Laras Hand. »Sie laden uns sonst nach Aurich vor.«

»Sollen sie doch. Wir nehmen uns auch einen Anwalt. Jetzt komm schon.«

Florian schüttelte den Kopf. »Das hat alles keinen Sinn, Lara.«

Lara Matthiesen sank zurück auf den Stuhl. »Wie meinst du das?«, flüsterte sie.

Florian sah Lara mit leeren Augen an. »Das weißt du doch.«

Hella entschied sich, alles auf eine Karte zu setzen. »Was Sie nicht wissen: Bent war nicht sofort tot. Die Gerichtsmedizinerin meinte, dass er eine gute Chance gehabt hätte, wenn er rechtzeitig medizinisch versorgt worden wäre.«

Lara Matthiesen starrte Hella mit weit aufgerissenen Augen an. »Nein ... er ... war tot«, stammelte sie. »Er war ... ganz bestimmt tot.«

Nach dem ersten kurzen Geständnis von Lara Matthiesen fuhr Hella mit ihr zur Polizeistation. Imke Wessels holte anschließend Alina und Florian Jung ab, während Hella Lara Matthiesen vernahm.

Bent Harmsen war, nachdem er das Strandhotel verlassen hatte, in seine Wohnung und von dort aus mit dem Fahrrad zum Strand gefahren. In der Hütte traf er auf Florian Jung, mit dem er in Streit geriet, der in einer körperlichen Auseinandersetzung endete. Bent Harmsen drohte ihm, dass er Niklas Beier von Florians Affäre mit Lara erzählen würde, wenn er ihn nicht hinsichtlich der Rückzahlung der Einlagen unterstützen würde. Auf dem Weg zu seinem Fahrrad begegnete Bent Lara. Lara, die bereits mit Florian telefoniert und von Bents Drohung gehört hatte, überredete Bent zu einem Spaziergang am Strand entlang in Richtung Hammersee. Sie hoffte, ihn umstimmen zu können, lotete bei dem Gespräch alle Möglichkeiten aus und flehte Bent an, einen anderen Weg zu finden. Als Bent selbst dann ablehnte, als sie ihm fünftausend Euro ihres gesparten Geldes überlassen wollte, verlor Lara die Kontrolle, stürzte sich auf ihn und trommelte mit den Fäusten auf den Kollegen ein. Bent wehrte sie ab und stieß sie von sich weg. Lara fiel auf die Erde, schäumend vor Wut. Als Bent ihr noch einmal zurief, sie habe einen Tag Zeit, sich alles zu überlegen, griff sie nach einem Stein und warf ihn Bent, der sich bereits abgewandt hatte, aus kurzer Distanz an den Kopf. In ihrer Panik hatte sie den bewusstlos am Boden liegenden Bent für tot gehalten, hatte den Stein ins Wasser geworfen und war zurück zur Surfer-Hütte gerannt.

Lara beschrieb Niklas Beier als zutiefst eifersüchtig. Sie hatte nicht nur Angst vor einer Trennung gehabt, die ihr privates wie berufliches Leben auf den Kopf gestellt hätte, sondern Lara war gleichzeitig emotional so stark auf Niklas fixiert gewesen, dass ihr jeder Schritt außerhalb der Beziehung unglaublich schwergefallen war. Florian hatte hautnah mitbekommen, wie Niklas Lara manipuliert und sie sich immer mehr auf seine Seite gestellt hatte. Im Sommer des vergangenen Jahres hatte Niklas aufgrund der Schwierigkeiten mit dem neuen Partner häufiger auf dem Festland zu tun gehabt. Zu der Zeit waren sich Florian und Lara immer nähergekommen, bis sie kurz vor Ende der Saison zu einem Paar geworden waren.

In den ersten Tagen nach der Tat hatte Lara Florian verschwiegen, dass sie Bent getroffen hatte und was am Hammersee passiert war. Als Niklas immer mehr unter Druck geraten war und es an ihr ausgelassen hatte, hatte sie sich Florian anvertraut.

Nach Absprache mit dem Staatsanwalt wurde Lara Matthiesen von einem Polizeihelikopter aufs Festland geflogen. Alina begleitete sie, während Hella Florian Jung und Niklas Beier vernahm und am nächsten Morgen mit der ersten Schnellfähre nach Norddeich fuhr.

32

Alina schaute sich im Garten der Bauernkate um. »Und hier wollt ihr den Anbau hinsetzen?«

Leon nickte. »Wenn wir es genehmigt bekommen.«

Hella hatte Lars und Alina an einem Sonntagnachmittag in der ersten Juniwoche zu sich eingeladen. Die Sonne schien seit den frühen Morgenstunden und hatte die Temperaturen auf für diese Jahreszeit ungewöhnliche fünfundzwanzig Grad steigen lassen. Leon stand vor dem Grill und kontrollierte die Beschaffenheit der Glut. Lars leistete ihm Gesellschaft.

Hella, die Jella auf dem Arm trug, trat zu Alina. »Zuerst müssen wir allerdings das Haus kaufen. Der Termin beim Notar steht. In zwei Wochen ist es so weit.«

»Spannend«, sagte Alina und drehte sich einmal um sich selbst. »Schön hier, aber einsam.«

Hella nickte. »Ja, man muss es lieben. Bensersiel ist allerdings nur fünf Minuten mit dem Auto entfernt. Jella wird da irgendwann in den Kindergarten gehen und, sollten wir dann noch hier sein, auch zur Schule.«

»Du bleibst uns in Wittmund also erhalten?«

Hella wunderte sich über Alinas Frage. Sie hatte bisher weder mit Lars noch mit ihr über ihre Zweifel gesprochen.

»Wollte ich denn weg?«, fragte Hella.

»Hin und wieder schien es mir so, als wenn du darüber nachdenken würdest.«

Hella schmunzelte. Alina war eine aufmerksame Beobachterin. »Ja, die ersten Wochen nach der Elternzeit waren hart. Und vielleicht nehme ich mir in den nächsten zwei Jahren auch noch eine kürzere Auszeit. Ein halbes Jahr könnt ihr sicher gut auf mich verzichten.«

Alina wiegte den Kopf hin und her. »Aber bitte nicht länger.«

Hella lachte. »Ihr schafft das schon. Du und Lars mit Unterstützung von Torsten Peters.«

Die beiden Männer kamen auf sie zu. Leon zog die Augenbrauen zusammen. »Was höre ich da am heiligen Sonntag? Ihr sprecht doch nicht etwa über die Arbeit?«

»Nein!«, versicherte Alina ihm grinsend. »Das hatte nichts mit der Arbeit zu tun.«

Hella zuckte mit Blick auf Leon mit den Schultern. »Wo sie recht hat, hat sie recht.«

Epilog

Lara Matthiesen kam in Untersuchungshaft und legte auch vor dem Staatsanwalt im Beisein ihres Anwalts ein umfangreiches Geständnis ab. Anschließend stimmte Dr. Holthaus zu, dass sie unter strengen Auflagen bis zum Prozessbeginn aus der Untersuchungshaft entlassen wurde. Beim DNA-Abgleich wurden Spuren von Lara Matthiesen und Florian Jung gefunden. Zwei Monate später fand der Prozess statt, in dem Lara Matthiesen für Totschlag im Affekt und unterlassene Hilfeleistung zu drei Jahren ohne Bewährung verurteilt wurde.

Lara Matthiesen verbrachte die zwei Monate bis zum Prozess auf Juist, wohnte bei ihren Eltern und traf sich regelmäßig mit Florian Jung, der sich während dieser Zeit mit unterschiedlichen Jobs über Wasser hielt. Nach zwei Jahren Haft wurde Lara auf Bewährung entlassen und zog zusammen mit Florian in die Nähe von Sankt Peter-Ording, wo sie gemeinsam eine kleine Surfschule aufbauten.

Der Privatdetektiv Marco Weitsch gab bei weiteren Vernehmungen in Osnabrück zu, dass er am Sonntag in Bent Harmsens Wohnung eingebrochen war. Er wurde zu einer Geldstrafe verurteilt.

Maria Oltmann, Katrin Ohles Pensionswirtin, entdeckte beim Aufräumen des Zimmers ein Versteck mit einem Schlüssel, den sie in der Juister Polizeistation abgab. Imke Wessels fand heraus, dass es sich um Bent Harmsens Wohnungsschlüssel handelte, und Meta Bruhn bestätigte der Inselpolizistin, dass es einen Zweitschlüssel gab. In Gesprächen mit dem Psychotherapeuten erinnerte sich Katrin Ohle später daran, dass sie diesen Schlüssel bei einem Besuch entwendet und am Samstag vor Bents Tod in der Wohnung auf ihn gewartet habe. Katrin Ohle wurde nach Lara Matthiesens Geständnis aus der forensischen Psychiatrie in eine andere Station verlegt. Hier blieb sie auf eigenen Wunsch drei Monate, bevor sie zu ihren Eltern nach Wittmund zurückkehrte. Ein Jahr später zog sie nach Oldenburg und begann eine Ausbildung zur Industriekauffrau. Die Beziehung zu Jakob Jensen nahm sie nicht wieder auf.

Juliette Kämmerer nahm an der Beerdigung teil, besuchte während ihrer Zeit in Wittmund mehrere Male Bents Eltern und erzählte ihnen von der Schwangerschaft. Zurück in Osnabrück reichte sie die Scheidung ein und wohnte einige Monate bei ihrer Freundin Franziska Schneider, bevor sie nach Münster zog.

Bents Laptop wurde ohne Sichtung der Daten an seine Eltern übergeben.

Niklas Beier führte zunächst die Surfschule allein weiter, bis er neue Partner gefunden hatte.

Olaf Schmidt wurde ein Dreivierteljahr später mit fünfhundert Gramm Kokain festgenommen und zu vier Jahren Haft verurteilt.

Holger Reschke, der Redakteur des Osnabrücker Stadtmagazins, bekam von Hella zwei Tage vor der offiziellen Pressemitteilung Informationen und schrieb für eine überregionale Zeitung einen Bericht, der große Beachtung fand.

Rieke Husmann
INSELRUHE
Broschur, 256 Seiten
ISBN 978-3-7408-0365-0

»Ein Ostfrieslandkrimi mit soghafter Spannung und knisternden Gefühlen: stimmungsvolle Urlaubslektüre mit Tiefgang.«
www.meine-news.de

www.emons-verlag.de

Rieke Husmann
INSELWAHN
Broschur, 256 Seiten
ISBN 978-3-7408-0570-8

»Husmann besticht mit ihrem flüssigen Schreibstil und einem gelungenen Spannungsbogen, der konsequent beibehalten wird – insgesamt also unterhaltsame Krimikost.« Siegerländer Wochenzeitung

www.emons-verlag.de

Rieke Husmann
INSELNEBEL
Broschur, 256 Seiten
ISBN 978-3-7408-0638-5

»Ein packender Ostfrieslandkrimi voller Gefühl und Küstenflair!«
Luzerner Rundschau

Rieke Husmann
INSELERBE
Broschur, 240 Seiten
ISBN 978-3-7408-0867-9

In einem Wittmunder Pflegeheim wird eine vermögende Bewohnerin von einem Unbekannten erstickt. Die Ermordete lebte bis wenige Monate vor ihrem Tod auf Wangerooge und beherbergte auf ihrem Anwesen regelmäßig Künstler. Vier von ihnen sind im Testament der alten Dame berücksichtigt – und waren am Abend vor ihrem Tod im Pflegeheim zu Besuch. Die Kommissare Hella Brandt und Lars Mattes tauchen in die Welt der Inselkünstler ein und geraten in ein Netz aus Widersprüchen und Lügen. Und auch privat steht Hella vor ungeahnten Herausforderungen ...

www.emons-verlag.de

Rieke Husmann
INSELKÄLTE
Broschur, 256 Seiten
ISBN 978-3-7408-0956-0

Thilo Larsen wird erschlagen in seiner Kneipe auf Spiekeroog aufgefunden. Hauptkommissarin Hella Brandt übernimmt den Fall zusammen mit ihrem Kollegen Lars Mattes. Schnell wird klar, dass das Opfer seit sieben Jahren unter falschem Namen auf der Insel lebte. Woher hatte Larsen das Geld, um die Gaststätte zu kaufen? Wie hielt er sich trotz geringer Gästezahl finanziell über Wasser? Und was hatte es mit seinen schnell wechselnden Frauenbekanntschaften auf sich? Mitten im stürmischen Inselwinter suchen Hella und Lars nach Verdächtigen – und kommen dem Täter dabei näher, als ihnen lieb ist.

www.emons-verlag.de